Hans Girod **Absolute Nahschuss**

ISBN 978-3-86789-451-7

1. Auflage dieser Ausgabe

Umschlaggestaltung: capa
Umschlagabbildung: Chris Keller / bobsairport
Druck und Bindung: GGP Media GmbH, Pößneck

SUPERillu

In Kooperation mit der SUPERillu
www.superillu-shop.de

FSC
www.fsc.org
MIX
Papier aus verantwortungsvollen Quellen
FSC® C014496

Hans Girod

Absoluter Nahschuss

und zehn weitere Fälle

Bild und Heimat

Inhalt

Suizid im Sozialismus	7
Freier Fall	18
Der Appell	40
Verfügung einer alten Dame	58
Eisenacher Massaker	72
Absoluter Nahschuss	91
Gas	112
Den Teufel im Leib	134
Mann im Gleis	152
Das Schweigen	172
Leichensache Kollbeck	193
Der Täuscher	211
Camouflagen	232
Anhang	262

Suizid im Sozialismus

Vergeblich wird man in statistischen Jahrbüchern oder in den Medien der DDR, ja selbst in kriminologischen Fachpublikationen nach Angaben über die Selbstmordsituation im Land der Arbeiter und Bauern suchen. Allenfalls lassen sich in kriminalistisch, medizinisch oder psychotherapeutisch orientierten Fachzeitschriften kasuistische Beiträge finden. Doch beschränken sich deren, ohnehin meist relativierte, spärliche statistische Mitteilungen auf nur eng begrenzte Themenkreise.

Die Gründe dafür sind mehrschichtig: In den Anfangsjahren der DDR hielt sich rigide die offizielle Auffassung, dass Selbsttötungen vordergründig ein Kennzeichen für Ausweglosigkeit und Depression des Individuums in der Ausbeutergesellschaft seien. Sie wurden deshalb als besonderes Produkt der Menschenfeindlichkeit des Kapitalismus aufgefasst und widersprachen den gesellschaftlichen Bedingungen und somit dem Verständnis über das Menschenbild im Sozialismus.

Vor allem in den 50er Jahren bildete daher die Problematik der Selbsttötung einen Teilgegenstand der propagandistischen Auseinandersetzungen mit dem Kapitalismus. Emsig wurden dazu westdeutsche Suizidstatistiken und Berichte in der Tagespresse über Einzelschicksale genutzt. Die Ursachen für Selbsttötungen wurden schlichtweg darauf reduziert, dass sie Ausdruck des letzten individuellen Aufbegehrens gegen soziale Ungerechtigkeit und Verelendung im Ausbeuterstaat seien.

Ideologisch führte eine solche einseitige Betrachtungsweise zwangsläufig in eine Zwickmühle: zum einen war die kriminalpolizeiliche Statistik über die vollendeten Suizide ebenso wenig zu leugnen wie die Tatsache, dass die Suizidalität auch in der DDR Ausmaße erreichte, die eine Verstärkung psychotherapeutischer Maßnahmen der Suizidprophylaxe notwendig machte. Zum anderen förderten die in den Folgejahren herangereiften psychologischen, kriminologischen und medizinischen Erkenntnisse einen zaghaften Widerstand der Wissenschaften gegen die starre Simplifizierung und Tabuisierung des Suizidgeschehens im eigenen Land. Denn es war nicht mehr zu verheimlichen, dass auch in der DDR Selbstmordgefährdung und vollendeter Selbstmord, wie in anderen Ländern auch, das Bild einer Gesellschaft mit prägen.

Gleichwohl führte das überzogene, allgegenwärtige Sicherheitsdenken der in den Fachministerien Zuständigen dazu, öffentliche Diskussionen über die Suizidsituation in der DDR keineswegs zuzulassen. Denn es galt auch für dieses sensible Thema der Grundsatz, dem Klassengegner keinen zusätzlichen Zündstoff für die ideologische Auseinandersetzung zu liefern. Mithin waren nur territorial und thematisch eng begrenzte wissenschaftliche Untersuchungen möglich, denen sämtlich der Stempel des Geheimnisschutzes aufgedrückt wurde. Folgerichtig wurden die Ergebnisse der Öffentlichkeit vorenthalten.

Das Suizidgeschehen im Sozialismus blieb somit immer ein unaufgearbeitetes gesellschaftliches Phänomen. Selbst in den 70er und 80er Jahren, in denen sich die DDR-Wissenschaften freimütiger als in der Vergangenheit der Lösung der eigenen gesellschaftlichen Widersprüche zuwenden konnten, blieb hinsichtlich des Suizidproblems die aufgezwungene Zurückhaltung weitgehend bestehen. Auch die Tatsache, dass zum Ausschluss von Verbrechen jährlich mehrere tausend vollendete Suizidfälle kriminalistisch untersucht werden mussten, blieb der Öffentlichkeit verborgen.

Der eigentliche ideologische Grund für die starre Linie, die Erkenntnisse über das Suizidgeschehen nicht publik werden zu lassen, hat vermutlich zwei Seiten:

Einerseits berührte die Suizidproblematik unmittelbar wichtige philosophische und ethische Fragen des Lebens und des

Todes, auf die die marxistisch-leninistischen Gesellschaftswissenschaften ohnehin nur unbefriedigende Antworten parat hatten. Das Bewusstsein des sozialistischen Menschen über sich selbst und die Welt – so vereinfachten sie – vermittele ihm einen solchen inneren Halt, dass schwierige Konfliktsituationen des Lebens anders überstehbar seien als ohne gefestigte marxistisch-leninistische Weltanschauung. Die Suizidstatistik im Sozialismus aber machte diese These zu einer leeren Phrase.

Andererseits führten die im Vergleich zur Bundesrepublik nur geringfügig höheren Suizidbelastungsziffern in der DDR zu einer ideologischen Peinlichkeit, denn die Vorzüge des Sozialismus ließen sich am Beispiel der Suizidbelastung keineswegs demonstrieren.

Immerhin wurden in der DDR im Zeitraum von 1968 bis 1988 durchschnittlich 3700 vollendete Suizide pro Jahr verübt. Das entspricht einer auf einhunderttausend Einwohner bezogenen Belastungsziffer von dreiundzwanzig Selbstmorden. In der Bundesrepublik lag sie dagegen bei einundzwanzig. Lediglich Berlin wies höhere Zahlen auf. Das galt aber gleichermaßen für Westberlin (Belastungsziffer 33) wie für Ostberlin (Belastungsziffer 33).

Doch derlei Zahlenangaben bedürfen eines kurzen Kommentars: Die in der Bundesrepublik einheitlich geltende Rechtsnorm der staatsanwaltlichen Leichenschau (§ 87 STPO) unterstellt der Untersuchungsbehörde diagnostische Fähigkeiten zur objektiven Beurteilung äußerer Befunde an der Leiche, über die sie aber mangels spurenkundlichen Fachwissens tatsächlich nicht verfügt.

Die staatsanwaltliche Leichenschau hat allenfalls dann Bedeutung, wenn ihr zwingend eine Leichenöffnung folgt. Die Praxis zeigt jedoch, dass eine solche Anordnung im Ermessen des Staatsanwalts liegt und somit willkürlich getroffen wird. Fehlentscheidungen sind die logische Folge.

Die für jedes Bundesland spezifisch geltenden rechtlichen Regelungen und die Qualität der obligatorischen ärztlichen Leichenschau sind bundesweit so unzulänglich, dass auch hier ein erhebliches Dunkelfeld unterstellt werden muss. Westdeutsche Rechtsmediziner beklagen seit langem die extrem hohe Fehlerquote bei der Todesursachendiagnostik (bis achtzig Prozent). Folge: Jährlich bleiben nicht nur nahezu zweitausend Tötungsverbrechen unentdeckt, sondern auch die tatsächliche Rate für vollendete Suizide in der Bundesrepublik liegt um ein Vielfaches höher als die offiziellen statistischen Angaben ausdrücken.

Demgegenüber gewährleisteten die Leichenschauanordnung, die gerichtsmedizinische Leichenöffnungspraxis (im Vergleich zur Bundesrepublik wurden wesentlich mehr Autopsien vorgenommen) und die polizeiliche Untersuchungsqualität in der DDR, das Dunkelfeld auf ein sehr geringes Niveau zu begrenzen.

Fazit: Die DDR-Zahlen sind zwangsläufig deshalb höher, weil mehr Suizide aufgedeckt wurden.

Auch die von den Gesundheitseinrichtungen erfassten Selbstmordversuche müssen in die Gesamtbelastung aufgenommen werden. Da sie überlebt werden, erscheinen sie in keiner Todesursachenstatistik. Hinzu kommt noch eine unbekannte Größe völlig latent gebliebener Versuche. Alles in allem, so besagen kriminologische Schätzungen, erreichen sie das Fünfzehnfache der vollendeten Selbstmorde.

Die Gesamtquote der vollendeten und gescheiterten Suizide in der DDR dürfte somit die beachtliche Zahl von jährlich knapp 70 000 Betroffenen, quer durch alle sozialen Schichten, erreicht haben.

Anzumerken in diesem Zusammenhang ist noch: In einzelnen gegenwärtigen Veröffentlichungen weichen die Suizidzahlen voneinander ziemlich ab. Das darf nicht verwundern, denn dafür gibt es verschiedene Gründe.

Stützen sich die Untersuchungen nämlich auf eine Analyse der Totenscheine, sind die Ergebnisse deshalb höchst unzuverlässig, weil – verursacht durch subjektive Fehler und objektive Erkenntnisgrenzen – bei mehr als einem Drittel aller Leichenschauen die Angaben zur Todesursache falsch sind. Etwas genauer hingegen sind statistische Auswertungen des Sektionsgutes der gerichtsmedizinischen Institute, denn die Leichenöffnungsergebnisse sind weitestgehend zuverlässig. Doch ist bei verschiedenen Todesursachen kein Nachweis suizidaler Vorgänge möglich. Ihn zu erbringen ist einzig und allein polizeiliche Aufgabe. Hinzu kommt, dass beileibe nicht alle Suizide obduziert werden.

Die polizeiliche Statistik wiederum erfasst alle untersuchten Todesermittlungssachen, die als Suizid abgeschlossen werden. Unberücksichtigt bleibt dabei, dass nicht wenige Leichenschauärzte Suizide als natürliche Todesfälle verkennen. Somit gelangen diese niemals zur Anzeige. Auch hinter einem Teil der ungeklärten Vermisstenfälle verbergen sich Suizide, die wegen der fehlenden Leiche kriminalistisch nicht untersucht werden können.

So vermittelt also die Statistik nur Tendenzen, und die Dunkelziffer verweist auf Schwachstellen.

Die DDR nahm mit ihrer Suizidrate im internationalen Vergleich lediglich einen mittleren Platz zwischen den europäischen Ländern ein:

So waren beispielsweise Österreich mit fünfundzwanzig, Finnland und Dänemark mit sechsundzwanzig und die Volksrepublik Ungarn sogar mit fünfundvierzig vollendeten Suiziden auf einhunderttausend Einwohner jährlich deutlich höher belastet.

Allerdings registrierten einige europäische Länder (wie Großbritannien mit acht, Spanien mit sieben und Griechenland sogar nur mit vier jährlichen Suiziden pro einhunderttausend Einwohner) auch erstaunlich niedrige Quoten.

Bereits diese wenigen Zahlenangaben zeigen zweierlei: Zum einen sind die offiziellen statistischen Angaben schon deshalb relativ, weil über das von Land zu Land unterschiedlich große Dunkelfeld keine Kenntnisse vorliegen. Zum anderen wird die Widersinnigkeit aller bisherigen Argumentation über die Selbstmordursachen in der DDR deutlich. Und das deshalb, weil das ideologische Konstrukt des sozialistischen Menschen, das letztlich ein utopisches Gebilde bleiben musste, die Verschiedenartigkeit und Komplexität der Einflussbedingungen auf das Suizidgeschehen nicht ausreichend berücksichtigte.

Im Allgemeinen bildet die vorsätzliche Selbsttötung das Ende eines prozesshaften Geschehens, dem entweder durchaus deutbare Ankündigungssignale oder sogar gescheiterte Suizidversuche vorausgehen. Seltener sind sie das Ergebnis spontaner, kurzschlusshafter Entscheidungen ohne erkennbare Dispositionen. Nicht mehr verkraftbare Lebenssituationen, als unerträglich empfundener Leidensdruck oder unüberwindbare Widersprüche zwischen Anspruchsniveau und Lebensrealität sind die mobilisierenden Elemente für die Motivbildung.

Die Intentionen der Betroffenen können dabei aber gang verschiedenartig sein: Zumeist richten sie sich auf die Erreich endgültiger Ruhe, auf die Befreiung von Schmerzen, Gebrechlichkeit oder quälender Einsamkeit.

In anderen Fällen herrscht vor, objektiven oder vermeintlichen Bedrohungssituationen, sozialen Zusammenbrüchen, Beziehungskonflikten, disziplinarischen oder rechtlichen Konsequenzen zu entfliehen.

Ursachen- bzw. Motivgruppe	Anteil absolut	Anteil %
Länger bestehende und teilweise als unheilbar angesehene Krankheit	830	28,1
Psychische Leiden	723	24,5
Chronischer Alkohol- und/oder Tablettenmissbrauch	431	14,6
Partner- und Finanzzerwürfnisse	304	10,3
Liebeskummer	216	7,3
Vereinsamung	141	4,8
Soziale Gründe	92	3,1
Angst vor Strafverfolgung bzw. Erziehungsmaßnahmen	48	1,6
Berufliche oder schulische Schwierigkeiten	36	1,2
Staatsverdrossenheit	14	0,4
Sonstige Motive	32	1,1
Nicht feststellbare Motive	82	2,8

Sie können aber auch die Vergeltung einer empfundenen seelischen Verletzung ausdrücken. Mitunter beabsichtigt der Suizident, mit seinem Tod einen bestimmten Appell an die Umwelt zu richten.

Wie überall in den europäischen Ländern liegt der Anteil der Männer bei den 20- bis 50-Jährigen Suizidenten in der DDR etwa ein Drittel höher als bei den Frauen. Dagegen dominiert bei den über 65-Jährigen erwartungsgemäß das weibliche Geschlecht – ein Umstand, der sich aus der durchschnittlich geringeren Lebenserwartung des Mannes erklärt. Aber auch Kinder und Jugendliche verübten Selbstmord geringe Zahlen zwar, aber mit steigender Tendenz.

Im Allgemeinen bevorzugen Männer »härtere« Suizidmethoden (z. B. Erhängen, Überfahren lassen), während Frauen mehr zur Anwendung »weicher« Mittel (insbesondere Schlafmittelvergiftung) neigen. Diese phänomenologische ‚Tatsache trifft allerdings auf alle europäischen Länder zu und ist deshalb kein DDR-spezifisches Merkmal.

Durchführungsart	Anteil in %
Kohlenmonoxid-Vergiftung (Stadt- oder Auspuffgase)	40,3
Strangulation (Erhängen)	33,1
Vergiftung anderer Art (z. B. Chemikalien, Schlafmittel)	10,4
Sturz aus der Höhe bzw. vor Fahrzeuge	8,6
Ertrinken	4,4
Pulsaderschnitt oder andere Schnittverletzungen	1,7
Schusswaffe (einschl. Bolzenschussgerät)	unter 1,5
Sonstige (z. B. Verbrennen, Unterkühlen, Erdrosseln, Ersticken)	unter 1,5
außergewöhnliche (komplizierte oder mehrfach kominierte)	unter 1,0

Die großstädtischen Territorien sind stärker belastet als ländliche Bereiche. Auch bestimmte Durchführungsarten, wie etwa Vergiftung mit Haushaltsgas, Sprung aus der Höhe oder

Überfahrungen, konzentrieren sich in den Städten. In ländlichen Gebieten dominiert vor allem das Erhängen. Die vierzehn DDR-Bezirke und Berlin sind über Jahrzehnte hinweg mit relativ gleichbleibenden Zahlen belastet, wobei sich etwa dreißig Prozent der Selbstmorde im Frühjahr und Herbst ereignen und die verbleibenden siebzig Prozent über das Jahr verteilen. Die meisten Selbstmorde werden am Wochenanfang und in der Wochenmitte, am Tage sowie in den eigenen vier Wänden verübt.

Strafrechtlich gesehen war der Suizid – analog zur Rechtslage in anderen Industrieländern – auch in der DDR ein irrelevantes Geschehen, was allerdings voraussetzt, dass kein anderes gesetzlich geschütztes Objekt verletzt wurde. Insofern war grundsätzlich weder der versuchte Suizid noch die Anstiftung oder Beihilfe zum Suizid strafbar.

Dennoch besteht kriminalistisches Interesse an dieser nicht natürlichen Todesart. Denn: vollendete Suizide können als Unfall, aber auch als Mord oder natürlicher Tod verschleiert worden sein und berühren so durchaus auch rechtliche Fragen (z. B. Versicherungsrecht). Noch viel wichtigere Gründe für die Notwendigkeit kriminalistischer Untersuchung ergeben sich allerdings aus dem Umstand, dass in der DDR mehr als vierzig Prozent der Mord- und Totschlagsdelikte als Suizide (aber auch als Unfälle) kaschiert wurden – eine Aussage, die in etwa auch für andere Länder zutrifft.

Das Ziel der kriminalistischen Untersuchung von Suiziden (und tödlichen Unfällen) besteht, wie überall in der Welt, im Ausschluss oder Nachweis eines Verbrechens.

Dieses kriminologische Faktum hatte auch in der DDR wichtige rechtliche Vorschriften zur Folge: Zum einen regelte die in der Vergangenheit mehrfach novellierte Anordnung über die ärztliche Leichenschau (letzte Fassung GBl. der DDR Teil II Nr. 129 vom 2. Dezember 1978) die ärztlichen Handlungspflichten bei der Leichenschau und -öffnung in vorbildlicher Weise.

Zum anderen definierte der § 94 der DDR-Strafprozessordnung den sog. Tod unter verdächtigen Umständen als »nichtnatürlichen Tod (Unfall, Selbsttötung, durch andere verursachter Tod), unklare Todesart oder Auffindung des Leichnams eines Unbekannten« und legte fest, dass für deren Bearbeitung ausschließlich die Untersuchungsorgane zuständig waren. Derartige Todesfälle wurden daher grundsätzlich nur durch geschulte sog. Leichensachbearbeiter oder Morduntersuchungskommissionen der Kriminalpolizei untersucht. Spezielle Maßnahmen, wie staatsanwaltliche Leichenschau, gerichtsmedizinische Obduktion, Exhumierung von Leichen und Urnenöffnung sowie die formellen und inhaltlichen Anforderungen an die Vorgangsbearbeitung, wurden durch entsprechende interne Anweisungen. des Generalstaatsanwalts und des Innenministeriums geregelt. Dies alles gewährleistete eine nahezu lückenlose Aufdeckung und Aufklärung der vollendeten Suizide.

Während also die Qualität der kriminalistischen Untersuchung von Selbstmorden in der DDR durchaus über dem üblichen internationalen Standard gelegen haben dürfte, fehlte im staatlichen Gesundheitswesen lange Jahre ein einheitliches Konzept der Suizidprophylaxe. Nur langsam setzten sich die Bemühungen einiger namhafter Psychiater, Philosophen und Gesundheitspolitiker um theoretische Grundpositionen und einheitliche Behandlungsstrategien durch. Noch im Jahre 1967 beklagten sie, dass die Suizidprophylaxe in der DDR viel zu sporadisch betrieben würde.

Aber erst Anfang der 80er Jahre nahmen führende Ärzte und Philosophen offiziell zur Psychohygiene in der sozialistischen Gesellschaft Stellung, die als Bestandteil des Gesundheitsschutzes mehr Aufmerksamkeit verdiene. In diesem Zusammenhang warfen sie die Frage auf, wie man dem Trend der

Entwicklung suizidalen Verhaltens entgegenwirken könne und formulierten die vorsichtige Forderung nach einer Abkehr von bisherigen Denkweisen:

»Gesellschaftliches Eigentum an den Produktionsmitteln, prinzipielle Übereinstimmung von persönlichen und gesellschaftlichen Interessen, politisch-moralische Einheit des Volkes, Gesundheitsschutz als gesamtgesellschaftliche Aufgabe stellen das Suizid-Phänomen im Sozialismus auf eine neue gesellschaftliche Grundlage … Der Herausbildung von sozialistischer Kollektivität und Leitungstätigkeit liegen allgemeine und für sie spezifische Entwicklungsgesetzmäßigkeiten der sozialistischen Gesellschaft zugrunde. Ihre bewusste Verwirklichung unter der Führung der Partei der Arbeiterklasse löst das Suizidproblem nicht spontan, nicht im Selbstlauf und macht spezielle medizinisch-psychohygienische Maßnahmen nicht überflüssig …«

Doch es vergingen noch einige Jahre, ehe sich eine wirkliche Veränderung andeutete. Ein wichtiger Impuls für die langsame Abkehr von der bisherigen Tabuisierung ging von den 5. Erfurter Fortbildungstagen der klinischen Psychologen im November 1984 aus. Dort wurde vorgeschlagen, versuchsweise der Öffentlichkeit anonyme Telefonberatungen anzubieten. Mit Unterstützung einiger Journalisten, besonders der *Berliner Zeitung*, gelang es schließlich zwei Jahre später, in mehreren Großstädten die sogenannten Telefone des Vertrauens zu etablieren.

Das war ein erstes Zeichen des behutsamen Offenlegens eines jahrzehntelang der Öffentlichkeit verschwiegenen gesellschaftlichen Problems. Jedoch: statistische Angaben über die Suizidsituation im Lande blieben auch weiterhin unter strengem Verschluss.

Freier Fall

Berlin, Sonnabend, 19. Oktober 1985.

Erst gegen Mittag hört es auf zu nieseln. Allmählich weichen die bedrohlichen dunklen Wolkenfetzen am Himmel einem gleichmäßigen Hellgrau. Schon am Nachmittag ist von der Nässe nichts mehr übrig. Nun ist die Luft trocken. Doch es ist kühl geworden. Unaufhaltsam zieht sich der Sommer zurück. Die Herbstferien haben begonnen. Viele Unentwegte zieht es hinaus in das ausgedehnte Waldgebiet rund um den Müggelsee, begierig, das letzte Grün dieses Jahres zu erheischen. Schon bald findet der erschöpfte Wanderer keinen Platz mehr im Terrassencafé am Müggelturm. Das schlichte Holzschild am Eingang mit der Aufschrift »Sie werden platziert!« bremst sein kulinarisches Verlangen. Herzlos fordert die volkseigene Gastronomie die Geduld der Gäste heraus.

Einige Beharrliche haben bereits artig vor der hölzernen Autorität in Reih und Glied Aufstellung genommen. Andere wenden sich verärgert ab. Lieber erklimmen sie die Aussichtsplattform des nahen Müggelturms und genießen anstelle des dünnen Kaffees den weiten, beruhigenden Blick über den riesigen Berliner Stadtforst. Die höchste natürliche Erhebung Berlins bietet aus einer Höhe von einhundertfünfzehn Meter über dem Meeresspiegel einen imposanten Rundblick über das seenreiche Köpenick.

Als die Dämmerung hereinbricht und der Horizont mit dem Dunkel des Himmels zu verschmelzen beginnt, bezwingen immer noch einige Neugierige die knapp einhundert Stufen zur Aussichtsplattform.

Doch niemand bemerkt die kleine, junge Frau im lindgrünen Anorak mit dem blassen Gesicht, die bereits seit einer Stunde unbeweglich dort in der Höhe ausharrt. Ihre Augen scheinen in der Weite der herbstlichen Abendlandschaft einen Punkt zu fixieren. Doch ihr Blick ist leer, auf das scheinbar Unendliche gerichtet. Nur hinter ihren pochenden Schläfen arbeitet ein waches Hirn und lässt ungeordnet, episodenhaft ihr Leben im Zeitraffer vorübereilen. Ihr Entschluss ist unumstößlich. Keinen Schritt will sie zurückweichen. Ihre eingeengte Gedankenwelt erfasst nur einen einzigen Punkt: Dieses Leben hat seinen Sinn verloren!

Selbst als die Nacht hereinzubrechen beginnt und die letzten Besucher den Turm schon lange verlassen haben, verharrt die junge Frau weiter in der gleichen Erstarrung. Es sind die letzten Minuten ihres Lebens. Sie blickt noch einmal in die Tiefe, als wolle sie sich vergewissern, dass niemand ihr Vorhaben stören kann.

Ruhig und gefasst klettert sie nun auf die Brüstung, hält, auf dem schmalen Sims hockend, einen Augenblick inne, ehe sie sich langsam nach vorn kippen lässt. Lautlos stürzt sie in die Tiefe. Ein gewaltiger dumpfer Aufschlag folgt. Dann ist Stille. Reglos liegt der Körper auf dem steinernen Terrassenboden unterhalb des Turms. Die Wucht des Aufpralls hat den sofortigen Tod verursacht. An verschiedenen Stellen ist die Bekleidung aufgeplatzt. Langsam schiebt sich etwas Blut aus dem zerschmetterten Schädel und bildet mit dem herausquellenden, zerrissenen Hirngewebe eine kleine dickflüssige Lache.

Wenig später entdecken zwei Liebende den Leichnam der jungen Frau. Ihre Absicht, den Müggelturm für ungestörte Zärtlichkeiten zu nutzen, wird jäh vereitelt. Das Entsetzen treibt sie zum nächsten Telefon, der Notruf ist gebührenfrei.

Ein Arzt der Schnellen Medizinischen Hilfe stellt den Tod fest. Die Funkleitstelle informiert den Bereitschaftsdienst der Kriminalpolizei im Polizeipräsidium am Alexanderplatz. Eine viertel Stunde später knattert ein polizeieigener Trabant in Richtung Müggelturm. Am Steuer sitzt Hauptmann der K. Jens Rinke, ein schlanker Endvierziger mit schütterem Haar, seit vielen Jahren sogenannter Leichensachbearbeiter bei der Berliner Kriminalpolizei. Er steht einer siebenköpfigen Mannschaft mit der Bezeichnung »Arbeitsgruppe Unnatürlicher Tod« vor, die sich mit der Untersuchung von tödlichen Unfällen, Suiziden, Todesfällen mit unklarer Todesart, aber auch mit der Identifizierung unbekannter Toter beschäftigt. Jährlich müssen er und seine Mitstreiter etwa eintausend verdächtige Todesfälle untersuchen, die sich allein im Berliner Stadtgebiet zugetragen haben.

Rinke parkt den Trabbi neben dem Fahrzeug des Notarztes und dem Funkstreifenwagen. Der Arzt, die beiden Spaziergänger, die den Leichnam gefunden hatten, und die den Ort des Geschehens absichernden Polizisten erwarten ihn bereits.

»Schrecklich, so 'ne junge Frau! Eigentlich bin ich hier fertig«, begrüßt ihn der Arzt, blickt nach oben in Richtung der vermuteten Absprungstelle und setzt fort: »Sie hat sich offensichtlich von da oben herabgestürzt.«

»Hm, schon möglich«, entgegnet Rinke und betrachtet die Tote mit geübtem Blick. »In Ordnung, ich mache hier weiter, wenn Sie so freundlich sind, den Bestattungsdienst zu informieren.« Mit der Bemerkung »Klar doch, ich muss schon zum nächsten Einsatz«, übergibt der Arzt den Totenschein. Doch ehe er sich verabschiedet, überfliegt der Kriminalist das Dokument, erfasst das Wichtigste: Unbekannte weibliche Person, nichtnatürlicher Tod, Sturz aus der Höhe, schweres Schädel-Hirn-Trauma, Tod durch inneres Verbluten, Antrag auf gerichtsmedizinische Autopsie.

Nach der Anordnung über die ärztliche Leichenschau der DDR war jede menschliche Leiche unverzüglich nach Eintritt des Todes durch einen Facharzt (alle Fachrichtungen und Ärzte in der

Facharztausbildung, außer Zahnärzte) zu besichtigen und zu untersuchen. Ziel war – neben der Identifizierung des Leichnams – die Feststellung des Todes, der Todeszeit, der Todesart und der Todesursache. Den ärztlichen Vorschriften entsprechend war dazu in der Regel eine Inspektion der unbekleideten Leiche erforderlich. Leichenöffnungen mussten – bei nichtnatürlichen Todesfällen oder bei unklarer Todesart durch Anordnung des Staatsanwalts (gerichtliche Sektion) – vorgenommen werden, wenn die Todesursache nicht festgestellt werden konnte, bei verstorbenen Schwangeren und Kreißenden, bei Totgeborenen, bei Verstorbenen, die das sechzehnte Lebensjahr noch nicht erreicht hatten, bei unbekannten Toten sowie auf Wunsch der Angehörigen. Leichenöffnungen bei Verstorbenen mit meldepflichtigen Krankheiten, Berufskrankheiten konnte der Amtsarzt anordnen.

Der Anteil der Leichenöffnungen in der DDR lag erheblich über dem in der Bundesrepublik.

Mit dem schrillen, durchdringend an- und abschwellenden Geheul des Sondersignals verschwindet das Notarztfahrzeug in der Dunkelheit. Einer der Uniformierten sichert die Fundstelle in respektvollem Abstand zum Leichnam der jungen Frau. Indes harrt der andere oben auf dem Turm am Eingang zur Aussichtsplattform geduldig aus. Rinke will jetzt von beiden Auffindungszeugen wissen, wie und wann sie die Tote entdeckt haben und ob ihnen andere Personen begegnet sind. Er entlässt sie bald, aber nicht, ohne sie für ein ausführliches Protokoll am Montag ins Präsidium zu bestellen.

Sein Interesse gilt nun der Bekleidung der jungen Frau. Sorgfältig durchsucht er die Taschen ihrer hellgrauen Baumwollhose und des Anoraks nach etwas Persönlichem, das ihm weiterhelfen könnte. Doch vergeblich. Bis auf ein Feuerzeug, eine halbgefüllte Zigarettenschachtel der Marke Cabinet und ein Taschentuch kann er nichts finden. Erst die Suche in der weiteren Umgebung der Toten führt zum Erfolg. Unterhalb des Plateaus, von dem aus der Müggelturm in die Höhe ragt, und das von einem eisernen Zaun eingegrenzt wird, liegt etwa zehn Meter entfernt im Gesträuch eine prall gefüllte schwarze Gürteltasche aus widerstandsfähigem Textil, offensichtlich durch die Aufprallwucht dorthin geschleudert. Rinke ist zufrieden: Neben einer Geldbörse mit einigen Mark Inhalt findet er Kosmetika, Taschenkalender und Kugelschreiber, vor allem aber einen Personalausweis und andere persönliche Dokumente. Nun weiß er, die Tote heißt Katharina Schade, ist einundzwanzig Jahre alt, wohnt in Berlin-Köpenick, im Allendeviertel und ist Studentin am Institut für Lehrerbildung in der Lindenstraße.

Hauptmann Rinke schießt einige Fotos von der toten Frau. Dann beauftragt er den Uniformierten, den Leichnam mit einer Plastikfolie abzudecken.

Nun steigt er den Turm zur Aussichtsplattform empor. An der Brüstung hängengebliebene Textilfasern und die Schürfspuren an der Absprungstelle sind zu sichern.

Den Umständen nach liegt der Verdacht nahe, dass die junge Frau freiwillig auf die Brüstung geklettert sein muss, um sich in die Tiefe zu stürzen.

Bald erscheinen die unbeliebten Männer in den schwarzen Dienstanzügen mit ihrem ebenso schwarzen Wagen. Sie wollen den Leichnam zum Institut für Gerichtliche Medizin in die Hannoversche Straße transportieren. Doch das Einsargen gelingt nur mit Mühe, weil die unzähligen geborstenen Knochen den Körper in eine Art schlaffen Sack verwandelt haben.

Rinke steht nun vor einer schweren Aufgabe: Er muss die nächsten Angehörigen finden, ihnen behutsam die Entsetzen, Verzweiflung und Ohnmacht bringende Nachricht übermitteln. Schon viele hundert Male hat er sich in ähnlicher Situation befunden. Doch jedes Mal muss er sich erneut zwingen, die eigene Hilflosigkeit zu unterdrücken, wenn er die ersten heftigen emotionalen Reaktionen der Betroffenen erlebt. Es gilt schließlich auch unter diesen Bedingungen, eine korrekte polizeiliche Arbeit zu leisten und die Gedanken auf die Beantwortung der jetzt wichtigsten kriminalistischen Frage zu richten: Welche Motive hatte die junge Frau, ihrem Leben auf diese absurde Weise ein Ende zu setzen?

Rinke fährt zum Allendeviertel. Die Anschrift im Personalausweis der toten Katharina Schade ist sein Ziel. Auf dem Klingelschild neben der Eingangstür des hochgeschossigen Plattenbaus stößt er auf den Namen »Eberhard Schade.« Rinke klingelt. Eine metallisch klingende männliche Stimme meldet sich:

»Ja, bitte? «

»Kriminalpolizei, Hauptmann Rinke! Ich muss Sie dringend sprechen!« ist die kurze Antwort.

Die Blechstimme meldet sich erneut: »Fahrstuhl rechts, sechste Etage!« Dann summt der Türöffner.

Als Rinke die Lifttür öffnet, steht bereits ein dicker, mittelgroßer, Mann etwa in Rinkes Alter und in einem braunen Trainingsanzug vor ihm, an den Füßen altmodische, abgetretene Hausschuhe. Die dunklen Haare sind glatt nach hinten gekämmt, das strenge Gesicht strahlt Autorität aus.

»Haben wir eben gesprochen?« fragt Rinke verlegen.

»Abteilung K?« fragt der Angesprochene kurz zurück. Der Kriminalist zeigt seinen Ausweis, den der Dicke aufmerksam mustert, ehe er mit einer Handbewegung auf eine halbgeöffnete Wohnungstür weist: »Bitte, Genosse, nach links ins Wohnzimmer!«

Rinke tritt ein, der Dicke schlurft hinterher. Aus einem Fernseher dudelt Volksmusik. DDR-Fernsehen, versteht sich. Eine Frau sitzt davor, schlank, blond, Anfang Vierzig, ebenfalls in einem braunen Trainingsanzug. Erstaunt blickt sie auf den Fremden.

»Ein Genosse von der K«, erklärt der Dicke.

Rinke stellt sich auch ihr vor. Da er richtig vermutet, die Eltern der Toten vor sich zu haben, fragt er ohne zu zögern: »Heißt Ihre Tochter Katharina?«

Die beiden nicken. Nichts Gutes ahnend, starren sie Rinke an.

Der schrecklichen Offenbarung, die er behutsam vorzubringen versucht, folgen die langen Minuten des Aufschreies aller Gefühle, die Eltern in einer solchen Situation empfinden. Und Rinke lässt sie gewähren, geduldig und verständnisvoll. Zeit darf jetzt nicht drängen. Er kennt sich aus, ahnt, dass seine offizielle Anwesenheit sie für ein sachliches Gespräch bald zugänglich machen wird, wenn auch nur für kurze Zeit. Aber sobald er sie verlassen hat, wird das schreckliche Geschehen, seine Unfassbarkeit und Unumkehrbarkeit mit aller Heftigkeit wieder von ihnen Besitz ergreifen und ihre Seelen in ein tiefes Loch stürzen lassen.

Wie vermutet, kann er nach geraumer Zeit des Abwartens mit dem sachlichen Gespräch beginnen. Und in den nächsten zwei Stunden erzählen die Eltern Rinke eine ganze Menge aus dem Leben ihrer Tochter.

Katharina, die sie meist Katja nennen, sei schon von klein auf ein stilles, in sich gekehrtes, aber zielstrebiges und fleißiges Mädchen gewesen. In den ersten Jahren habe sich die Mutter, die als Sekretärin im Ministerium für Kohle und Energie arbeitet, ganz ihrem Kind gewidmet. Der Vater habe nach seinem Studium an der Sektion Geographie der Humboldt-Universität eine Tätigkeit beim Ministerium für Staatssicherheit aufgenommen, die er aus Gründen der Geheimhaltung nicht näher bezeichnen könne, die sich aber im weitesten Sinne auf die Lösung kartographischer Probleme bezieht. Dienstlich sei er erheblich eingespannt: Bereitschaft, Dienstreisen und Schichten, nur sehr unregelmäßig daheim. Ansonsten haben sie sich als Eltern um eine klassenbewusste, politisch klare, auf die Sache des Sozialismus orientierte Erziehung bemüht und Katja schon von Schulbeginn an zu aktiver gesellschaftlicher Arbeit, zunächst in der Organisation der Thälmann-Pioniere, später in der FDJ, angehalten. Westfernsehen wurde zu Hause nicht gestattet, wie überhaupt beide Elternteile in Diskussionen mit ihrer Tochter immer bestrebt waren, Tendenzen ideologischer Abweichungen sofort entgegenzuwirken. Diese sicherlich strenge, aber politisch und weltanschaulich klare Erziehungssituation habe auch zu positiven Ergebnissen geführt. Denn: Katja zählte zu den Leistungsstärksten ihrer Schule, obwohl sie durch gesellschaftliche Funktionen als FDJ-Sekretär und Leitungsmitglied in der Grundorganisation stark belastet war. Nach dem Abitur habe sie mit vollem Elan ein Lehrerstudium aufgenommen. Zurzeit absolviere sie ein Praktikum im Pionierpalast in der Wuhlheide. Ihre knapp bemessene Freizeit gehöre der Musik, insbesondere der Klassik und den Liedermachern. Regelmäßig besuche sie das Haus der Jungen Talente in der Klosterstraße, wo nicht nur die Festivals des politischen Liedes, sondern auch die Werkstattwochen der Singebewegung, gelegentlich auch Tanzveranstaltungen stattfinden. In vieler Hinsicht lebe Katharina so ihr Eigenleben und benötige ihre Eltern nicht, obwohl sie immer noch ihr altes Kinderzimmer bewohne, das sie sich nach ihrem Geschmack gestalte.

Doch in den letzten beiden Jahren habe sie sich auch innerlich zurückgezogen. Gemeinsame Unternehmungen mit den Eltern seien immer seltener geworden. Bereits vor dem Abitur habe sie eine Beziehung zu einem älteren Mitschüler nach kurzer Zeit wieder gelöst. Überhaupt, vermuten die Eltern mit einer gewissen Befriedigung, zeige sie kein Interesse am männlichen Geschlecht, widme sich stattdessen ihrer beruflichen, politischen und kulturellen Bildung.

Auf die Frage Rinkes nach einem möglichen Motiv für die

Selbsttötung reagieren die Eltern völlig hilflos. Niemals hätten sie Anzeichen einer ernstzunehmenden seelischen Verstimmung bei ihr festgestellt. Und niemals hätten sie vermutet, dass Katharina auf diese entsetzliche Weise ihr Leben beenden könnte. Nein, sie können sich nicht erklären, warum sie das getan hat.

»Könnte Ihnen Katharina eine Nachricht hinterlassen haben«, fragt Rinke.

»Nein, nichts wissen wir, überhaupt nichts«, antwortet der Vater verzweifelt.

»Einer Freundin vielleicht, der sie etwas mitgeteilt hat?« ergänzt Rinke die Frage.

Doch der Vater reagiert hilflos: »Keine Ahnung, absolut keine Ahnung! Ich kenne keinen, dem sie sich anvertraut hat!« Auch die Mutter verneint mit einer Kopfbewegung.

»Mit wem hat sie denn überhaupt Kontakt, ich muss ja irgendeinen Faden aufnehmen?« fragt Rinke erneut.

Verwundert blickt der Vater auf seine Gattin: »Kennst du jemand, mit dem Katja näher zusammen ist?«

»Großeltern, Tanten, Onkel, Studienkollegen, Schulfreunde, Leute aus dem *Pionierpalast* oder dem Haus der Jungen Talente«, präzisiert Rinke.

»Mit der Oma in Aue?« zweifelt die Mutter, »nein, ausgeschlossen, das war früher mal. Die ist jetzt 'ne alte Frau, lebt im Heim. Und die Tanten und Onkel, alles weitläufig. Die wohnen irgendwo in der BRD, Adressen kennen wir nicht.«

Sie blickt Rinke eindringlich an und setzt fort: »Sie wissen ja, wir dürfen und wollen nicht den geringsten Kontakt. – Westbeziehung? Unmöglich!« Nachdenklich hält sie inne, dann setzt sie fort: »Mir fällt da etwas ein: In letzter Zeit …, da sprach Katja öfters mal von einer Sylvia. Die muss wohl älter sein und in einer Bibliothek arbeiten. Katharina mag sie wohl sehr.«

Auch der Vater äußert einen Gedanken: »Vielleicht finden

wir in ihrem Zimmer etwas? Ich kenne mich in ihren Sachen nicht aus, wir müssten suchen.«

»Gute Idee, ich hätte sicher danach gefragt«, hakt Rinke ein und drängt sanft: »Können wir gemeinsam nachsehen?«

Die Eltern zeigen sich einverstanden.

Katharinas Zimmer wirkt sauber und gemütlich, seine Atmosphäre verrät die Jugend des Besitzers: Plüschtiere auf der Liege, Überreste geliebten Spielzeugs aus der Kindheit, Plattenspieler und viele ernste Bücher. An der Wand hängen Poster von Lenin, Fidel Castro und Gandhi, aber auch von Peter Maffay. Rinke durchsucht den kleinen Schreibtisch: Zwischen allerlei Papierkram unverfängliche Briefe einer unbekannten Freundin, die weit hinter dem Ural wohnt. Berge von politischem und fachlichem Studienmaterial. Aber ein Tagebuch? Ein Abschiedsbrief? Anschriften von Freunden? Irgendein Papier, auf dem sie ihre Seele offenbarte? Die Suche verläuft ergebnislos. Nichts, was einen Hinweis enthält.

Doch Rinke erinnert sich an die Eintragungen im Taschenkalender, den er in der Gürteltasche der jungen Frau gefunden hatte. Vielleicht versteckt sich dort eine Notiz, die ihm weiterhelfen könnte.

Er gibt die Suche endgültig auf, muss die Eltern noch darüber informieren, dass der Leichnam ihrer Tochter beschlagnahmt ist. Erst nach der Autopsie und weiteren kriminalistischen Resultaten wird sie zur Bestattung freigegeben. Gleichwohl drückt er seine Zuversicht aus, den Vorgang bald abschließen zu können. Denn die bisherigen Fakten, aber auch seine Erfahrungen sprechen dafür, in diesem Todesfall keinem Verbrechen auf die Spur zu kommen.

Am Montag, 21. Oktober 1985, hält Hauptmann Rinke den Bericht über die Leichenöffnung in den Händen. Jetzt erst wird das Ausmaß der Verletzungen so richtig deutlich, die Katharina Schade sich durch den tödlichen Sturz vom Müggelturm zugezogen hat: Mehrfache Schädeltrümmerfraktur, Becken- und Oberschenkelbrüche, abgebrochene Rippen, die die Organe durchspießen, Aussprengung eines Stücks des Schädeldachs, offene Hirnverletzung, massive Einrisse in Lunge, Milz und Nieren, Einblutungen in die Brusthöhle.

Suizidbedingte Todesfälle durch Sturz aus der Höhe sind zahlenmäßig geringer als Unfälle. Jedoch muss auch die Möglichkeit eines Tötungsverbrechens geprüft werden. Insofern ist immer eine gründliche gerichtsmedizinische und kriminalistische Untersuchung erforderlich. Im vorliegenden Fall ist – berücksichtigt man die Höhe des Müggelturms und das Gewicht der Betroffenen, der direkte Aufschlag des Körpers auf dem Terrassenboden mit einer Geschwindigkeit von etwa fünfundsiebzig Stundenkilometern erfolgt. Das erklärt auch die Schwere der inneren Verletzungen. Stürze aus sehr großer Höhe auf eine Wasseroberfläche können ähnliche Verletzungen verursachen wie beim Auftreffen auf festem Untergrund.

Suizide durch Sturz aus der Höhe werden meist durch ältere Personen begangen. Sie erfordern keinerlei Vorbereitungen. Tatorte sind überwiegend Krankenhäuser und Heime (Sprung aus dem Fenster). Brücken oder Aussichtstürme bilden als Absprungstelle eher die Ausnahme, werden dann jedoch überwiegend von 14- bis 25-jährigen Personen bevorzugt. Ihr Anteil beträgt vierzehn Prozent aller Suizide durch Sturz aus der Höhe.

Ein schneller, entsetzlicher Tod, schlussfolgert Rinke. Er blättert in Katharinas Taschenkalender, findet jede Menge vergangene und künftige Termine, scheinbar wichtige und unwichtige. Doch eine Markierung am 11. März weckt sein Interesse.

Dieser Tag ist mit einem Kugelschreiber mehrfach umkreist worden, eine Auffälligkeit, die sonst nirgends zu finden ist.

Er konzentriert sich auf die kurze Eintragung: »Sylvi Geburtstag. Nur sie liebe ich!!!« Ist das die Sylvia, an die sich Katharinas Mutter erinnert hatte? Sind diese wenigen Worte nicht ein Indiz für Beziehung, Vertrautheit, vielleicht sogar Intimität? Rinke ahnt dunkel, dass über diese Sylvia die Klärung des Selbstmordmotivs erfolgen könnte. Er ist fürs erste zufrieden.

Der Rest des Vormittags vergeht mit der Vernehmung des Liebespärchens, das die Tote gefunden hat. Dann tippt er das Protokoll über die Befragung der Eltern. Am Nachmittag ist er im Institut für Lehrerbildung auf Achse, unterhält sich mit Lehrpersonal und Studenten. Aber niemand dort kennt eine Sylvi oder Sylvia. Erst am folgenden Tag stößt er bei den Recherchen im Pionierpalast, in dem Katharina Praktikantin war, auf den nächsten nützlichen Hinweis. Einer Mitarbeiterin, die in der Vergangenheit mehrmals mit ihr abends zum Tanzen im Haus der Jungen Talente war, sei aufgefallen, dass Katharina dort bekannt sei wie ein bunter Hund. Einmal habe Katharina ihr einen gewissen Frank vorgestellt, der dort im Hause tätig ist und über ein Büro verfügt. Katharina und Freunde Franks würden sich gelegentlich in diesem Büro mit jungen Künstlern treffen, um abseits vom ohrenbetäubenden Discolärm in kleinem Kreis über interessante Themen zu talken und zu philosophieren. Katharina sei durch eine gewisse Sylvia in diesen erlauchten Kreis eingeführt worden.

Als Rinke diesen Namen hört, fragt er neugierig: »Kennen Sie diese Sylvia näher?«

»Nicht besonders, ich habe sie ja nur einmal gesehen. Sie ist Bibliothekarin in der Unibibliothek. Ich denke, Katharina war mit ihr befreundet.«

»Können Sie sie beschreiben?« will Rinke wissen.

»Sie ist viel älter als Katharina, so um Mitte Dreißig, schlank, etwa ein Meter siebzig groß. Mit einem ganz kurzen Haarschnitt. Sehr pflegeleicht, verstehen Sie?«

Natürlich versteht Rinke und streicht sich demonstrativ über sein auffallend schütteres Haar.

Die Befragte setzt fort: »Sie scheint ein lustiges Haus zu sein. Und selbstsicher. Auf mich wirkte sie ziemlich sympathisch. Katharina war immer ganz happy, wenn sie über Sylvia sprach. Aber mehr weiß ich nicht.«

Rinkes Ermittlungen am Dienstag in der Universitätsbibliothek führen schnell zum Erfolg: Man kennt dort eine junge Frau mit kurzem Haar und dem Vornamen Sylvia, die am 11. März Geburtstag hat. Ihr Nachname ist Wozniak. Der Zufall ist auf seiner Seite: Sie hat gerade Dienst im Lesesaal. Erstmalig in seinem Leben betritt Rinke die heiligen Hallen der Universitätsbibliothek. Als er die Tür zum Lesesaal öffnet, empfängt ihn das leicht muffige Flair alter Bücher. Rinke ist beeindruckt. Überall nur Bücher. Gesammeltes Wissen aus Jahrhunderten. Menschen sitzen an langen, uralten Eichentischen, vertieft in ihre Lektüre. Andächtige Stille liegt über dem Saal. Hinter einem mit Büchern und Karteikästen überladenen Tresen erspäht Rinke eine junge Frau, etwa Mitte Dreißig, mit kurzen braunen Haaren, die gerade irgendwelche alten Schwarten in ein Regal sortiert. Er steuert auf sie zu und fragt resolut: »Fräulein Wozniak?«

Ungewollt hallt seine Stimme durch den Saal, als ob sie vielfach verstärkt wird. Rinke erschrickt, fühlt, zu laut gesprochen zu haben. Denn: Wie auf Kommando blicken die in ihre Bücher vertieften Menschen auf und starren ihn einen Moment lang vorwurfsvoll an. Die Frau hinter dem Tresen wendet sich ihm zu, legt ihren Zeigefinger auf den geschlossenen Mund und zischt freundlich ein leises »Pst!«

Mit gedämpfter Stimme beantwortet sie nun seine Frage: »Ja, das bin ich.«

»Kennen Sie Katharina Schade«, fragt Rinke kurz.

»Ja, natürlich!« reagiert die Angesprochene überrascht.

Rinke weist sich aus. Ohne weitere Erklärung lädt er sie für den folgenden Tag zur Vernehmung vor. Um für diese Zeit ihre Freistellung von der Arbeit zu erwirken, übergibt er eine amtlich eigens dafür vorgesehene Karte.

»Worum geht's denn?« will Sylvia Wozniak wissen.

»Hier möchte ich darüber nicht sprechen. – Also, morgen im Präsidium!«

Rinke will jetzt nichts preisgeben. Eilig, ohne sich zu verabschieden, verlässt er die akademischen Räume. Verstört und sorgenvoll blickt die junge Frau ihm nach.

Der Besuch des Staatsdieners hat Sylvia Wozniak innerlich aufgewühlt. Bis zum Dienstschluss telefoniert sie in der Gegend herum, um vielleicht von Bekannten zu erfahren, was passiert sein könnte. Erfolglos. Dann der Anruf bei Katharinas Eltern: Sie übermitteln ihr die schreckliche Nachricht. Aber erst zu Hause lässt sie ihrer Betroffenheit und Trauer freien Lauf. In den Armen der Freundin, mit der sie die kleine Wohnung teilt, kann sie sich ausweinen.

Als Sylvia Wozniak am nächsten Tag zur Vernehmung in der fünften Etage des Polizeipräsidiums erscheint, hat sie den tragischen Tod Katharinas einigermaßen verarbeitet. Rinke kann deshalb gleich zur Sache kommen: Ihn interessiert die Beziehung zwischen den beiden Frauen, er ist sich gewiss, so zu den Beweggründen für den Selbstmord zu gelangen. Er beginnt das Gespräch mit der fragenden Behauptung:

»Vermutlich wissen Sie inzwischen, was mit Katharina passiert ist?«

»Ja! Ich habe mit ihren Eltern telefoniert – so ein schreckliches Ende!«, antwortet sie traurig.

»Katharina hat weder einen Abschiedsbrief hinterlassen

noch auf andere Weise geäußert, warum sie sich das Leben nehmen wollte. Oder wissen Sie etwas«, will Rinke wissen.

»Nein, mir hat sie nichts mitgeteilt. – Sie war sehr verschlossen. Ich glaube, sie wollte andere damit nicht belasten«, erklärt Sylvia Wozniak. Und als Rinke sie fragend anschaut, setzt sie fort:

»Kathi hatte große Probleme mit sich selbst, wollte aber mit niemand darüber sprechen. Schon gar nicht mit den Eltern. Die hätten sie sonst auf der Stelle rausgeschmissen!«

»Haben Sie eine Erklärung für ihren Tod«, fragt Rinke interessiert.

»Ich denke ja, dazu kannte ich sie zu gut. Ich fühle mich ein bisschen mitschuldig an ihrem Tod. Immerhin waren wir ...« Die junge Frau kann den angefangenen Satz nicht beenden, Rinke fällt ihr ins Wort: »Ich mach uns erst mal 'nen Kaffee. Dann erzählen Sie mir alles. Von Anfang an: Wie Sie Kathi kennengelernt haben, worunter sie litt, wie Sie die Beziehung zu ihren Eltern einschätzen und so weiter und so weiter!«

Sylvia Wozniak wiegt nachdenklich den Kopf, als würde ihr eine weitere Erklärung schwerfallen. Doch nach kurzem Besinnen entschließt sie sich: »Einverstanden! Ich werde sagen, was ich weiß!«

Rinke entnimmt seinem Schreibtisch ein kleines Pappschild mit der Aufschrift »Nicht stören! Vernehmung!« und hängt es an die Außenseite seiner Bürotür. Dann wendet er sich wieder seiner Gesprächspartnerin zu: »Niemand wird uns jetzt behelligen. Also, ich höre!«

Sylvia Wozniak nimmt einen Schluck Kaffee und beginnt: »Also, ich sage es frei heraus: Ich bin lesbisch. Mein Coming-out hatte ich gleich nach dem Abitur. Jetzt lebe ich seit vielen Jahren mit meiner Freundin zusammen in einer gemeinsamen Wohnung. Und wir lieben uns. Allerdings hatten wir uns ungefähr vor zwei Jahren mal so gestritten, dass sie vorübergehend auszog. Ich dachte damals, nun sei es zwischen uns aus. Wochenlang hörte ich nichts mehr von ihr. Bald fiel mir die Bude auf den Kopf. Zu den Lesbentreffs in der Schönhauser Allee hat es mich nicht hingezogen. Aber ich verkehrte regelmäßig im Haus der Jungen Talente, war bald Stammgast bei Lesungen, Auftritten von Liedermachern, Discos und so. Dort lernte ich Kathi kennen. Sie war nett, frisch, intelligent, hatte keinen Freund. Kurz: Sie gefiel mir. Danach sahen wir uns regelmäßig. Bald freundeten wir uns an …«

Hauptmann Rinke unterbricht den Monolog vorsichtig: »Lassen Sie sich nicht stören, wenn ich Notizen mache. Aber dies ist eine offizielle Zeugenvernehmung!«

Sylvia Wozniak gibt mit einem kurzen Achselzucken zu verstehen, dass es sie gleichgültig lässt.

Das Gespräch in den folgenden zwei Stunden verschafft Rinke einen tiefen Einblick in das Leben der Katharina Schade, der ein gänzlich anderes Persönlichkeitsbild vermittelt, als deren Eltern ihm zu beschreiben versuchten:

Katharina war nämlich keineswegs die selbstbewusste Powerfrau, deren Lebensinhalt sich nur auf die Erreichung hoher fachlicher und gesellschaftlicher Leistungen beschränkte. Sie war aus Fleisch und Blut, ausgestattet mit Sehnsüchten und Bedürfnissen.

Nicht berufliche Strebsamkeit, nicht die bewusste Vermeidung jeglicher Ablenkung von ihren ehrgeizigen Zielen waren die Gründe, Anbändelungsversuche der Männer zurückzuweisen. In Wirklichkeit verspürte sie bereits in der Oberschulzeit, seit der kurzen Liaison mit einem Mitschüler, eine unerklärliche Abneigung gegen das männliche Geschlecht, der sie sich lange Zeit nicht bewusst war. Stattdessen fühlte sie sich von Frauen erotisch angezogen.

Solcherart Empfindungen hielt sie für abnorm, sogar krankhaft. Sie versuchte, sich dagegen zu wehren. Doch je mehr sie ihre innere Abwehr gegen derlei Neigungen mobilisierte, umso stärker wurde ihre Gedankenwelt von ihnen beherrscht. Bald war der Teufelskreis geschlossen. So schwelte in ihrer Seele eine bedrohliche Melancholie. Katharina wollte psychologischen Rat, doch schreckte sie vor dem Gang zum Therapeuten zurück. So fraß sie alle ihre Probleme in sich hinein.

Ein zusätzliches seelisches Trauma erlitt sie, als sie Zeuge eines zufälligen Gespräches ihrer Eltern über Homosexualität wurde: Während die Mutter homosexuelle Neigungen für eine Krankheit hielt, die psychiatrisch behandelt werden müsse, hielt der Vater sie für einen Ausdruck dekadenter Lebensweise im Kapitalismus und den Auslöser von krimineller Gefährdung und Asozialität. »Mit solchen Elementen will ich nichts zu tun haben«, erhitzte er sich klassenkämpferisch.

Katharina war entsetzt. Doch es mangelte ihr an Mut, durch ein offenes Bekenntnis die eigene Seele von der neurotisierenden Last des ewigen Stillschweigens zu befreien. Und es fehlte die Fähigkeit, die Eltern als zutiefst kleinbürgerlich, verklemmt und unwissend beurteilen zu können: Sie war wirtschaftlich und seelisch von ihnen so abhängig, dass die elterliche Autorität alle Widerstandskräfte brach. Deshalb verkroch sie sich noch tiefer in ihr Schneckenhaus.

Von der ersten Begegnung an spürte Sylvia Wozniak, dass Katharina in sie verliebt war. Es kam zwischen ihnen auch zu Intimitäten. Sylvia Wozniak empfand dies nur als kurze Episode. Für Katharina aber schien sich eine neue Welt zu öffnen: Eine heiße Liebe war entflammt. Doch Sylvia Wozniak wollte die Beziehung zu ihrer alten Freundin nicht gefährden. Treue war ihr wichtiger als das kurze Abenteuer mit einem so viele Jahre jüngeren Mädchen.

Katharina fiel es offenbar schwer zu begreifen, dass ihre unbändige Zuneigung nicht erwidert werden konnte. So sehr sich Sylvia Wozniak auch bemühte, eine auf Vernunft basierende

Kameradschaft zu pflegen, umso heftiger musste sie Katharinas Gefühlsausbrüche abwehren. Durch den immer wieder theatralisch demonstrierten Liebesverlust und die hartnäckigen, aber erfolglosen Annäherungsversuche fühlte sich Sylvia Wozniak in einer Zwangslage, aus der sie sich nur befreien konnte, wenn sie Katharina auf Distanz hielt. Doch diese bombardierte sie mit abendlichen Anrufen. Zum Geburtstag erhielt sie von ihr ein herzzerreißendes, selbstverfasstes Liebesgedicht. Auf diese Weise litt Katharina in den letzten langen Monaten unter zwei unverarbeiteten Konflikten: Zum einen wagte sie trotz Sylvias eindringlichem Zureden immer noch nicht, sich zu outen, ohne Rücksicht auf die Meinung ihrer Eltern. Nur so könnte sie ihre lesbischen Neigungen endlich ungehindert leben. Zum anderen verbaute die sklavische Unterwerfung alle Möglichkeiten, sich von Sylvia innerlich zu befreien, um dann unbelastet eine andere Beziehung einzugehen.

Am Abend des 18. Oktober rief Katharina letztmalig bei der Geliebten an. Freundlich, aber energisch verlangte Sylvia Wozniak, im Interesse der ausschließlich freundschaftlichen Empfindungen die Belästigungen endlich einzustellen. Doch Katharina zeigte keine Einsicht. Im Gegenteil: Sie reagierte mit einer Drohung, ehe sie den Hörer auflegte: »Wenn du mich nicht lieben kannst, dann möchte ich lieber tot sein!«

»Verstehen Sie«, wendet sich Sylvia Wozniak an Rinke, der die ganze Zeit aufmerksam ihrer Schilderung folgte, »insofern fühle ich mich ein wenig schuldig an ihrem Tod!«

Hauptmann Rinke kennt nun die Ursachen, die Katharina Schade in den Selbstmord getrieben haben. Das lange Gespräch mit der Zeugin versetzte ihn in eine Welt, die er nur unvollkommen begreift. Aber: Nun kann er den Schlussbericht schreiben und die Akte schließen.

Über Homosexualität war in der DDR jahrzehntelang keine

sachliche Diskussion möglich. Teilweise wurde sie ähnlich tabuisiert wie das Suizidgeschehen: Dass es im Lande der Arbeiter und Bauern auch Schwule und Lesben gab, wusste jedermann, doch allenfalls sprach man darüber hinter vorgehaltener Hand. Dabei wurde gleichgeschlechtliche Liebe zwischen Frauen differenzierter, weniger radikal beurteilt als zwischen Männern. Die Partei- und Staatsführung verkündete indes höchst offiziell, dass Homosexualität »der sozialistischen Ethik und Moral widerspricht, das sittliche Empfinden der Werktätigen ernsthaft verletzt und die Jugend gefährdet«. Lange Zeit wurde Homosexualität nicht als Varietät menschlichen Sexualverhaltens, sondern – im günstigsten Fall als Krankheit – vielmehr als Straftat und politische Abweichung verstanden.

Im Hinblick auf die männliche Homosexualität entartete eine solche Auffassung – vor dem Hintergrund des unrühmlichen § 175 des Strafgesetzbuches von 1871 – zu bizarren Rechtskonstruktionen und drastischen Sanktionen:

Eklatantes Beispiel dafür waren die Ereignisse um den ersten DDR-Justizminister, den homosexuellen Max Fechner. Wegen seiner politischen Aktivitäten in der SPD und als Mitglied des Preußischen Landtags von den Nationalsozialisten für mehrere Jahre im KZ Sachsenhausen eingekerkert, wurde er nach der Zerschlagung des Naziregimes SPD-Vorsitzender in der Sowjetischen Besatzungszone. Er unterstützte den Zusammenschluss mit der KPD zur SED. Im Jahre 1949 wurde Fechner Mitglied des Zentralkomitees der SED und Justizminister. Er initiierte die Ausbildung von juristischen Laien zu sog. Volksrichtern. Zum Massenstreik am 17. Juni 1953 verhielt er sich öffentlich relativ liberal, weil er ihn entsprechend der verfassungsrechtlichen Garantien für ein legitimes Mittel hielt. Die Partei- und Staatsführung erkannte in einer solchen Auffassung eine zutiefst feindliche Gesinnung. Fechner kam in Haft. Mit klassenkämpferischem Eifer überführten ihn die Sicherheitsbehörden schwerer

Verstöße gegen die Kontrollratsdirektive Nr. 38 und den Artikel 6 der Verfassung. »Boykotthetze« und »faschistische Propaganda« hießen die belastenden Tatbestände. Zum Zwecke der Strafverschärfung wurden Fechners homosexuelle Neigungen nach dem berüchtigten § 175 des alten StGB mit heranzogen. Ergebnis: Seine Volksrichter verurteilten ihn zu acht Jahren Zuchthaus. 1956 wurde Fechner aus der Haft entlassen. Er verstarb 1973 im Alter von einundachtzig Jahren. Sein Tod wurde von der Öffentlichkeit nicht wahrgenommen.

Erst das neue Strafgesetzbuch der DDR vom 12. Januar 1968 hob den üblen Tatbestand des § 175 auf, der »die widernatürliche Unzucht zwischen Personen männlichen Geschlechts« unter Strafe stellte. Das war eine wichtige Maßnahme der Liberalisierung, wenn auch nur auf einem speziellen rechtlichen Gebiet.

Doch zählebig hielten sich die alten Vorurteile gegenüber Schwulen und Lesben – bis zum Untergang der DDR. Zwangsläufig führten sie zu Ignoranz, Isolierung und sozialen Integrationsproblemen. Versteckte, mitunter sogar staatlich verordnete Diskriminierung war die Folge einer hilflosen moralischen und rechtlichen Rechtfertigung. So blieb Homosexuellen eine Berufsausübung im öffentlichen Dienst, z. B. als Lehrer, versagt. Nach der Verordnung über die Aufenthaltsbeschränkung konnten die Behörden ihnen sogar den Wohn- und Aufenthaltsort vorschreiben. Der truppenmedizinische Dienst der Nationalen Volksarmee war angewiesen, Homosexuelle vom Dienst als Berufssoldat oder Soldat auf Zeit auszuschließen. Auch die Bildung von Interessengemeinschaften, Vereinen oder die Einrichtung von Clubs war ihnen verwehrt.

Die Schwulen und Lesben reagierten sensibel auf derartige Benachteiligungen. Das Abdrängen in den Untergrund, der damit verbundene seelische Druck, die sexuellen Neigungen nicht nach außen bekannt werden zu lassen, führte bei vielen Betroffenen zu einer ernsthaften Behinderung ihrer Persönlichkeitsentfaltung.

Fatale Folgen waren nicht zu vermeiden: Im Vergleich zur Gesamtbevölkerung traten bei ihnen familiäre Konflikte und psychische Erkrankungen wesentlich häufiger auf. Auch der Missbrauch von Alkohol, der Genuss anderer Suchtmittel und das Zurückziehen in dubiosen Gruppen waren symptomatisch.
Am auffälligsten jedoch dürften zwei wichtige kriminologische Tatsachen gewesen sein: Zum einen nahm die Suizidalität bei Schwulen und Lesben unaufhörlich zu und erreichte bis Mitte der 80er Jahre eine fünfmal höhere Belastungsziffer als beim Durchschnitt der Bevölkerung. Zum anderen wurden Homosexuelle achtmal eher Opfer von Raubdelikten, Erpressungen, Diebstählen, Körperverletzungen oder gar Tötungen. Bis in die 70er Jahre hinein blieb die ängstliche Zurückgezogenheit das typische Verhaltensmerkmal für Menschen mit homosexueller Neigung.
Danach begann sich die Verkrampfung langsam zu lösen: Gesellschaftswissenschaftliche Analysen, moderne Erkenntnisse der Sexologie, Endokrinologie und Andrologie ermutigten die DDR-Wissenschaften, von den politischen Entscheidungsträgern zu verlangen, das Thema Homosexualität öffentlich zu machen und mit gebührender Sachlichkeit zu behandeln. Zunehmend forderten psychologische Publikationen Toleranz und Wissen heraus. Modelle zur Einrichtung von offiziellen Konsultationszentren und Begegnungsstätten wurden entwickelt.
Zaghaft traten nun auch die Schwulen und Lesben an das Licht der Öffentlichkeit.
Doch das war angesichts ihrer Überwachung durch den Staat nicht ohne Risiko für den einzelnen. Denn: Bereits 1973, als zur Eröffnung des Weltjugendfestivals in Berlin eine Gruppe Homosexueller vor der verdutzten Öffentlichkeit ein Transparent mit dem Text »Wir Homosexuellen grüßen die X. Weltfestspiele und sind für den Sozialismus in der DDR« entrollte, bewertete die Partei- und Staatsführung dies bereits als ernste Provokation durch

den politischen Untergrund. Prompt wurden die Sicherheitsorgane mobilisiert. Zehntausende Dossiers waren das Ergebnis. Die Kriminalisierung der Homosexuellen wuchs mit ihren Emanzipationsbestrebungen. Doch alle Versuche, sie wieder in die alte Zurückgezogenheit zu zwingen, scheiterten. Längst hatten sie unter den Fittichen der evangelischen Kirche Asyl gefunden (während sich die katholische Kirche fromm zurückhielt). Sie bildeten dort Arbeits- und Freundeskreise sowie Selbsthilfegruppen, tauschten Erfahrungen mit westdeutschen Homosexuellen aus, organisierten Reisen in die Volksrepublik Ungarn, wo Schwule und Lesben wohltuend toleriert wurden. Sie überschütteten die staatlichen Organe und die Parteiführung mit Eingaben und Anträgen, forderten die Abkehr von der bisherigen Benachteiligung. Doch die mächtigen Greise in den obersten Gremien des Partei- und Staatsapparates verschanzten sich weiter hinter ihren rigiden Dogmen. Hilflos mussten sie zur Kenntnis nehmen, dass die Zahl der Homosexuellen, die sich energisch um eine Übersiedelung in die Bundesrepublik bemühten, schneller zunahm als die Ausbürgerungsanträge beim Rest der Bevölkerung.

Am Vorabend des Mauerfalls machte dann Heiner Carows DEFA-Film Coming out die Öffentlichkeit einfühlsam auf die Probleme der Homosexuellen in der DDR aufmerksam. Auch die Jugendsendung Elf 99 des DDR-Fernsehens widmete sich in den letzten Wochen ihrer Existenz einige Male dem Thema Homosexualität.

Doch erst die Wiedervereinigung der beiden deutschen Staaten konnte die Situation der knapp eine Million Schwulen und Lesben in Ostdeutschland dann grundlegend verändern. Aber Achtung: Der endgültige Schritt vom rationalen Verständnis zur emotionalen Akzeptanz ist auch jetzt noch nicht getan.

Der Appell

Am Südrand der Leipziger Tiefebene, wo die Weiße Elster aus dem Thüringer Hügelland austritt, liegt Zeitz, zu DDR-Zeiten Kreisstadt im Verwaltungsbezirk Halle. Die 45 000 Einwohner umfassende Stadt erlangt vor allem durch das Hydrierwerk, die Eisengießereien, die Herstellung von Ausrüstungen für die Schwerindustrie, den Bau von Kinderwagen und Klavieren wirtschaftliche Bedeutung.

Die städtische Historie, die mit der Burg Zeitz beginnt und die Entwicklung zur attraktiven Handelsstadt ebenso umfasst wie die Zeit als Residenz der kursächsischen Sekundogenitur Sachsen-Zeitz sowie die Epoche nach dem Anschluss an Preußen, widerspiegelt sich in sehenswerten frühbarocken, gotisch-romanischen und klassizistischen Bauwerken und Bürgerhäusern. Trotzdem spielt das Städtchen zu DDR-Zeiten touristisch keine Rolle. Die mehrfachen Auflagen des offiziellen Reiseroutenatlas, der die landeskundlich interessantesten Wegstrecken zwischen der Insel Rügen und dem Thüringer Wald beschreibt, klammert Zeitz beharrlich aus. Zwar kennen die vermehrungsfreudigen DDR-Bürger Zeitz durch die Kinderwagenproduktion, doch ihr sonstiges Interesse an dieser Stadt ist gering, denn die giftigen Ausdünstungen und Abwässer der großen Chemiewerke zwischen Halle, Leipzig und Zeitz haben die Region bereits dauerhaft ramponiert. Zeitz bleibt lange Zeit eine Stadt ohne gebührende Beachtung.

Im Sommer 1976 ändert sich die Situation. Ein tragisches Ereignis rückt die Stadt jäh in den Mittelpunkt öffentlicher Aufmerksamkeit. Es ist ein Geschehen, das nicht nur einen Prozess interner Auseinandersetzungen innerhalb der protestantischen Kirchenleitungen entfacht. Es erneuert auch die Konfrontation zwischen Kirche und Staat und löst obendrein in den Medien, aber auch in der Gesellschaft, höchst unterschiedliche Reaktionen aus.

Es ist Mittwoch, der 18. August. Der himmelblaue Morgen leitet einen sonnenfreundlichen Tag ein. Im Pfarrhaus von Rippicha, dem kleinen Ortsteil von Droßdorf, wenige Kilometer südlich von Zeitz, beendet der Pfarrer Oskar Brüsewitz, siebenundvierzig, das gemeinsame Frühstück mit seiner Gattin und meint, es wäre nun Zeit, in die Stadt zu fahren. Was er dort will, bleibt zunächst unbekannt. Er verhält sich ruhig, gefasst, unauffällig. Bevor er kurz vor 10.00 Uhr das Haus verlässt, stellt er noch frische Rosen in der Wohnung auf. Dann geht er zur nahegelegenen Kirche. Dort hat er, bereits Tage zuvor heimlich gefertigt, Plakate und ein zweiteiliges Transparent deponiert. Er verstaut diese in seinem Pkw Wartburg-Kombi, in dem sich bereits eine mit Benzin gefüllte Zwanzig-Liter-Milchkanne befindet. Pfarrer Brüsewitz streift den Talar über und fährt sodann in Richtung Zeitz davon.

Kurz vor 10.30 Uhr parkt er seinen Wartburg nahe der Fußgängerzone auf dem Michaelis Kirchhof in der Zeitzer Oberstadt, unmittelbar vor dem Portal der Michaeliskirche. Eilig stellt er seine Plakate und die beiden Teile des drei Meter langen Transparents auf. Letzteres trägt den Text: »Funkspruch an alle … Funkspruch an alle … Die Kirche in der DDR klagt den Kommunismus an! Wegen Unterdrückung in Schulen an Kindern und Jugendlichen.« Schon allein dieser Text ist nach Auffassung der DDR-Obrigkeit eine unerhörte Provokation, die an den Grundfesten des Arbeiter- und Bauerstaates rüttelt und demzufolge einen Straftatbestand erfüllt.

Brüsewitz gießt sich den Inhalt der Milchkanne über den Talar. Wie zufällig beginnen die Glocken der Michaeliskirche zu läuten, weil zeitgleich eine Bestattungszeremonie auf dem Friedhof stattfindet. Mit einem Streichholz entzündet er seine Bekleidung und steht augenblicklich in hohen Flammen. Die Passanten sind schockiert. Da sich ihre Aufmerksamkeit auf den brennenden Mann richtet, nehmen sie den Text auf den Plakaten und dem Transparent nur bruchstückhaft wahr. Als lichterloh brennende Fackel läuft Brüsewitz etwa 20 Meter auf das nahe Gebäude der evangelischen Kirchenverwaltung, der Superintendentur, zu. Vor einer Telefonzelle bringt ihn ein Mann in NVA-Uniform zu Fall, während ein herbeieilender Kraftfahrer Decken über ihn wirft und so die Flammen ersticken kann. Mehr als einhundert Neugierige kommen nun am Ort des grausigen Geschehens zusammen.

Polizei und Feuerwehr werden informiert. Sie erscheinen auch rasch. Während ein Löschzug der Feuerwehr die Flammen an der Heckfront des Wartburg und die auf dem Straßenpflaster bekämpft, stellen staatsbewusste Bürger gemeinsam mit Polizisten Plakate und Transparent mit den ketzerischen Texten als Beweismittel sicher. Brüsewitz wird sowohl von einer Mitarbeiterin der Superintendentur als auch von Passanten erkannt. Er lebt, ist aber nicht ansprechbar. Dann trifft ein Krankenwagen ein. Notdürftig versorgt, wird Brüsewitz in das Zeitzer Kreiskrankenhaus eingeliefert. Die schweren Brandwunden, die sich über mehr als achtzig Prozent der Körperoberfläche erstrecken, begründen eine akute Lebensgefahr. Die dortigen medizinischen Möglichkeiten reichen jedoch nicht aus, um eine sachgerechte Intensivtherapie zu gewährleisten. Deshalb wird Brüsewitz kurz nach 11.00 Uhr in das Bezirkskrankenhaus Halle-Dölau überführt. Ab 13.00 Uhr kann er dort entsprechend versorgt werden. Doch die Verletzungen lassen nur eine schlechte Prognose zu.

Etwa eine Stunde war vergangen, als Pfarrer Brüsewitz Rippicha in Richtung Zeitz verlassen hatte. Da meldet sich eine Mitmieterin des Pfarrhauses bei einer seiner beiden Töchter und übergibt ihr ein Schreiben. Dessen Inhalt führt zunächst zu großen Irritationen: Darin verabschiedet sich Brüsewitz nämlich von seiner Familie und verfügt, an einer bestimmten Stelle des Friedhofs von Rippicha bestattet zu werden, an der er bereits mit dem Ausschaufeln eines Grabes begonnen hatte. Im Übrigen stimmt der restliche Text in wesentlichen Passagen mit einem später bekannt gewordenen Abschiedsschreiben überein, das er an seinen Kirchenkreis richtete.

Kurze Zeit nachdem die Dringliche Medizinische Hilfe den schwer verletzten Brüsewitz zum Kreiskrankenhaus gebracht hat, macht sich der stellvertretende Superintendent auf den Weg von Zeitz nach Rippicha, um Frau Brüsewitz und den Töchtern den tragischen Vorfall mitzuteilen. Gefasst nimmt die Frau die schreckliche Nachricht zur Kenntnis, versucht, das Handeln ihres Gatten zu verstehen. Auch zwei Vertreter der Sicherheitsorgane, die sich als Kriminalpolizei ausweisen, sind bald zur Stelle, um Frau Brüsewitz und die ältere Tochter zwei Stunden lang zu befragen. Die Frage, in welchem Zustand sich ihr Gatte befinde, können (oder wollen) die Vertreter der Staatsmacht Frau Brüsewitz nicht beantworten. Nach der Befragung werden beide zum VPKA Zeitz gebracht, um sie dort, voneinander getrennt, länger als fünf Stunden zu vernehmen.

Vermutlich ist bereits zu diesem Zeitpunkt gem. § 98 StPO die Einleitung eines Ermittlungsverfahrens gegen Brüsewitz wegen des Verdachts einer Straftat gegen die staatliche Ordnung (§ 220 StGB, Öffentliche Herabwürdigung) erfolgt – zumindest ist es in Erwägung gezogen worden. Dafür spricht sowohl die Zuführung von Frau Brüsewitz und ihrer Tochter zum VPKA (ausgenommen, dass sie nicht ausdrücklich freiwillig dorthin mitfuhren) als auch ihre getrennte Vernehmung. Sie hätte gem. § 32 Abs.

1 StPO in jedem Fall ein Ermittlungsverfahren vorausgesetzt. Dann muss man auch fragen, ob die gesetzlich geforderte und durch Unterschrift beider Frauen bestätigte Zeugenbelehrung überhaupt erfolgte (z. B. hinsichtlich ihres Aussageverweigerungsrechts gem. § 26 StPO) und warum die formlose Befragung zu Hause nicht ausreichte.

Die Intentionen der Sicherheitsorgane in diesem Fall, nämlich im Ergebnis der ersten Vernehmungen schon nachzuweisen, dass Brüsewitz vermindert zurechnungsfähig sei oder sogar an einer Geisteskrankheit leide, werden durch die darauf abzielenden Fragen deutlich. Wieder erkundigt sich Frau Brüsewitz nach dem Zustand ihres Gatten, und diesmal erfährt sie von seiner Verlegung ins Bezirkskrankenhaus Halle-Dölau.

Aber erst am 20. August wurde sie vor Ort durch die Ärzte der Intensivstation ausführlich über den wahren Zustand ihres Mannes unterrichtet: Für den Patienten bestünde akute Lebensgefahr, er erlange nur kurzzeitig das Bewusstsein, sei dann aber verwirrt: Ihn zu besuchen, wäre nicht möglich.

Sonntag, der 22. August: Der Zustand des vom Tode gezeichneten Brüsewitz verschlimmert sich zusehends. Die Ärzte des Bezirkskrankenhauses benachrichtigen die Familie, halten einen Besuch für dringend geboten. Doch noch ehe sie eintrifft, ist Pfarrer Brüsewitz seinen schweren Brandverletzungen erlegen.

Von Anfang an wird der »Vorgang Brüsewitz« von der Untersuchungsabteilung des MfS bearbeitet. Selbst wenn ein Ermittlungsverfahren gegen den Pfarrer eingeleitet worden war: Nach seinem Tode muss es ohne Einstellungsentscheidung beendet werden. Die Akte wird somit als Todesermittlungssache weitergeführt. Die Tatmotive sind ja noch unklar.

Warum das MfS und nicht die Kriminalpolizei die Ermittlungen führt, lässt sich einfach erklären: Dass ein Pfarrer in der DDR durch öffentliche Präsentation von Plakaten mit sozialismusfeindlichem Inhalt und seine demonstrative Selbstverbrennung einen, wie es der Vorsitzende des Rates des Kreises bezeichnet, »provokatorischen, staatsfeindlichen Akt« verübt hat, macht die politische Dimension des Geschehens deutlich. Hinzu kommt das rege Interesse der westdeutschen Medien, die bereits am 20. August über Rundfunk und Fernsehen darüber berichten. Schnell wird hüben und drüben klar, dass das Ereignis sowohl die Kirche als auch die Partei- und Staatsführung der DDR in arge Bedrängnis gebracht hat. Alte Strategiefragen des Verhältnisses zwischen dem SED-Staat und der Kirche einerseits werden ebenso wieder aufgeworfen wie andererseits das der Kirche zum SED-Staat. Die öffentliche Selbstvernichtung des Kirchenmannes hat den empfindlichen Waffenstillstand zwischen beiden Instanzen beschädigt. Auch für sie ist die Situation neu. Denn: In der Geschichte der DDR hat es bisher nie einen vergleichbaren Vorgang gegeben.

Flugs werten ihn beide Seiten auf ihre Art aus: Die Kirche sucht zunächst nach den psychologischen Ursachen des Geschehens und beschäftigt sich mit den möglichen regionalen Auswirkungen auf den Kirchenkreis. Die Staatsmacht hingegen wittert augenblicklich die Gefahr, dass der Suizid des Pfarrers dem Westen neuen politischen Zündstoff gegen die DDR liefern könnte, und versucht, ihn als Handlung eines Geistesgestörten zu erklären. Aber das muss erst nachgewiesen werden. Nur der Selbstmord reicht dafür nicht aus. Partei- und Staatsorgane treffen die entsprechenden psychologischen Vorbereitungen. Sie sammeln »Stimmungen und Meinungen der Werktätigen«. Das Ergebnis wird in einer »Information der SED-Kreisleitung vom 19./20. August 1976« an die Parteispitze weitergeleitet. Darin heißt es u.a.: »... dass die Werktätigen einschließlich der kirchlich gebundenen Bürger diese Handlung scharf verurteilen. Sie kommentieren diese Tat mit der Bemerkung: ›Zu solch einer Handlung ist nur ein Geisteskranker fähig.‹ Besonders bei den Arbeitern gibt es Abscheu und Empörung mit der Feststellung, dass diese Handlung eine offene Provokation und ein Angriff auf unseren sozialistischen Staat ist, der in das Konzept des Klassengegners mit seiner Hetze gegen die DDR und den Sozialismus passt.«

Emsig erkunden die Sicherheitsorgane alles, was sie für bedeutungsvoll halten. Das fällt ihnen offenbar nicht schwer, denn Oskar Brüsewitz ist ihnen schon lange ein Dorn im Auge. Seine unverzeihlichen Eskapaden füllen bereits eine dicke Akte. Der SED-Führung ist schon lange bekannt, dass »er keinen Hehl aus seiner negativen politischen Grundeinstellung« macht.

Mit teilweise absurden Argumenten versucht die Obrigkeit, Brüsewitz zu psychiatrisieren. Sein Fall soll auf die bedauerliche Tat eines Kranken reduziert werden. Das belegt die bereits am 18. August 1976 verfasste interne Information des Rates des Kreises, in der es heißt:

»*... In seinem Auftreten gegenüber den örtlichen staatlichen Organen trat er provozierend auf. Forderungen des staatlichen Organs zur Einhaltung der sozialistischen Gesetzlichkeit, insbesondere bei der Durchführung von Veranstaltungen, ignorierte er. In Gesprächen brachte er zum Ausdruck, dass er die DDR mit der faschistischen Diktatur vergleiche.*

Während seiner Amtszeit in der Kirchengemeinde Rippicha zeigt Brüsewitz ein Verhalten, das Anlass gibt, Brüsewitz auf seinen geistigen Zustand bei einem Psychiater untersuchen zu lassen. Folgende Fakten führen zu dieser Ansicht:

1. *Am 14.8.1970 war im Kreis Zeitz ein schweres Gewitter. Der Ortsteil Lonzig wurde dabei besonders betroffen. Als alle Einwohner dieses Ortsteils bei der Beseitigung der Schäden halfen, behinderte B. diese und äußerte sich wörtlich: »Nun hat es die Kommunisten erwischt. Das ist Gottes Strafe.« Das löste eine große Empörung unter der Bevölkerung aus.*

2. *Um die Aufmerksamkeit auf sich zu ziehen, lief B. mit einem Tonbandgerät des Öfteren durch die Orte und spielte Lieder ab und sang dazu.*
3. *Seinen PKW Trabant benutzt er als Reklamefahrzeug, indem er diesen bemalt, Transparente anbringt und so durch die Orte fährt.*
4. *Trotz vieler Aussprachen mit ihm brachte er an den Kirchturm in Rippicha ein großes Kreuz aus Leuchtstoffröhren an, welches er besonders an staatlichen Feiertagen leuchten ließ. Diese Maßnahme führte er auch in angespannter Energiesituation durch.*
5. *Des Weiteren brachte B. in seinem Grundstück Transparente mit Bibelsprüchen an, die von der Gestaltung her einen unästhetischen Eindruck machten. Als B. von den staatlichen Organen anlässlich der Volkswahlen 1974 darauf aufmerksam gemacht wurde, diese Transparente zu beseitigen, weigerte er sich und organisierte ca. sechs Pfarrer, die diese Transparente bewachten.*
6. *Am 6.2.1972, als B. den Pfarrer von Draschwitz vertrat, spielte er vom Kirchturm der Kirche in Draschwitz Schlagermusik mittels Tonband ab und hielt die Kinder auch nach 19.00 Uhr in der Kirche zurück.*
7. *Am 28.11.1972 installierte er einen Tannenbaum mit elektrischen Kerzen in seinem Gartengrundstück an der Straße und setzte unter diesen Tannenbaum einen Lautsprecher, der an das Radio in seiner Wohnung angeschlossen war und spielte Musik.*
8. *Zu einem sogenannten ev.-kath. Kindertag am 19.7.1973 spielte er mit viel Geschrei und barfuss mit den Mädchen und Jungen Fußball zum Gespött der Einwohner …«*

Doch der Versuch der Partei- und Staatsführung, mit derartigen »Fakten« die Kirchenleitung veranlassen zu wollen, Brüsewitz offiziell für geistesgestört zu erklären, muss fehlschlagen. Andernfalls hätte man der Kirchenleitung Verantwortungslosigkeit unterstellen können, einen vielleicht unzurechnungsfähigen Pfarrer einer Gemeinde anvertraut zu haben.

Die Selbstverbrennung Brüsewitz' löst ein gewaltiges öffentliches Interesse aus. Westdeutsche Zeitungs- und Fernsehberichte nehmen das Ereignis zum Anlass, die DDR-Realität zur Diskussion zu stellen. Die DDR-Führung nimmt das übel, fühlt sich zu Reaktionen in der eigenen Presse genötigt. Doch sie gehen nicht über das Niveau sattsam bekannter Agitation hinaus, wirken unglaubwürdig und fordern ungewollt weitere Diskussionen heraus. Am 26. August 1976, dem Tag des Trauergottesdienstes für Brüsewitz, demonstriert im Kreisgebiet von Zeitz die Staatsmacht durch Behinderungen, Kontrollen, vorläufige Festnahmen und andere Repressalien ihre klassenkämpferische Entschlossenheit.

Der Höhepunkt des Konflikts wird schließlich durch den am 11. September 1976 von der Konferenz der Kirchenleitungen der DDR verabschiedeten öffentlichen »Brief an die Gemeinden« erreicht. In diesem Brief wird die Selbstverbrennung des Pfarrers Brüsewitz zum Anlass genommen, die grundsätzliche Position der Kirche in der DDR zu bestimmen und kritische Fragen des Verhältnisses zum Staat aufzuwerfen.

Die Genossen des Zentralkomitees sind darüber erbost. Sie halten die Verbreitung dieses Briefes – wie sie in einem höchst vertraulichen Fernschreiben vom 16.9.1976 an die 1. Sekretäre der SED-Kreisleitungen formulieren – für »einen der größten konterrevolutionären Akte gegen die DDR. Wir werden … zur gegebenen Zeit die erforderlichen Schlussfolgerungen ziehen.« Offensichtlich wird damit die bisherige Koexistenz zwischen Staat und Kirche nun endgültig in Frage gestellt.

Die Schlussfolgerungen lassen dann auch nicht lange auf sich warten: Da die Partei- und Staatsführung in der Kirche ohnehin ein gefährliches sozialismuskritisches, letztlich sogar konterevolutionäres Potential vermutet, schwenkt sie aus machtpolitischen Erwägungen auf den harten, restriktiven kirchenpolitischen Kurs früherer Zeiten zurück. Dieser wird dann auch bis zum Ausgang der 70er Jahre beibehalten.

Schon ein kurzer Blick in die Biographie des evangelischen Pfarrers Oskar Brüsewitz macht deutlich, wie sehr seine unbequeme, streitbare Art Widerspruch hervorruft. Im Jahre 1929 geboren, von Beruf Schuhmachermeister, durch und durch gottesfürchtig und von missionarischem Eifer, aktives Mitglied in verschiedenen Kirchengemeinden, besucht er erst relativ spät die Erfurter Predigerschule (1964 bis 1969). Seinen Probedienst als Pfarrer leistet er in Rippicha, einer Landgemeinde nach seinem Sinn. Er übernimmt dort das baufällige Pfarrhaus, das er mit Organisationstalent und handwerklichen Fähigkeiten bald instand setzt. Seine zupackende, direkte Art macht die Gemeindemitglieder neugierig. In der Öffentlichkeitsarbeit, die Brüsewitz immer schon für ein wichtiges Instrument theologischen Wirkens hält, fällt er mit einer Serie von originellen, aber auch spektakulären, mitunter die regionale Obrigkeit provozierenden Aktionen auf. Einmal platziert er neben die akkurat gedruckten Agitations- und Propagandaplakate der Ortsschule seine eigenen, eilig beschriebene Plakate mit Bibeltexten. Der Rat der Gemeinde fordert deren Beseitigung. Brüsewitz weigert sich hartnäckig. Als er ein anderes Mal ein großes, weithin sichtbares Kreuz aus Leuchtstoffröhren an der Kirche anbringen lässt, wird wieder dessen Entfernung verlangt, und er setzt erneut Widerstand entgegen. Auch die direkte Konfrontation scheut er nicht: Als konsequenter sogenannter Nichtwähler (das war der Terminus für eine Kategorie DDR-Verdrossener, die von der Staatsmacht immer genauestens registriert wurden) äußert er einmal auf einer öffentlichen

Wählerversammlung: »Ich habe schon gewählt, nämlich Jesus Christus!« Weitere ähnliche Aktionen bringen ihm immer wieder Minuspunkte bei den staatlichen Organen ein. Eine Kontroverse nach der anderen muss er mit dem Bürgermeister ausfechten. Mitunter reagiert er dabei affektiv, grobschlächtig und unsachlich.

Doch seine Predigten sind gut besucht, lebendig, anschaulich, unkonventionell. Er verlässt häufig das Konzept seiner Predigt, um seiner Spontaneität freien Lauf zu lassen. All das fördert einerseits die Neugierde der Gemeindemitglieder an seinen Predigten, die stets voller Überraschungen sind, stößt aber andererseits bei seinen Amtsbrüdern auch auf Ablehnung. Folgerichtig bringt der Rat des Kreises Zeitz Bedenken gegen eine Berufung des Pfarrers Brüsewitz nach Rippicha vor, so dass die Kirchenleitung immer wieder einlenken muss. Anfang 1971 wird er schließlich offiziell als Pfarrer eingeführt. Mit großem Eifer stürzt er sich auf die nun selbständige Arbeit: In den Ortschaften seines Pfarrsprengels entstehen Gemeinderäume, alte werden ausgebaut und mehrere beschädigte Kirchen repariert, alles zum Wohlgefallen der Gläubigen. Das Aufstellen von selbstgefertigten Plakaten mit kurzen biblischen Texten hält er weiterhin für ein wichtiges Element kirchlicher Öffentlichkeitsarbeit.

Im August 1971 kommt es erneut zu einer Konfrontation mit den Staatsorganen: Auf dem Pfarrgelände soll nämlich ein ökumenisches Kinderfest stattfinden. Mehrere hundert Kinder werden erwartet. Trotz mehrfacher Erinnerung weigert sich Brüsewitz mit der ihm eigenen Sturheit, seiner Anmeldepflicht bei den örtlichen Behörden nachzukommen. Ein gegen ihn eingeleitetes polizeiliches Ordnungsstrafverfahren ist die Folge.

Als 1974 auf dem Grundstück der Schule ein Plakat »25 Jahre DDR« aufgestellt wurde, platziert er gegenüber auf dem Kirchengelände ein eigenes Plakat »2000 Jahre Kirche Jesu Christi«. Doch die Staatsmacht hat keinen Sinn für Humor, sondern hält dies völlig zu Recht für eine Provokation. Denn: Provokation ist für Brüsewitz immer ein Mittel der Auseinandersetzung und entspricht seiner kämpferischen Natur.

Während er im direkten Umgang mit den Gemeindemitgliedern Hilfsbereitschaft zeigt, sich altruistisch der Schwachen und Hilfebedürftigen annimmt, wird der Kreis der Kirchgänger mit der Zeit immer kleiner. Ein Grund dafür ist, dass seine ansonsten lebhaften Predigten mit der Zeit inhaltlich abflachen und regelmäßig auf das Thema »Bolschewismus – die praktische Gottlosigkeit« zusteuern.

Unzuverlässigkeit bei der Einhaltung von Terminen und mitunter konfuse, sogar belächelte Diskussionsbeiträge im Pfarrkonvent des Zeitzer Kirchenkreises schaden seiner Autorität unter den Amtsbrüdern. Und mit der Zeit spürt er, dass er von ihnen nicht ernstgenommen wird.

In der Trockenzeit des Sommers 1975 fährt er mit einem Pferdegespann ins Stadtzentrum von Zeitz. Auf dem Fuhrwerk hat er ein Transparent angebracht. Auf der einen Seite ist zu lesen:

»Die Kirche ist in Not«, auf der anderen: »Ohne Regen, ohne Gott geht die ganze Welt bankrott«. Prompt wird er von der Volkspolizei zur »Feststellung eines Sachverhalts« abgeführt und länger als eine Stunde befragt.

Einer Amtsschwester berichtet er davon und meint, dass diese Fahrt nur die erste Stufe eines Drei-Stufenplans sei. Weitere Aktionen würden folgen. Doch konkrete Angaben dazu macht er nicht.

Einen Monat später brennt die Scheune auf seinem Pfarrgrundstück nieder. Die Brandursachenermittler der Feuerwehr stellen Selbstentzündung des eingelagerten Strohs als Ursache fest. Brüsewitz bezweifelt diese Ursache, grübelt darüber nach, ob er vielleicht durch unbekannte Bösewichte vorsätzlich geschädigt werden sollte.

Auf die Zeitzer Vorgänge reagieren sowohl die Staatsorgane als auch die kirchlichen Vorgesetzten mit Missfallen. Oskar Brüsewitz wird vom Vertreter des Bischofs der Kirchenprovinz Sachsen zu einem klärenden Gespräch nach Magdeburg gebeten. Dort nimmt er die Möglichkeit wahr, über seine Befindlichkeiten zu sprechen. Seit langem fühle er sich sehr bedrückt, eingeengt, umzingelt, inmitten einer »Kesselschlacht«, leide unter dem schwindenden Erfolg seiner Kirchenarbeit, teilt er mit. Weil seine Befindlichkeiten ernstgenommen werden, empfindet er dieses Gespräch als bereichernd und sagt zu, ähnliche Unternehmungen wie die Aktion in Zeitz künftig zu unterlassen.

Es scheint, als hätten sich die Wogen geglättet. Doch nur für kurze Zeit. Als nämlich die Kreiskirchenleitung im Dezember 1975 den Beschluss fasst, Ende des Sommers 1976 eine Visitation in seinem Pfarrsprengel durchzuführen, ist Brüsewitz außer sich. Da er selbst einmal in einer Visitationskommission mitwirkte und ihre Tätigkeit für den betreffenden Pfarrer als entehrend empfunden hatte, reagiert er in höchstem Maße unsachlich, in dem er die geplante Maßnahme als Schnüffelei ansieht und die Kommission mit der Staatssicherheit gleichstellt. Er fühlt sich in arger Bedrängnis, ahnt, die prekäre Situation in seinem Sprengel, der erhebliche Verlust an Gemeindemitgliedern werde nun gänzlich offengelegt. Zusätzlich belastet ihn der Vorwurf der Kirchenleitung, den Dienstwagen durch unsachgemäßen Gebrauch ramponiert und dadurch unverhältnismäßig hohe Reparaturkosten verursacht zu haben.

Auf Drängen des Rates des Bezirkes Halle, die für den Staat als untragbar empfundene Situation bald zu klären, entschließt sich die Kirchenleitung, Brüsewitz einen Pfarrstellenwechsel vorzuschlagen und ihm damit die Möglichkeit eines Neubeginns zu geben. Doch er verhält sich widersprüchlich: Während er sich einerseits zu einem Wechsel bereit zeigt, verbreitet er andererseits in der Gemeinde, Rippicha bis zu seinem Tode nicht zu verlassen.

Die Zersplitterung seiner Seele lässt sich erahnen: Brüsewitz' gewohnte innere Widerstandsfähigkeit scheint aufgebraucht zu sein. Auch sein Körper zeigt Anzeichen von Schwäche. Herzprobleme und chronisches Magenleiden haben ihn längst anfällig und labil gemacht. Er fühlt, wie er sich der lawinenartig auf ihn hernieder stürzenden Probleme nun nicht mehr erwehren kann. Sie treiben ihn unaufhaltsam in das Labyrinth der Ausweglosigkeit. Das alles geschieht auf dem Fundament seiner Persönlichkeit, die von hohem Anspruchsniveau seiner missionarischen Tätigkeit, von tiefem christlichen Glauben ebenso geprägt ist wie von Kompromissunfähigkeit, Renitenz, Sturheit, Spontaneität und Affektivität – Eigenschaften, die ihn zeitlebens schon unberechenbar machen. Das ständige Wechselbad aus Erfolg und Misserfolg, Aktion und Gegenwirkung, Kampfgeist und Resignation, Selbstbewusstsein und Selbstzweifel belastet sein Innenleben.

So entsteht ein ganzes Bündel von Einzelmotiven. Brüsewitz' Gedankenwelt richtet sich immer stärker auf einen Punkt aus: Suizid wird als letzter Ausweg erwogen. Diese Überlegungen werden bei ihm zur bestimmenden Triebkraft. Niemand weiß, wann er den Handlungsentschluss fasst, mit dem Pkw nach Zeitz fahren zu wollen, um sich dort öffentlich zu verbrennen. Aber der für die Vorbereitung erforderliche Zeitaufwand zeugt von Überlegung und Planmäßigkeit des Vorgangs.

Oskar Brüsewitz verknüpft die geplante Selbstvernichtung mit verschiedenen Intentionen: Sie soll zur Befreiung aus der psychischen Sackgasse angehäufter Konflikte und zermürbender Konfrontationen führen. Aber er verbindet mit der Selbsttötung auch den politischen Protest: Die Selbstopferung bildet so den Höhepunkt seines Kampfes gegen das politische System in der DDR und drückt absolute Entschlossenheit aus. Sie ist auf spezifische Weise politischer Widerstand. Gleichzeitig ist sie ein nachdrücklicher Appell zur Abkehr von der »praktischen Gottlosigkeit«.

Derlei Zweckbestimmung entspricht durchaus seiner religiösen und politischen Überzeugung, die er einmal auf einer Grabrede zusammenfasste: »Alles ist vergänglich, auch der Marxismus, und nur der liebe Gott bleibt bestehen.«

Zusätzlich erzeugt die Situation in der Kirche, so wie Brüsewitz sie reflektiert, ebenso tiefe Enttäuschung, Mutlosigkeit und Resignation wie die seelsorgerischen Misserfolge in der Gemeinde. Und schließlich wirkt die angekündigte Visitation der Kirchenleitung subjektiv wie eine existentielle Bedrohung, deren Resultat Ohnmacht und Ausweglosigkeit sind.

Der Tod selbst ist für Brüsewitz kein Thema, das ihn abschrecken könnte. Im Gegenteil: Er fühlt eine innere Berufung zu diesem letzten Schritt, den er mit der Zuversicht eines frommen Menschen gehen will.

In seinem Abschiedsbrief formuliert er dies so: »... Umso mehr freue ich mich, dass mein Herr und König und General mich zu den geliebten Zeugen berufen hat ...«

Am 18. August 1976, einen Monat vor der angekündigten Visitation, übergießt sich Pfarrer Oskar Brüsewitz vor der Michaeliskirche in Zeitz mit Benzin und zündet sich an. Sein Tod ist Flucht, politischer Appell und Selbstopfer zugleich.

Zweifellos war Oskar Brüsewitz eine akzentuierte Persönlichkeit, keineswegs aber ein Psychotiker, so wie die DDR-Führung es gern nachgewiesen hätte.

Die Selbstverbrennung zählt zu den ungewöhnlichen Suiziden. Wegen ihres nur vereinzelten Auftretens wird sie aus statistischen Erwägungen in der Kategorie »sonstige Begehungsweisen« mit anderen, seltenen Formen wie Ersticken, Unterkühlen, Selbsterdrosseln usw. subsumiert. In der DDR liegt ihr statistischer Anteil, wie auch in anderen europäischen Ländern, über viele Jahrzehnte hinweg unter 0,5 Prozent der Suizide. In anderen Kulturkreisen, z. B. im Hinduismus, Buddhismus, besitzt die Selbstverbrennung eine lange Geschichte und zählt sogar zum religiösen Brauchtum. Bis weit in das vorige Jahrhundert hinein reichte das hinduistische Ritual der sogenannten Sati (sanskritisch »treue Gattin«, Name der Ehefrau des Gottes Shiwa), wonach es als ehrenvoll galt, wenn Witwen durch Selbstverbrennung ihren Gatten ins Jenseits folgten. Noch immer ist die Selbstverbrennung buddhistischer Mönche im fernen Osten zu beobachten.

Ein wichtiger Impuls – und das trifft gleichermaßen auf das Christentum zu – geht dabei von der religiösen Überzeugung aus, dass die physische Existenz des Menschen gegenüber dem Leben im Jenseits unbedeutend ist. Auch die bewusste Entscheidung für diese besonders schmerzvolle Tötungsart und das Risiko, mitunter erst nach längerer Zeit tot zu sein, spielen für den Betreffenden eine sekundäre Rolle und rücken hinter den Tötungswillen. Überlegungen, einen schmerzvollen Tod auf sich zu nehmen und damit einen ähnlichen Weg wie Jesus Christus zu gehen, um in das Reich Gottes zu gelangen, mögen dabei begünstigend wirken. Insofern wäre es falsch, den Betreffenden grundsätzlich psychotische Ursachen unterstellen zu wollen.

Die Öffentlichkeit des Vorgangs korrespondiert mit dem Appellcharakter der Selbsttötung und unterstreicht die Absicht des Suizidenten, eine Signalwirkung zu erreichen. Denn: Die Selbstopferung wird zum Mittel der Anklage meist gegen politische Missstände oder Glaubensunterdrückung und soll gesellschaftliches Bewusstsein mobilisieren. Als Beispiel sei der öffentliche Verbrennungstod des Studenten Jan Palach im Januar 1969 genannt, der durch Selbstopferung gegen die im August 1968 erfolgte Invasion sowjetischer Panzer zur Niederwalzung des Prager Frühling protestierte. Die Massenmedien widmeten dem spektakulären Fall intensive Aufmerksamkeit. Dass ihm kurze

Zeit später auf gleiche Weise und aus gleichen Motiven Jan Zajic folgte, blieb allerdings weitgehend unbekannt. Die Medien nahmen kaum Notiz davon.

Etwa zwei Drittel der suizidalen Verbrennungen finden zwar im Freien, aber nur selten vor den Augen der Öffentlichkeit statt. Sie besitzen daher keineswegs die beschriebene Appellfunktion wie im Fall Brüsewitz. Die Selbstmörder suchen zur Realisierung ihres Vorhabens einsame, abgelegene Gegenden auf. Signifikant ist dabei die Benutzung eines Pkw: Die Betreffenden übergießen sich, im Fahrzeug sitzend, mit Benzin und verbrennen sich. Tendenz der letzten Jahre: steigend.

Ein Drittel der Tatorte liegt in Gebäuden. Als Brandmittel wird vor allem Benzin bevorzugt. Aber auch Spiritus, Benzol, Firnis, Farbverdünner, ja sogar tierische Fette werden verwendet. Der verursachte Brand kann Sachwerte und unbeteiligte Menschen in höchstem Maße gefährden. Die vermeintliche Rücksichtslosigkeit der Suizidenten gegenüber ihrer Umwelt erklärt sich aus der Tatsache ihrer eingeschränkten Zurechnungsfähigkeit. Immerhin liegt der Anteil der psychisch Kranken bei etwa vierzig Prozent der suizidalen Verbrennungen. Damit ist ihre Anzahl viermal höher als bei anderen Suizidarten.

Der Verbrennungstod wird durch verschiedene Faktoren ausgelöst, die auch die unterschiedlichen Überlebenszeiten begründen. Auch wenn kein unmittelbarer Kontakt des Körpers mit dem Feuer stattfindet, kann dennoch dessen enormer Sauerstoffverbrauch zu einer rasanten Produktion hoher Kohlenmonoxid-Konzentrationen in der Umgebung des Feuers führen und damit eine rasche Bewusstlosigkeit bewirken, noch ehe die Flamme auf den Körper übergreift.

Bei direktem Flammenkontakt oder durch strahlende Hitze können die Brandverletzungen innerhalb der ersten vierundzwan-

zig Stunden einen Schocktod bewirken. Der Tod kann aber auch nach längerer Überlebenszeit durch die sog. Verbrennungskrankheit verursacht werden. Es kommt dabei zu einer Vergiftung des Körpers, weil das in die Brandwunden in großen Mengen strömende Plasma, das allein schon zu einer lebensgefährlichen Bluteindickung führen kann, nach einiger Zeit in den Körper zurückfließt und die durch Infektion und Eiweißzerstörung entstandenen Giftstoffe mit sich führt. Der Tod tritt dann mitunter erst nach zehn bis zwölf Tagen ein.

Anmerkung: Zu DDR-Zeiten war eine kriminologische Auswertung der durch das MfS streng geheimgehaltenen »Todesermittlungssache Brüsewitz« aus Gründen der politischen Brisanz nicht möglich. Erst nach der Wende öffneten sich die Tresortüren, und Helmut Müller-Enbergs sowie Mitarbeiter konnten den Report »Das Fanal« herausgeben. Auch Thomas Frickels Dokumentarfilm »Der Störenfried« wurde vorgestellt. Der vorliegende Bericht über die Selbstverbrennung Brüsewitz' basiert jedoch hauptsächlich auf Konsultationen mit seinerzeit verantwortlichen Kriminalisten und auf der von Harald Schultze herausgegebenen Dokumentation »Das Signal von Zeitz«, die auch die von Martin Onnasch verfasste einfühlsame Biographie des Pfarrers Brüsewitz enthält.
Presse, Rundfunk und Fernsehen des Westens zollten der Selbstverbrennung Brüsewitz' am 18. August 1976 ein enormes Ausmaß an Aufmerksamkeit. Doch als sich ein knappes Jahr später in der DDR wiederum ein protestantischer Geistlicher (Pfarrer Günther aus Falkenberg, nahe Torgau) verbrannte, war nur ein schwaches Medienecho zu vernehmen.

Verfügung einer alten Dame

Berlin, am Montagvormittag, den 3. Mai 1965, Abteilung K der VP-Inspektion Mitte, Keibelstraße.

Kriminalmeister Gregorius, 28, ein mittelgroßer Blondkopf mit strengem Linksscheitel, aber freundlichem Gesicht, tippt auf einer uralten, vermutlich bereits seit der Nazizeit in polizeilichen Diensten stehenden Mercedes-Schreibmaschine die letzten Zeilen eines Abschlussberichts über den schrecklichen Unfall auf dem Kinderspielplatz im Monbijoupark, wo sich am Kletterseil des Spielgerüstes ein sechsjähriger Junge zu Tode stranguliert hatte.

Gregorius beeilt sich. Der Vorgang muss zum Staatsanwalt. Und ab Mittag ist er für eine stabsmäßig geführte Observation auf der Fahrroute der Doppelstockbusse A9 und A57 eingeteilt: Seit Monaten treibt nämlich ein Taschendieb zwischen den Stationen Alexanderplatz und Friedrichstraße sein Unwesen. Mit der bühnenreifen Virtuosität eines Trickkünstlers, doch höchst unmoralisch und ungesetzlich, bedient er sich der mehr oder minder prall gefüllten Geldbörsen ahnungsloser Fahrgäste. Dieses Brennpunktverursachers, wie Serientäter bezeichnet werden, kann man nur habhaft werden, wenn er auf frischer Tat gestellt wird.

Als Gregorius sein Zimmer verlassen will, erscheint sein Vorgesetzter, Oberleutnant Schieler, ein hagerer 50-Jähriger mit auffallend großen Ohren und langer Nase:

»Ich hab ’n Einsatz für dich, vermutlich Suizid in der Wohnung!«

»Und die Observation?«, zögert Gregorius.

»Nichts da, ich kläre das!« räumt Schieler die Bedenken aus. »Du machst die Leichensache. Übrigens, du kannst zu Fuß hingehen, es ist gleich schräg gegenüber, Keibelstraße 1. Die Dame heißt Lisbeth Weber. Der Arzt war da, hat uns informiert. Schutzpolizei ist vor Ort. Der Bruder, der sie gefunden hat, auch.«

»Alles klar, ich mach mich gleich los!« reagiert Gregorius beflissen. »Doch sei so nett und ruf beim Bestattungswesen an. Ich denke, in zwei Stunden können sie kommen!« Noch ehe er verschwindet, übergibt er seinem Chef die Akte über den Unfalltod des kleinen Jungen im Monbijoupark.

Das Haus Keibelstraße 1 ist ein mehrgeschossiger, ziemlich morbider Altbau an der Ecke Alte Schützenstraße, direkt im Schatten des Polizeipräsidiums. Es hat den Zweiten Weltkrieg leidlich überstanden. Die abgerissenen Balkone und unzähligen Einschüsse im Mauerwerk erinnern noch immer an die unerbittlichen Straßenkämpfe der letzten Kriegstage. Doch das Nationale Aufbauwerk in der DDR scheint eine Sanierung solcher Bauten, an denen es vor allem in den Stadtbezirken Mitte und Prenzlauer Berg wahrlich nicht mangelt, niemals in Betracht zu ziehen. Stattdessen plant man, den Alexanderplatz zu einer Fußgängerzone umzugestalten und die kreuzenden Straßenbahnen herauszulösen. Das soll im nächsten Jahr beginnen. Auf dem Treppenabsatz zur 2. Etage lümmelt gelangweilt ein uniformierter Gesetzeshüter. Zunächst scheint er von Gregorius keine Notiz zu nehmen. Erst als dieser ihn mit scharfer Stimme fragt: »Abteilung K – Mitte. Sichern Sie so den Ereignisort?« springt der Wachtmeister auf, ordnet seine Uniform und erstattet Meldung: »VP-Meister Jarisch, Revier 6, zur Sicherung der Wohnung Weber abkommandiert! Der Bruder der Toten, ein Herr Schneidereit, ist Auffindungszeuge, wohnhaft Oderberger Straße, befindet sich jetzt in der Nachbarwohnung und wartet auf Sie!«

Er übergibt Gregorius ein Schlüsselbund. »Das sind die Wohnungsschlüssel der Toten. Der Bruder und ein Arzt waren drin, ich nicht.«

»Und wo ist der Totenschein?«, fragt Gregorius.

»Ist im Besitz des Auffindungszeugen«, antwortet der Uniformierte kurz.

»Gut, bis ich drinnen fertig bin, bleiben Sie hier. – Aber im Stehen!«, fordert der Kriminalist.

»In Ordnung!«, pariert der Wachtmeister diszipliniert. Gregorius frohlockt innerlich: Er hat einen ebensolchen Dienstgrad wie der Uniformierte. Aber von der K zu sein, einen adretten Anzug mit Schlips und Kragen zu tragen und ein wenig Autorität zu zeigen, das hat eben etwas für sich.

Bevor Gregorius die Wohnungstür der toten Dame öffnet, klingelt er an der Nachbarwohnung. Eine kleine, ältere Frau mit lebhaften Augen öffnet die Tür einen Spalt weit. Er zeigt seine Dienstmarke: »Kriminalpolizei! Ich glaube, Sie wissen, warum ich hier bin!«

»Komm' Se rin, Herr Kriminal, Herr Schneidereit wart schon uff Ihnen!«

Sie führt Gregorius zur Küche. Ein älterer Mann, etwa Mitte siebzig, steht am Fenster, wirkt ruhig und gefasst. Auf dem Küchentisch liegt der Totenschein. Gregorius überfliegt ihn: Nicht natürlicher Tod, vermutlich Suizid durch Erhängen. Dann wendet er sich an den Alten: »Herr Schneidereit! Mein aufrichtiges Beileid! Sie sind der Bruder der Verstorbenen?«

»Ja«, antwortet dieser leise und setzt fort, während er eine Postkarte aus der Jacke fingert und sie Gregorius übergibt: »Hier, hat sie mir geschrieben, kam heute morgen mit der Post. Ich wohne in der Oderberger Straße, Prenzlauer Berg. Wir haben gegenseitig unsere Wohnungsschlüssel. Falls nötig, kann immer einer zur Stelle sein. Verstehen Sie, in unserem Alter! Deshalb bin ich hier!«

Gregorius hat einige Schwierigkeiten, die Karte zu lesen. Sie wurde mit leicht zittriger Hand in alter deutscher Schrift verfasst, die er nie erlernt hatte:

»Mein lieber Bruder Paul! Berlin, d. 1.5.65
Wenn Du die Karte erhalten hast, komm bitte gleich zu mir. Ich habe alle Papiere hingelegt. Mach es bitte so, wie ich es geschrieben habe. Über dreißig Jahre wohne ich hier. Hier starb mein Rudolf. Umziehen will ich nicht mehr. Nur in den Himmel. Bitte erschrick nicht. Verzeih mir.
Deine Schwester Lisbeth«

»Ich habe geahnt, dass sie sich etwas angetan hat. Als mein Schwager gestorben war, hat Lisbeth mehrmals gesagt, dass es ihr nicht schwerfallen würde, ihm zu folgen«, klagt Schneidereit.

Gregorius bittet ihn, die Karte für die Zeit der polizeilichen Untersuchungen behalten zu dürfen und will die Umstände wissen, wie er seine tote Schwester gefunden hat. Der Alte schildert, wie er mit mulmigen Gefühlen gegen 10.45 Uhr die Wohnung seiner Schwester betreten habe. Der Korridor sei erleuchtet, aber alle Türen wären geschlossen gewesen. Auf dem Korridorläufer habe ein handgeschriebener Zettel von Lisbeth mit einer weiteren Nachricht an ihn gelegen, dass er ihren gemeinsamen Hausarzt, Dr. Wagenknecht, informieren und beim Öffnen der Küchentür vorsichtig sein solle. An der Küchentür war auch ein Zettel angebracht, den er in der Aufregung aber nicht lesen konnte. Nur mit Mühe sei ihm das Öffnen der Küchentür gelungen, denn seine Schwester habe, auf dem Küchenboden kniend, an der Türklinke gehangen. Er musste sich kraftvoll gegen die Tür stemmen, um ihren toten Körper wegzuschieben. Erst dann konnte er die Schlinge von der Türklinke lösen und den Leichnam auf den Fußboden legen. Der Körper sei ziemlich steif gewesen. Mehr habe er nicht gemacht. So sei er auch nicht in den anderen Räumen gewesen, habe stattdessen den Arzt angerufen. Ein Telefon gäbe es in der Tischlerei im Nebenhaus. Dr. Wagenknecht sei auch bald erschienen, um die tote Schwester zu untersuchen und ihm mitzuteilen, dass er die VP verständigen werde. Seitdem habe er sich bei der Nachbarin aufgehalten.

»Sind noch andere Verwandte zu verständigen?«, will Gregorius wissen.

»Lisbeth hat keine Kinder, und ich auch nicht. Nein, wir sind die letzten unserer Familie«, beklagt der alte Mann.

»Danke, Herr Schneidereit, das wär's fürs Erste«, schließt Gregorius das kurze Gespräch ab, »jetzt muss ich rüber in die Wohnung. Dort wird's sicher länger dauern. Ihre Aussage will ich aber noch protokollieren. Wollen Sie solange warten? Oder kommen Sie lieber morgen auf die Dienststelle?«

»Lieber morgen«, antwortet Schneidereit müde.

Gregorius übergibt ihm eine Vorladung: »Zeigen Sie das bei der Wache vor, man wird Sie dann zu mir bringen! « Bei der Verabschiedung informiert er den Alten darüber, dass nach dem Abtransport des Leichnams die Wohnung bis morgen versiegelt wird.

Vorsichtig betritt Gregorius die Wohnung der toten Lisbeth Weber. Prüfend schweift sein Blick umher. Die Lampen im Korridor sind immer noch erleuchtet und die Zimmertüren geschlossen, ein Indiz dafür, dass Schneidereit und der Arzt tatsächlich nichts weiter angefasst haben. Nur die Küchentür ist weit geöffnet. Gleich dahinter, fast in der Mitte der Küche, liegt auf dem Linoleumfußboden eine kleine, weißhaarige tote Frau. Als Unterlage dient ein großes Handtuch. Die Leichenstarre hat die Position des Körpers vor dem Todes eintritt fixiert: Die Beine sind leicht angewinkelt, der linke Arm ist am Körper entlang ausgestreckt. Der rechte hingegen ist gebeugt, die Hand in Schulterhöhe so erhoben, als wolle die Tote Gregorius mit staatsmännischer Geste begrüßen. Eine kurze, dicke Schnur mit fortlaufender Schlinge umschließt fest ihren Hals.

Der Kriminalist deutet die Situation richtig: Frau Weber muss sich vor die geschlossene Küchentür auf ein ausgebreitetes Handtuch gekniet, mit der rechten Hand die Schlinge über die Klinke gestreift haben und so verstorben sein, ohne die Hand wieder zurückziehen zu können. Später muss dann ihr Bruder die Schlinge von der Klinke gelöst und die Tote, so gut es die Leichenstarre zuließ, auf den Fußboden gelegt haben. Grigorius macht einige Fotos von der Toten. Dann sieht er sich in der Küche um: Ein antiquierter Küchenschrank, ein gekachelter Kohleherd, offensichtlich lange nicht benutzt, ein zweiflammiger Gaskocher, Tisch mit geblümter Wachstuchdecke, Stühle, eine einfache Waschgelegenheit auf einem Hocker. Alles in allem spiegelt die Küche die zeitgemäß übliche Wohnsituation älterer Leute in Altbauten wider. Fazit: Keine Auffälligkeiten. An der Küchentür entdeckt er den mit einer Reißzwecke befestigten Zettel, von dem Schneidereit sprach, macht vorsichtshalber ein Foto. Wieder muss er alle Sinne zusammennehmen, um die Kritzelei zu entziffern – und traut seinen Augen nicht. Auf dem Zettel steht:

»Achtung! Für die Studenten in der Anatomie! Lisbeth Weber«

Es ist die Verfügung einer Selbstmörderin über den Umgang mit ihrem Leichnam. Gregorius ist überrascht: Er hat bereits eine Vielzahl von Leichensachen bearbeitet. Und: Natürlich, in Abschiedsbriefen werden immer wieder mal Wünsche geäußert, welcher Art die Bestattung sein und wo sie stattfinden soll, aber so etwas hat er noch nicht erlebt. Frau Weber muss eine solche Distanz zu ihrem Körper entwickelt haben, dass sie sich unmittelbar vor dem Tode mit derlei Gedanken überhaupt befassen konnte, schlussfolgert Gregorius. Und eine gewisse Ehrfurcht vor dieser sonderbaren Frau erfasst ihn.

Dann betritt er den Korridor. An der Garderobe hängen Mäntel aus gutem Tuch und elegante Hüte, stumme Zeugen eines vergangenen besseren Lebens. Auf dem Läufer liegt ein

Zettel. Es ist die Nachricht an den Bruder, die er nach dem Lesen wieder an die gleiche Stelle gelegt haben muss. Gregorius fotografiert die Situation und entschlüsselt den Text:

»Lieber Paul! Küchentür vorsichtig öffnen! Ruf unseren Dr. Wagenknecht an. Er schreibt den Totenschein. Telefonieren kannst Du in der Tischlerei Dietzel, Nebenhaus. Lisbeth.«

An der Wohnzimmertür fallen ihm zwei weitere Zettel unterschiedlicher Größe auf. Wieder blitzt das Fotolicht. Gregorius erkennt aus dem größeren Schreiben die Bitte Lisbeths an ihren Bruder Paul, den Nachlass so zu verteilen, wie sie auf dem Zettel in der Wohnstube niedergeschrieben hätte. Das kleine Blatt Papier enthält eine Mitteilung an die Polizei:

»Achtung! Für Polizei liegt alles Wichtige auf dem Nähmaschinentisch! Lisbeth Weber«

Gregorius ist erstaunt: »Die hat ja an alles gedacht!« Und als er die Tür zum Wohnzimmer geöffnet hat, erreicht seine Rührung den Höhepunkt. An allen Möbeln, sogar an den kleinen und größeren Gegenständen in ihnen, hängen Zettelchen mit Verfügungen: Die gute Bekleidung zum Club der Volkssolidarität in der Rosenthaler Straße, die abgetragene in die Altstoffsammelstelle, die Sammeltassen zu Frau Witte im 1. Stock, das Besteck erhält die Nachbarin, die Bücher sollen in die Universitätsbibliothek …

Gregorius zählt mehr als vierzig solcher Mitteilungen. Er ist überwältigt, mit welcher Präzision Frau Weber ihren Abgang aus dem irdischen Dasein vorbereitet hat. Allein das Schreiben der Zettel muss viele Stunden in Anspruch genommen haben. Zwischen den beiden Fenstern steht eine Nähmaschine, ein schrankartiges Modell aus den 40er Jahren mit versenktem Maschinenteil. Darauf, sorgfältig drapiert, wichtige persönliche Papiere von Frau Weber: Ein Sparbuch mit einer beachtlichen Summe, ein akkurat verschnürtes Päckchen mit alten Aktien, von denen niemand weiß, ob sich eine weitere Aufbewahrung lohnt, ein auf ihren Namen ausgestellter Grundbuchauszug über ein Grundstück im Westberliner Stadtbezirk Schlachtensee, ihre Geburtsurkunde, Versicherungspolicen, die Sterbeurkunde des Gatten, ein handschriftliches Testament vom 1. Mai 1965, in dem Paul Schneidereit als Alleinerbe benannt wird, Schmuck, persönliche Fotos und Briefe …

All das krönt eine handschriftliche Mitteilung an den Bruder:
»Lieber Paul! Das brauchst Du alles! Den Erbschein kriegst Du beim Staatlichen Notariat! Ich umarme Dich! Lisbeth«
In deutlichem Abstand zu diesen Unterlagen liegen weitere Papiere: Frau Webers Personal- und Rentenausweis, verschiedene Postkarten, die sie vor vielen Jahren an ihren Gatten geschrieben hatte und ein Schreiben:
»An die Polizei!
In Vollbesitz meiner geistigen Kräfte scheide ich aus dem Leben. Die Postkarten habe ich meinem Mann geschickt, als ich zur Kur war. Sie sind für den Schriftenvergleich.
Berlin, den 4.5.65 Lisbeth Weber, geb.Schneidereit«

Gregorius ist beeindruckt: Was ist das für eine Frau, die ihr Leben so organisiert beendet? Woher weiß sie, wofür sich die Polizei in solchen Fällen interessiert?

Seine Neugier ist entfacht. Im Bücherschrank findet er eine mögliche Antwort: Jede Menge juristische und kriminologische Literatur aus vergangenen Epochen. Neugierig blättert er in dem einen oder anderen bibliophilen Kleinod, bis ihm auf der Titelseite einer Broschüre für Polizeidienstkunde der Namenszug des Besitzers »Oberwachtmeister Rudolf Weber« auffällt. Gregorius gelangt zu dem richtigen Schluss, dass Frau Webers Ehemann im Polizeidienst gestanden haben muss. Nun kann er sich auch das Wissen über die Erfordernisse bei der polizeilichen Untersuchung unnatürlicher Todesfälle erklären.

Im Schlafzimmer findet er eine ähnliche Situation wie in der Wohnstube vor. Es sind zwar nicht so viele Zettel angebracht worden, doch auch sie beinhalten klare Verfügungen, wer was erhalten soll.

Am Selbstmord von Frau Weber gibt es keinerlei Zweifel. Doch welche Beweggründe trieben sie in den Tod? Sind Anzeichen einer depressiven, krankhaften Entwicklung zu finden? Gregorius will mehr über diese Persönlichkeit und ihre Motive wissen, hofft, das im Gespräch mit dem Bruder zu klären.

Dann vernimmt er aus dem Treppenhaus das ihm vertraute, geräuschvolle Stapfen der Bestatter mit dem Transportsarg. Einen Moment noch verharrt er nachdenklich am Leichnam der alten Frau. Irgendwie bezeugt er auf diese Weise seine Hochachtung vor dieser ungewöhnlichen Person. Wenig später versiegelt er die Wohnung.

Den Rest der Dienstzeit quält sich Gregorius mit dem üblichen Papierkram herum: Tatortbefundsbericht und Befragungsprotokolle schreiben, interne Vordrucke ausfüllen.

Dann telefoniert er mit dem Gerichtsarzt Dr. Radant im Institut für Gerichtliche Medizin, Hannoversche Straße. Er unterrichtet ihn über seine bisherigen Feststellungen in der Leichensache Lisbeth Weber und meint, dass nach Lage der Dinge auf eine Autopsie verzichtet werden könnte. Der Doktor sagt zu, den Leichnam nur äußerlich zu untersuchen und, falls sein Befund nicht im Widerspruch zu Gregorius' Recherchen steht, eine Ergänzung im Totenschein vorzunehmen, damit die Leiche schnell freigegeben werden kann.

Eindrucksvoll beschreibt Gregorius die außergewöhnliche Situation, die Frau Weber hinterlassen hat und wirft dabei die Frage auf, ob ihre Verfügung, den Leichnam dem Anatomischen Institut überlassen zu können, realisierbar sei. Doch der Gerichtsarzt verneint: Bei unnatürlichen Todesfällen nicht möglich! Für anatomische Präparierübungen stünde ausreichendes Leichenmaterial zur Verfügung; Spender seien auf natürlichem Wege Verstorbene, die keine Angehörigen mehr besäßen. Gregorius ist für einen Augenblick ein wenig enttäuscht. Der Wunsch der alten Dame wird wohl unerfüllt bleiben.

Am nächsten Morgen sitzt Paul Schneidereit im Dienstzimmer des Kriminalmeisters Gregorius. Seine bisherigen Aussagen erlangen nur durch die offizielle Vernehmung als Zeuge beweisrechtliche Bedeutung. So verlangt es das Gesetz. Gregorius nimmt sich dafür Zeit. Schneidereit gibt sich ruhig und gefasst, lässt sich die Trauer um seine Schwester nicht anmerken und beantwortet die Fragen des Kriminalisten nach ihren wichtigsten Lebensstationen sachlich und ohne emotionale Aufwallungen. Bald kennt Gregorius ihre ereignisreiche, durch zwei Kriege gezeichnete Biographie: Lisbeth heiratete 1915 ihre große Liebe, den zwei Jahre älteren Wachtmeister der Staatlichen Preußischen Schutzpolizei Rudolf Weber. Der Polizeidienst machte ihn während des Ersten Weltkrieges im Hinterland des Deutschen Reiches unabkömmlich, so dass er fernab vom Kriegslärm immer in der Nähe seiner jungen Frau bleiben konnte. Das junge Paar bezog eine kleine Wohnung in einer Beamtensiedlung im Stadtbezirk Tegel. Lisbeths Kinderwunsch musste wegen einer schweren Unterleibserkrankung unerfüllt bleiben. 1935 wurde Rudolf Weber zum Landeskriminalpolizeiamt versetzt. Zwei Jahre später, mit der Machtübernahme durch die Nationalsozialisten, wurde die Kriminalpolizei umstrukturiert und der Sicherheitspolizei unterstellt. Lisbeths Mann bekundete nun seine Loyalität gegenüber der neuen Obrigkeit und wurde von der Sicherheitspolizei übernommen. Sie indes versorgte ihn mit der liebevollen Hingabe einer guten Hausfrau. Mit Beginn des Zweiten Weltkrieges wurde Rudolf Weber wiederum für unabkömmlich befunden, so dass ihm der Kampf in den fernen Schützengräben erspart blieb. Doch gleich bei den ersten Luftangriffen auf Berlin fiel ihr Tegeler Wohnhaus angloamerikanischen Bomben zum Opfer. Das Mobiliar war hin, doch sie lebten. Mit den wenigen Habseligkeiten, die sie aus den Trümmern bergen konnten, zogen sie in die Keibelstraße 1 im Stadtbezirk Mitte. Und mit dem Kriegsende – ihr Haus war inzwischen zwar ziemlich ramponiert, doch bewohnbar – beschlossen sie, von dort nicht wieder auszuziehen. Gleichzeitig wurde Lisbeths Gatte aus der Polizei entlassen und musste sich den Drangsalen der Entnazifizierung durch die sowjetische Besatzungsmacht unterziehen. Danach arbeitete er als Lagerverwalter in der Berliner Markthalle, während Lisbeth bei der BVG als Straßenbahnfahrerin eine Anstellung fand. 1955 wurde Rudolf Weber berentet. Seine kleine Rente zwang Lisbeth, noch bis zu ihrem sechzigsten Lebensjahr zu arbeiten. Ab 1957 führten sie dann ein bescheidenes, doch friedvolles Rentnerdasein. Immer wieder wurden sie von Freunden und Bekannten gedrängt, dem Sozialismus den Rücken zu kehren und nach Schlachtensee in den Westen Berlins zu ziehen, wo Lisbeths elterliches Grundstück stand. Doch sie blieben bodenständig und scheuten jede weitere Ortsveränderung. Vor einem Jahr, im Frühjahr 1964, verstarb Rudolf Weber, vierundsiebzig Jahre alt. Für Lisbeth brach eine Welt der Gemeinsamkeit und Harmonie zusammen. Ihr Bruder, Paul Schneidereit, seit einigen Jahrzehnten Witwer, bot ihr an, seine Wohnung in der Oderberger Straße nun mit ihr zu teilen. Doch sie schlug den Vorschlag aus, wollte allein weiterleben und verschanzte sich hartnäckig hinter der Maxime: »Ich bleibe hier! Nur noch mit den Füßen zuerst verlasse ich diese Wohnung!«

Die Bedeutung dieses Satzes wird jetzt erst richtig klar. Denn: Vor wenigen Wochen erhielten die Hausbewohner der Keibelstraße 1 einen Brief des Magistrats von Groß Berlin, in dem ihnen mitgeteilt wurde, dass die Stadtbauplanung den Abriss des Hauses vorsieht und ihnen dafür Ersatzwohnungen in einem Neubaugebiet angeboten werden.

Gregorius glaubt jetzt, den Inhalt der Postkarte zu verstehen, auf der Lisbeth Weber ihrem Bruder mitgeteilt hatte, nicht mehr umziehen zu wollen, außer in den Himmel.

»Steht denn schon ein Termin für den Abriss des Hauses fest?«

will Gregorius wissen.

»Dazu kann ich nichts sagen«, sagt der alte Schneidereit.

Als er das Vernehmungsprotokoll durchgelesen und die Richtigkeit seiner Angaben mit seiner Unterschrift bestätigt hat, will er von Gregorius wissen, wann und wie die Freigabe des Leichnams seiner Schwester erfolgt. Gregorius erläutert ihm, dass bei nichtnatürlichen Todesfällen nach § 94 StPO die Leiche formalrechtlich beschlagnahmt wird. Erst nach der kriminalpolizeilichen Untersuchung gibt der Staatsanwalt eine schriftliche Zustimmung für die Bestattung des Leichnams.

»Sie erhalten dann die Sterbeurkunde direkt in der standesamtlichen Zweigstelle im Kellergeschoß des Gerichtsmedizinischen Instituts«, schließt Gregorius das Gespräch ab.

Noch am Nachmittag ermittelt Gregorius in der für den Gebäudeabriss zuständigen Abteilung beim Rat des Stadtbezirks Mitte, die im *Berolinahaus* am Alexanderplatz residiert. Dort erfährt er, Frau Lisbeth Weber sei vor einigen Tagen ein Schreiben zugestellt worden: Abriss des Hauses im Herbst. Umzug in eine Neubauwohnung Ende Juni!

»Alter Baum will nicht verpflanzt werden«, heißt ein altes Sprichwort. Der psychischen Belastung einer erneuten Ortsveränderung wollte Lisbeth Weber mit allen Mitteln ausweichen. Gewöhnung an ein altes Haus, aber auch Treue zu einem Versprechen waren die ausschlaggebenden Impulse für ihren Freitod.

Einige Monate nach dem Tode Lisbeth Webers beginnt der gewaltige Baurummel am Alexanderplatz. Dutzende von Baggern und Kränen künden von den bevorstehenden Veränderungen. Gregorius erlebt, wie das Haus Keibelstraße 1 und mit ihm alle umliegenden Häuser abgerissen werden. An ihrer Stelle entsteht der Funktionalbau Haus der Elektroindustrie und ein großes Parkhaus. Nur eine kurze Sackgasse zwischen diesen Gebäudekomplexen lässt noch ahnen, dass dort einstmals die Alte Schützenstraße verlief.

Überhaupt erinnert bald nichts mehr an den alten Alexanderplatz, seine Konturen verschmelzen mit der tristen Neubauarchitektur zur Unkenntlichkeit. Die Leichensache Lisbeth Weber bleibt Gregorius noch viele Jahre in lebhafter Erinnerung.

Die Strangulation ist neben der Vergiftung die häufigste Begehungsweise bei Selbsttötungen. Sie kommt durch die Unterbrechung der Blutzufuhr ins Gehirn durch teilweise oder vollständige, zirkuläre Kompression des Halses zustande. Da hierbei nach Art des Geschehens und der Methode der Kompression verschiedene Faktoren den Todeseintritt bewirken, unterteilt man die Strangulation in Erwürgen, Erdrosseln und Erhängen. Erfolgt sie ohne Werkzeug, das heißt, nur mit den Händen, liegt Erwürgen vor und ist ein sicheres Zeichen für die Einwirkung fremder Hand, da ein Selbsterwürgen nicht möglich ist. Beim Erdrosseln werden die Halsweichteile durch ein Strangwerkzeug ohne Aufhängung des Körpers zusammengeschnürt. Das Strangwerkzeug wird daher nicht durch das Körpergewicht, sondern durch manuelles Zusammenziehen wirksam.

Ein suizidales Erdrosseln ist sehr selten und nur möglich, wenn hebelnde Gegenstände in den Drosselmechanismus integriert werden, die ein Nachlassen der auf die Halsweichteile wirkenden mechanischen Kräfte verhindern. Anderenfalls löst sich der Drosselmechanismus bei Eintritt der Bewusstlosigkeit. In den weitaus meisten Fällen ist der Tod durch Erdrosseln auf das Handeln einer fremden Person (Mörder oder Totschläger) zurückzu-

führen. Die forensische Beurteilung des Strangwerkzeuges, der Knotenführung, der äußeren und inneren Strangmarke am Hals des Betreffenden zum Beweis der Mitwirkung fremder Hand bereitet in der Regel keine Schwierigkeiten.
Beim typischen Erhängen (Körper hängt frei in der Schlinge) wird durch den nicht zu breiten und zu dicken Strang der Zungengrund nach hinten und oben gegen die Rachenwand gepresst und dadurch die Luftzufuhr unterbrochen. Entscheidend ist aber das Abschnüren der Halsschlagadern, die zusammen mit den Wirbelsäulenarterien das Gehirn mit Blut versorgen. Entgegen weitverbreiteter Meinung tritt der Tod aber nur höchst selten durch Bruch der Halswirbelkörper ein. Vielmehr führt die rasante Unterbrechung der Blutzufuhr zum Gehirn zum raschen Tod. Dieser Mechanismus wird vielfach unterschätzt, weshalb unfallbedingte Strangulationen (insbesondere bei Kindern) keine Seltenheit sind.
Ein relativ geringes Abschnüren der Halsschlagadern, zu dem keineswegs das ganze Körpergewicht, sondern lediglich ein Zug oder Druck von etwa drei Komma fünf Kilopond erforderlich sind, genügt bereits, um sofortige Bewusstlosigkeit und nach etwa zwanzig Sekunden den Tod herbeizuführen. Es ist daher erklärlich, dass etwa achtzig Prozent der suizidalen Erhängungen atypisch verlaufen und der Betreffende sitzend, kniend, kauernd oder sogar liegend im Strangwerkzeug vorgefunden wird.
Es versteht sich von selbst, dass bei allen Todesfällen durch Strangulation die Möglichkeit einer vorsätzlichen Tötung kriminalistisch geprüft wird. Eine Aufhängung des zuvor getöteten Opfers wird immer wieder festgestellt, doch ist der forensische Nachweis einer derartigen Manipulation zuverlässig zu erbringen.

Eisenacher Massaker

Es ist Spätherbst des Jahres 1968. Der Morgen dämmert, als in der Strafvollzugsanstalt Leipzig der wegen dreifachen Mordes zum Tode verurteilte 25-jährige Student Erwin Schaper durch einen langen, weißgekachelten Gang bis zu einer Tür geführt wird, hinter der der Henker auf ihn wartet. Das Gesicht des hochaufgeschossenen Blondkopfs ist blass, doch wirkt es erstaunlich ruhig und gefasst. Obwohl seine Augen ausdruckslos ins Leere blicken, geht über die schmalen Lippen ein zynisches Lächeln. Augenblicke später beendet der Henker durch einen Genickschuss das Leben des Delinquenten. Damit ist das Urteil vollstreckt, das vor einigen Wochen durch den 1. Strafsenat des Erfurter Bezirksgerichts ausgesprochen wurde.

Nun kann die Akte BI 7/68 des Bezirksstaatsanwalts Erfurt endgültig geschlossen werden. In ihr findet sich der eigenartige Fall eines suizidalen Mannes, dessen Feigheit eine ernsthafte Tatdurchführung bremste, die er erst mit der Ermordung dreier unschuldiger Menschen überwinden konnte. Doch auch dann schlug der Selbsttötungsversuch fehl. Letztlich erfüllte erst die Hinrichtung seinen langersehnten Todeswunsch.

Erwin Schaper, geboren am 11. März 1943, ist ein Einzelkind aus gutem Hause. Er wächst in Eisenach auf, der berühmten Kleinstadt am Fuße der Wartburg. Schon von klein auf entwickelt er sich zu einem rücksichtslosen Despoten, der rechtzeitig lernt, das Verhalten der Eltern seinen Bedürfnissen entsprechend zu steuern, und der zuverlässig mit ihrer Nachgiebigkeit rechnen kann.

Dies, aber auch übertriebene Behütung und Verzärtelung, unangemessene Geschenke und zu geringe Forderungen bilden den Nährboden, in dem Erwins hochgradiger Egoismus keimt. Schleichend bestimmt übersteigertes Anspruchsniveau sein Verhalten. Maßlose Arroganz und Gefühlskälte sind die Folge. Er akzeptiert auch nicht, dass die Meisterung der kleinen und großen Lebensanforderungen ständiger Bemühung bedarf. Seine Freundschaften wechseln häufig, sind folgerichtig ohne emotionale Tiefe.

Doch er ist ein intelligenter Schüler, bringt trotz mangelnder Selbstleistung stets gute Noten nach Hause. Den Schulstoff beherrscht er dank überdurchschnittlicher Auffassungsgabe mit Leichtigkeit. Selbst das Abitur, das er 1962 ablegt, fordert ihm kein beharrliches Lernen ab. Egoismus und Eitelkeit hält er für Tugenden. Seit langem schon trägt er sich mit dem Gedanken, in den Westen zu gehen, um in der kapitalistischen Glitzerwelt Playboy zu werden: Müßiggang, Vergnügen, schöne Frauen und schnittige Autos sind seine Lebensmaxime. Doch die unüberwindliche deutsch-deutsche Grenze vereitelt sein Vorhaben. Er muss sich mit den Verhältnissen im realen Sozialismus abfinden. Der Vater kann ihn überreden, ein Studium in Berlin aufzunehmen. Zahnmedizin scheint ihm attraktiv zu sein. Noch mehr aber interessieren ihn die künftigen Zahnärztinnen, aber auch die Damen anderer Fakultäten. Überhaupt nimmt sein Verschleiß an Frauen ungewöhnliche Ausmaße an. Echte soziale Bezüge vermag er jedoch nicht herzustellen. Es schmeichelt ihm, wenn seine männlichen Kommilitonen neidisch bekennen müssen, mit seinem sprichwörtlichen Stehvermögen nicht mithalten zu können. Doch er sieht in den Frauen nur Objekte zur Befriedigung seiner fleischlichen Lust. Als er einmal zufällig mit einem Studienkollegen über das schwache Geschlecht spricht, macht Erwin eine Bemerkung, die seine Selbstgefälligkeit und emotionale Kälte auf erschreckende Weise kennzeichnen:

»Frauen sind für mich Gegenstände. An ihnen kann ich mich sexuell befriedigen. Darüber hinaus haben sie keine Bedeutung für mich!«

Seine bisherige Nonchalance nützt im Studium nichts mehr: Bereits im ersten Semester scheitert er an den Anforderungen des Büffelfachs Anatomie. Er bricht das Studium ab, noch ehe der ungenügenden Testate wegen eine Relegierung ausgesprochen wird, und zieht in die Nähe seiner Eltern zurück nach Eisenach. Hier lernt er die 18-jährige Renate Lange kennen, die sich Hals über Kopf in den gutaussehenden Blondkopf verliebt. Aber schon die ersten sexuellen Kontakte zeigen ungewollte Folgen: Das Mädchen wird schwanger. Das ist Erwin gar nicht recht. Dennoch: Er heiratet Monate später die hochschwangere junge Frau. Seine Eltern wünschen dies. Da er ihnen auf der Tasche liegt und befürchten muss, dass sie sonst den Geldhahn zudrehen könnten, kommt er ihrem Wunsche nach. Von Anbeginn kann er keine innere Zuneigung zu Renate entwickeln. Trotzdem zieht das junge Paar in eine kleine Wohnung am Rande Eisenachs. Seine eheliche Treue hält nur einen knappen Monat. Die Gattin kommt ihm schnell auf die Schliche, ist enttäuscht und verzweifelt. Doch Erwin nimmt keine Rücksicht auf den Gemütszustand der jungen, schwangeren Frau. Die Versprechen, den ehelichen Seitensprüngen abzuschwören, haben nur wenige Tage Bestand. Noch vor der Geburt seiner Tochter Sabine im Mai 1964 betrügt er sie wieder. Unverblümt, ja genüsslich berichtet er Renate von seinen Amouren. Er kann das tun, weil er sie skrupellos manipulieren kann. Körperliche und psychische Attacken haben die junge Frau bereits derart labilisiert, dass sie sich ihm willenlos ausliefert. Zunehmend wird der intellektuelle Despot zu einem primitiven Schläger.

Im Herbstsemester 1964 nimmt Erwin ein Studium im Fach Datenverarbeitung an der Technischen Universität Dresden auf und stürzt sich gleich von einem Liebesabenteuer ins andere. Die Trennung von Eisenach und seiner jungen Familie kommt ihm sehr gelegen, weil er nach wenigen Wochen Ehe ihrer schon längst überdrüssig geworden ist. Seine ichbezogenen Wertvorstellungen beschreibt er in einer späteren kriminalpolizeilichen Vernehmung so: »Alles mitnehmen, was das Leben bietet. Ich will mein eigenes individuelles Leben leben, kalt und rücksichtslos will ich in erotische Abgründe sinken …« Hemmungslos lässt er die Liebesbriefe seiner Dresdener Liebschaften nach Hause senden. Natürlich muss Erwin die zaghaften Vorwürfe seiner jungen Frau abwehren, die ihn ständig darum bittet, auf den Pfad der ehelichen Treue zurückzukehren. Aber er weiß seine Frau zu nehmen: Allein die resolute Ankündigung, sich scheiden lassen zu wollen, macht sie ruhig. Sie verfällt dann in eine so angstdurchsetzte Demutshaltung, dass sie ihm, wie er es auszudrücken pflegt, »in lammfrommer Zahmheit jeden Dreck aus der Hand frisst«. Genüsslich, ja geradezu sadistisch, übt er seine Herrschaft über sie aus.

Im August 1967 lernt Erwin Schaper die 17-jährige Eisenacherin Marlene Gruber kennen. Ein bildhübsches, blondes Mädchen, das ihn unverzüglich in seinen Bann zieht. Sie weiß, dass er verheiratet und Vater einer kleinen Tochter ist. Das macht sie zunächst einigermaßen widerstandsfähig gegen seine unmissverständlichen Paarungsabsichten.

Inzwischen brauen sich an seinem Studienort Dresden dunkle Wolken über ihm zusammen, Vorboten verhängnisvoller Ereignisse. Anfang November 1967 wird er nämlich vor die FDJ-Leitung der Universität zitiert. Dort sitzen Menschen seines Alters, Studenten seiner Fakultät. In ihren uniformen, blauen FDJ-Hemden wirken sie unnahbar und befremdlich. Die meisten kennt er. Mit manchem hat er im Studentenkeller bereits ein Bierchen getrunken. Es sind aber auch Studentinnen darunter. Anderswo hätten ihn deren weibliche Reize längst zur Balz veranlasst. Die Jugendfreunde blicken ihn ernst und durchdringend an. Das macht ihn unsicher und nervös, zumal er sich des Ernstes seiner Situation erst bewusst wird, als schwere Vorwürfe auf ihn niederprasseln: Das bewilligte

Leistungsstipendium habe er sich durch arglistige Täuschung erschlichen. Es stimmt. Er hat nämlich eine hervorragende Hausarbeit geschrieben, die er allerdings aus einer fremden Arbeit ungeniert abgekupfert und als sein Produkt ausgegeben hat. Der Schwindel ist herausgekommen, und nun verlangt man von ihm, dieses unverzeihliche Wissenschaftsvergehen einzugestehen. Erwin Schaper sieht das nicht so verbissen, betrachtet es eher als akademisches Kavaliersdelikt. Doch die Jugendfreunde zeigen sich unerbittlich, donnern ihm ihre Missachtung entgegen. Auch sein unmoralisches Verhalten kommt zur Sprache: Er habe in kurzer Zeit den zweifelhaften Ruf eines »Hurenbocks der Fakultät« erworben. Es wäre nicht hinnehmbar, wie er als FDJ-Mitglied und junger, verheirateter Familienvater mit seiner dekadenten Lebensweise so eklatant gegen die Gebote der sozialistischen Moral verstoße.

Dass gerade die Mädchen aus dem gestrengen Gremium ihren Abscheu kübelweise über ihn ausschütten, trifft Erwins Selbstwertgefühl schwer. Er, der bislang immer nur der Sieger, war, muss nun eine schändliche Niederlage einstecken. Hilflos und innerlich starr lässt er die hochpeinliche Prozedur über sich ergehen, fühlt sich ihr ausgeliefert und unterlegen. Erstmals in seinem Leben sieht er sich einer geschlossenen Phalanx von Gegnern gegenüber.

Mit scharfen Worten verurteilt die FDJ-Leitung sein politisch-ideologisches und unmoralisches Verhalten und empfiehlt ihm, das Studium zu unterbrechen, um sich zwei Jahre lang in der sozialistischen Produktion bewähren zu können. Spätestens bis zum Jahresbeginn 1968 soll er seinen Platz im Hörsaal gegen einen Platz als Hilfsarbeiter in der Lagerhalle eines der Industriewerke am Rande Dresdens eintauschen. Und die streng dreinblickenden Jungfunktionäre entlassen ihn erst, nachdem er sich reumütig zu seinem Vergehen bekannt und die Empfehlung – die eigentlich wie ein Befehl klingt – als kameradschaftliche Handreichung ausreichend gewürdigt hat. Freilich: Es ist ein reines Lippenbekenntnis. Ehrliche Einsicht ist ihm fremd. Doch die Schmach über sein angeschlagenes Image hat sein Selbstbild dauerhaft beschädigt.

Tagelang grübelt er darüber nach, welche Konsequenzen sich für ihn ergeben, wenn er ab Jahresbeginn im stupiden Schichtdienst Hilfsarbeiten verrichten wird: Er müsste sein Bett im Studentenheim räumen und sich ein Zimmer in Dresden suchen. Er könnte dann auch nicht mehr so häufig nach Eisenach fahren. Jedoch: Nicht seiner Frau und des Kindes wegen würde er das bedauern. Vielmehr befürchtet er, dadurch Marlene zu verlieren, deren endgültige Eroberung ihn immer noch in Anspruch nimmt.

Erwins Wesen hat sich durch die vergangenen Ereignisse stark verändert. Die bisherige Selbstgefälligkeit ist einer sich schleichend vergrößernden Verstimmung gewichen. Die Maßregelungen durch die FDJ-Leitung empfindet er als schwere Kränkung und Beschämung. Sie haben ihn innerlich so niedergeschmettert, dass er sich in Selbstmitleid ergeht. Unmerklich verändert sich sein Empfinden in das eines Neurotikers, der überall Gefahren für sich wittert. Deshalb fühlt er sich an der Universität bald nicht mehr wohl. Ihm scheint, als würde man hinter seinem Rücken über ihn tuscheln, sich über ihn belustigen. Ob in der Mensa, im Wohnheim oder im Hörsaal, überall fühlt er sich von neugierigen, hämisch grinsenden Blicken verfolgt. Ständig wittert er Anspielungen auf die erlittene Niederlage.

Das nächste Wochenende verbringt er in Eisenach. Es erwarten ihn süße, heimliche Stunden mit Marlene. Er fragt Renate, ob sie mit einer Scheidung einverstanden wäre. Die hält dieses Ansinnen für eine seiner Launen, hofft indes, dass sie die Risse in ihrer Ehe gemeinsam kitten können und erinnert ihn an seine Vaterpflichten. Kurzum: Sie willigt nicht ein. Unverfroren gesteht er Renate, schon lange ein Liebesverhältnis zu einer anderen Frau zu unterhalten, die er sogar zu ehelichen gedenke. Renate ist bestürzt. Doch sie bleibt standhaft bei ihrem Nein. Das bringt Erwin in Rage. Wutschnaubend eilt er ins Schlafzimmer, hebt sein kleines Töchterchen aus dem Kinderbett, hält dem ahnungslosen Kind ein Küchenmesser an die Kehle und schreit Renate an: »Lass dich scheiden! Oder ich steche dein Kind ab!«

Entsetzt blickt Renate in seine kalten Augen und weiß, dass es ihm ernst ist. Angstvoll gibt sie ihren Widerstand auf und beschwört ihn: »Tu meinem Kind nichts an, lieber lass ich mich scheiden!«

Seine Wut klingt ab: Renate hat klein beigegeben, die Herrschaft über sie ist wiedererlangt. Erwin legt den Säugling zurück ins Bettchen. Doch ehe er die Wohnung verlässt, um sich mit Marlene zu treffen, droht er Renate nochmals: »Gnade dir Gott, wenn du nicht dabei bleibst! – Ich bringe den Balg um!«

Erwin findet keine innere Ruhe mehr. Die Vorstellungen, die er sich bislang vom Leben machte, stürzen wie ein Kartenhaus über ihm zusammen: Das Studium futsch, die Ehe ein Chaos, bald wird er in einer Fabrik malochen müssen. Seine einzige Hoffnung setzt er nun auf Marlene. Doch die fühlt sich ziemlich bedrängt, als er sie fragt, ob sie ihn heiraten wolle. Schroff weist sie ihn zurück: »Mensch, ich bin siebzehn, mache gerade das Abitur! Außerdem kläre erst einmal deine eigenen Familienverhältnisse!«

Erwin Schaper sieht in eine ungewisse, fast düstere Zukunft. Und je mehr er in den kommenden Tagen darüber nachdenkt, umso stärker gelangt er zu dem Entschluss, dass es doch besser sei, mit Renate und dem Kind weiterzuleben. Er müsste zu viele Entbehrungen auf sich nehmen, würde er sich von ihr trennen. Und alle Überlegungen verbindet er mit der Suche nach einer taktisch geschickten Variante, wie er nebenbei die Liaison mit Marlene aufrechterhalten kann.

Dann teilt er Renate seinen Entschluss mit, bei ihr bleiben

zu wollen. Aber sie reagiert ganz und gar nicht so wie er es erwartet. Nämlich: In der Annahme, sich geschickt zu verhalten, lässt sie ihn mit gespielter Überlegenheit wissen, die Ehe mit ihm ein für alle Mal zu beenden, weil sie einen Mann kennengelernt habe, mit dem sie ihr künftiges Leben teilen werde. Doch nichts davon stimmt. Sie will nur ein behutsames Aufbegehren gegen die bisherige Willkür ihres Gatten demonstrieren. Erwin Schaper schluckt die Bemerkung wie eine giftige Pille. Er glaubt Renate jedes Wort, spürt die Kraft, sie zu beherrschen, erlahmen. Die Enttäuschung schlägt um in heftige Erregung. Wutschnaubend stürzt er in die Küche, ergreift ein Küchenmesser, brüllt wild um sich und fügt Renate am linken Oberarm einen nicht allzu tiefen Stich bei. Doch der unbändige Zorn hat seine Ohren taub gemacht: Er kann nicht hören, wie sie ihre Behauptung widerruft. Sie blickt fassungslos auf die Fleischwunde und weint. Als Erwin sich wieder etwas beruhigt hat, verbindet er die klaffende, blutende Wunde mit einem straffen Verband. Renate missdeutet seinen heftigen Erregungszustand: So kann sich nur jemand verhalten, der eifersüchtig ist. Also ist die Ehe vielleicht doch noch zu retten. Und sie beginnt, Erwin mit Schmeicheleien und Zärtlichkeiten wieder für sich zu gewinnen. Er wiederum glaubt, aus ihrem devoten Verhalten schließen zu können, dass seine Macht über sie doch nicht endgültig gebrochen ist.

Die bisherigen Niederlagen haben Erwin Schapers inneres Selbstbild zerstört. Allenfalls rechnet er mit einem weiteren schweren Schlag. Wenn Renate nämlich doch vorhat, mit einem anderen Mann zusammenzuleben. Freilich erinnert er sich an ihr verzweifeltes Dementi. Doch nach all den ehelichen Zwistigkeiten hält er es durchaus für möglich. So frisst der Zweifel sich wie Säure durch seine Seele.

Jetzt fühlt er sich völlig überfordert, und eine tiefgreifende Hoffnungslosigkeit erfüllt ihn. So kommt ihm der Gedanke, sich das Leben zu nehmen. Lange denkt er darüber nach, auf welche Weise er einen schnellen, schmerzlosen Tod herbeiführen könnte. Er will sich erhängen. Tagelang sucht er, das Strangwerkzeug in der Tasche, nach einer geeigneten Möglichkeit. Und wenn er sie gefunden hat, verlässt ihn der Mut, den endgültigen Schritt zu tun.

Bei all seinen Suizidphantasien malt er sich auch aus, wie effektvoll es wäre, wenn er erst seine Frau, dann die Tochter Sabine und Marlene umbringen würde, ehe er sich selbst das Leben nimmt. Auf diese Weise würde sein Tod nicht nur außergewöhnlich und sensationell sein, sondern die Ermordung der drei würde ihm eine tiefe Befriedigung bringen, weil er »ihnen kein Weiterleben gönnt«, weil er »mit allen Mitteln verhindern will, dass sie später glücklich werden könnten«.

Aus den zunächst spielerischen Gedanken erwächst immer mehr ein fester Entschluss. Die Vorstellung, jene zu vernichten, denen er kein glückliches Leben gönnt, stärkt den eigenen Suizidwillen und bestimmt sein weiteres Handeln. Dadurch hat er auf absonderliche Weise wieder zu sich gefunden. Renate, Marlene und seine kleine Tochter in Arglosigkeit zu wissen, das vermittelt ihm wieder das Gefühl der Herrschaft über sie.

In dieser eingeengten Gedankenwelt konzentriert sich Erwin Schaper auf die Organisation seines Vorhabens. Die Jahreswende, die sein Leben ohnehin verändert hätte, scheint ihm der beste Zeitpunkt zu sein. Bis dahin sind es nur knapp drei Wochen, und er will die Zeit nicht ungenutzt verstreichen lassen:

»In den letzten Wochen meines Lebens will ich so leben, wie ich es immer schon wollte, ruhig, ohne Anstrengungen, ohne Komplikationen.« Zunächst täuscht er Renate eine reumütige Rückkehr in das eheliche Schlafgemach vor, das er lange Zeit gemieden hatte, verspricht einen Neuanfang, gibt sich auffallend liebenswürdig und überzeugt sie zu einer ekstatischen

Liebesnacht. Als Renate das Gespräch auf die Geliebte bringt, bittet er sie um Geduld, weil er sich endgültig, aber behutsam und im Guten trennen wolle. Wonnetrunken glaubt Renate ihm jedes Wort. Willenlos ist sie in ihre alte Hörigkeit zurückgefallen.

Äußerlich verhält sich Erwin freundlich, aufgeschlossen und ausgeglichen. Tief im Innern aber beschäftigt er sich ständig mit seinem tödlichen Plan. Dabei kommt ihm die Idee, Renate bei passender Gelegenheit so zu schockieren, dass sie den Tod wünscht. Am liebsten wäre ihm, wenn sie die Tötung durch seine Hand verlangt. Natürlich wolle er dann versprechen, ihr unmittelbar danach in den Tod zu folgen. In Wirklichkeit aber beabsichtigte er, mit der Selbsttötung noch zu warten. Ich will, denkt er, die letzten Stunden des Lebens mit der Frau verbringen, die mir am nächsten steht. Und damit meint er Marlene.

An den Weihnachtsfeiertagen gibt sich Erwin Schaper herzlich und gutgelaunt wie ein glücklicher Familienvater beim Anblick strahlender Kinderaugen im Kerzenlicht. Doch in der Nacht vom 27. zum 28. Dezember lenkt er in einem langen Bettgespräch das Thema darauf, sich das Leben nehmen zu wollen. Geschickt täuscht er eine tiefe Schwermut vor: Aber es ist nur ein Test. Er will wissen, wie Renate auf die Frage des Todes reagiert. Zu seiner Überraschung lässt sie sich in keiner Weise von seiner vorgetäuschten Traurigkeit anstecken, so wie er es erwartet hatte. Im Gegenteil: Sie versucht ihn zu trösten, vermittelt Zuversicht und setzt alles daran, ihn von einer Selbsttötungsabsicht abzubringen.

In der nächsten Nacht lässt Erwin Renate wieder nicht schlafen. Mit teuflischem Zynismus gesteht er, ihr in den letzten Tagen nur etwas vorgegaukelt zu haben. Seine Ehe sei nach wie vor verkorkst, nur bei seiner neuen Geliebten fühle er sich wohl. Durch die Anspannung der letzten Zeit und durch Übermüdung sind ihre Nerven gänzlich bloßgelegt. Sie bricht innerlich zusammen, kann nur noch weinen. Nun sieht auch sie keinen Ausweg mehr aus dem Chaos der Ehe.

Erwin redet auf sie ein, dass es besser wäre zu sterben. Sie solle doch mitmachen. Für ihn sei der Selbstmord längst beschlossene Sache. Jetzt könne sie sich doch anschließen, und alle Probleme wären gelöst. In ihrer Verzweiflung stößt Renate heraus, unter diesen Umständen lieber sterben zu wollen. Erwin ist zufrieden. Doch dann macht sie eine Einschränkung und sagt: »Lass uns erst Silvester feiern, dann machen wir gemeinsam Schluss!« Und Erwin ist einverstanden.

Am nächsten Morgen. Renate und Erwin stehen frühzeitig auf. Die kleine Sabine schläft noch. Renate hatte einen unruhigen, alptraumreichen Etappenschlaf, der ihre Traurigkeit und Erschöpfung nur fördert. Erwin kommt hinzu, als sie weinend vor dem Kinderbettchen steht und fragt: »Was wird nur aus unserer Sabine, wenn wir nicht mehr sind?«

Diese Situation bringt Erwin auf den Gedanken, Renate jetzt schon zu töten, zumal er Silvester lieber mit Marlene verbringen möchte.

Er blickt auf das schlafende Kind und denkt: »Auch du hast keine Berechtigung mehr zu leben, wenn die Eltern tot sind.«

Mit verheultem Gesicht verlässt Renate das Zimmer, um die Toilette aufzusuchen. Als sie nach wenigen Minuten zurückkehrt, erstarrt das Blut in ihren Adern: Die dreijährige Sabine lebt nicht mehr. Erwin hat sie inzwischen mit einem Gürtel erdrosselt. Renate bricht auf der Stelle zusammen. Der Kreislauf hat versagt. Als sie wieder zu sich kommt, winselt sie: »Töte mich, mach es schnell!«

Erwin Schaper umfasst ihren Hals. Doch beim ersten Druck auf den Kehlkopf ächzt sie: »Das tut weh!«

»Soll ich ein Messer holen?« fragt Erwin eiskalt.

»Nein, bitte kein Messer, öffne die Gashähne«, stöhnt sie gequält. Aber sie weiß nicht mehr, was sie sagt. Ihr Verstand kann nichts mehr erfassen. Geistesabwesend hockt sie auf dem Fußboden des Schlafzimmers und gibt undeutliche Laute von sich, als wenn sie etwas sagen wolle. Erwin setzt sie auf einen Stuhl, holt aus dem Wohnzimmerschrank eine Flasche Wodka, entkorkt sie und hält die Flaschenöffnung an Renates Mund:

»Trink aus, dann mach ich es!«

Und Renate trinkt, verschluckt sich, trinkt wieder. Als die Flasche fast geleert ist, fällt sie seitlich vom Stuhl. Der Vollrausch hat sie niedergestreckt. Erwin verdrillt einen Seidenschal und schlingt ihn um ihren Hals, tritt mit einem Fuß auf eines der Enden und zieht mit den Händen das andere Ende kräftig an. So verharrt er, bis Renate keinen Laut mehr von sich gibt. Er löst die Schlinge erst, nachdem er vermutet, dass sie tot ist. Aber: Um ganz sicher zu gehen, stößt er das Küchenmesser noch zweimal in ihr Herz.

Die beiden Leichen versteckt er im Kleiderschank und bedeckt sie mit Textilien.

Innerlich ausgelaugt und körperlich erschöpft lässt sich Erwin Schaper auf die Couch fallen und schläft bis in die Mittagsstunden. Der Gedanke an die Selbsttötung hat ihn die ganze Zeit nicht verlassen. Jedoch will er erst seinen Plan vollenden. In seinen Taschenkalender schreibt er in die Spalte des 30. Dezember die Namen Renate und Sabine, in die des 31. Dezember den Namen Marlene. Und hinter jeden Namen setzt er ein deutliches Kreuz.

Er räumt die Wohnung auf, beseitigt die Spuren des tödlichen Geschehens, zieht sich um und verlässt das Haus: Er hat sich mit Marlene zu einem Spaziergang verabredet. Pünktlich erscheint das Mädchen an der vereinbarten Stelle im Zentrum Eisenachs. Erwin wirkt heiter, gelöst und liebenswürdig. Aber: Marlene kann nicht lange bleiben, wird zu Hause bald wieder erwartet. Hand in Hand schlendert das Pärchen in Richtung Schwanenteich.

»Morgen ist Silvester, und ich soll mit meinen Eltern feiern«, beklagt sie sich.

Erwin wittert die Chance einer passenden Gelegenheit zur Verwirklichung seines tödlichen Plans und schlägt vor: »Feiere doch bei mir. Ich bin sowieso allein!«

»Ist deine Frau mit dem Kind weggefahren?«, fragt Marlene unschuldig und erstaunt.

Da Erwin diese Frage nicht konkret beantworten will, beschränkt er sich auf ein mehrdeutiges Grinsen und raunt Marlene ins Ohr: »Ist das nicht schön für uns? Komm zu mir, wir sind ganz allein, und zu trinken ist genug da!«

»Einverstanden, wir treffen uns 19.30 Uhr am Nikolaitor«, strahlt das Mädchen.

Den Rest des Tages verbringt Erwin mit einem Freund. Sie unternehmen eine feuchtfröhliche Kneipentour, wobei Erwin sich höchst spendabel zeigt: Bis zu seinem Tode muss alles Geld ausgegeben sein. Mit schwerem Kopf sinkt er kurz vor Mitternacht in das eheliche Bett. Tief und traumlos wie ein Murmeltier schläft er bis in den nächsten Vormittag. Nur wenige Meter von seinem Bett entfernt, und nur durch eine zentimeterbreite Holztür getrennt, liegen die beiden toten Körper im Kleiderschrank. Doch das lässt ihn kalt. Seine ganze Gedankenwelt ist jetzt nur noch auf einen einzigen Punkt ausgerichtet: Der Tod Marlenes und sein eigener Tod. Für anderes ist kein Raum mehr in seinem eingeengten Hirn. Nur so verschafft er sich die notwendige innere Gleichgültigkeit, ohne die er die letzten, endgültigen Schritte nicht gehen könnte.

Sonntagabend, 31. Dezember 1967. Erwin trifft verfrüht am Nikolaitor ein. Er hat noch eine halbe Stunde Zeit, bis Marlene zu erwarten ist. Gemächlich, doch rastlos wandert er unzählige

Male in weitem Bogen um das Martin-Luther-Denkmal, um die Zeit zu überbrücken. In seinem Kopf toben die Gedanken: Bald wird er Marlene besitzen, ganz für sich allein. Und das bis in den Tod. Ihm fällt ein, dass er in der Nacht mit Marlene einen Spaziergang zur Autobahnbrücke unternehmen könnte, die sich weit über das Tal spannt und in der Silvesternacht üblicherweise kaum befahren wird. Diesen Ort hält er für geeignet. Von dort will er Marlene in die Tiefe stürzen und ihr dann folgen.

Einige Kinder schießen bereits ihre ersten Silvesterraketen ab. Vermutlich dürfen sie an den mitternächtlichen Blitz- und Knallfreuden der Erwachsenen nicht teilhaben. Doch jetzt ist es ihnen erlaubt, denn seit 18.00 Uhr ist die Polizeistunde aufgehoben. Manche der hell erleuchteten Fenster in den alten Bürgerhäusern erlauben einen Blick in die Stuben. Ausgeschmückt mit bunten Papiergirlanden und Luftballons kündigen sie einen ausgelassenen Jahreswechsel an.

Pünktlich ist Marlene zur Stelle, vergnügt und in froher Erwartung eines besinnlichen Silvesterabends. Eilig und auf kürzestem Wege gehen sie zu Erwins Wohnhaus, denn Marlene fürchtet sich vor den Knallfröschen und Pfeifraketen, die heute Nacht überall im Hinterhalt lauern. Unterwegs fragt sie nochmals, um ganz sicher zu gehen: »Und wir sind wirklich ganz allein?« Erwin gelingt es bald, sie davon zu überzeugen, dass sie bei ihm zu Hause ungestört sind. Dort angekommen, schaltet er das Radio ein, sucht einen Sender mit Schmusemusik, öffnet eine Flasche Wein und lümmelt sich auf das Wohnzimmersofa. Schnell hat Marlene ihre anfängliche Scheu abgelegt und rückt liebeshungrig dicht an ihn heran.

Nun gehören die nächsten Stunden nur der Liebe. Erst als die Glocken von St. Georg und der Nikolaikirche den Jahreswechsel verkünden und Hunderte bunter Raketen fauchend und pfeifend in den Himmel schießen, unterbrechen sie das Liebesspiel für kurze Zeit.

»Wollen wir spazieren gehen?«, fragt Erwin wie nebenbei. Doch Marlene zieht es vor, das Haus nicht zu verlassen. So ändert er seinen Plan. Er will die süßen Stunden noch nicht beenden und verschiebt sein tödliches Vorhaben auf den nächsten Tag.

Eine weitere innere Befriedigung empfindet er, als es ihm gelingt, Marlene zur Fortsetzung des Beischlafs ins eheliche Schlafgemach zu locken, wo sie sich unbefangen dem Vergnügen hingibt.

Einige Zeit später übermannt beide eine wohltuende Erschöpfung und Müdigkeit. Eng umschlungen sinken sie in tiefen Schlaf.

Am nächsten Morgen gegen 7.00 Uhr: Es ist Montag, der 1. Januar 1968. Erwin liegt schon längere Zeit wach und überlegt, wie er Marlene zu einem Spaziergang zur Autobahnbrücke überreden könnte. Dann steht er auf und kleidet sich an. Langsam wird nun Marlene munter. Genüsslich rekelt sie sich in den Kissen, blinzelt Erwin schlaftrunken an und beklagt, dass sie bald heim müsse. Dann fragt sie beiläufig, wohin Erwins Frau und das Kind eigentlich gefahren seien.

Das Unglaubliche geschieht: Wortlos geht Erwin zum Kleiderschrank, reißt die Tür weit auf, zieht die Textilien von den toten Körpern und sagt mit monotoner, eiskalter Stimme: »Hier, wenn du's genau wissen willst. Ich habe sie umgebracht!«

Erst mit dem zweiten Blick erfasst Marlene die Situation. Starr vor Schreck und Entsetzen ist sie zu keiner Reaktion fähig. Angstbebend liegt sie im Bett, beide Hände in der Decke festgekrallt, die sie über den Kopf zu ziehen versucht. Doch Erwin ist schon bei ihr, hat ein Montiereisen in der Hand und schlägt zu. Mehrere heftige Hiebe gehen auf ihrem Schädel nieder. Augenblicklich verliert sie das Bewusstsein. Sie kann nicht mehr spüren, dass Erwin noch zehnmal mit einem Messer in ihren Oberkörper sticht. Zwei Stiche haben das Herz getroffen und den schnellen Tod gebracht.

Erwin Schaper hat sein Ziel fast erreicht. Jetzt muss er nur noch sich selbst umbringen. Blass, kalt und nahezu ohne innere Regung verharrt er einige Augenblicke vor dem Ergebnis seiner Untat. Dann deckt er die Tote zu und schließt die Tür vom Wäscheschrank. Er säubert sich von den Blutspuren, steckt das Messer ein, streift den Anorak über und verlässt die Wohnung. Eine Zeitlang irrt er durch die menschenleeren Straßen, die übersät sind mit ausgebrannten Silvesterraketen, Konfetti und Papierschlangen. Kein Auto fährt um diese Stunde. Nur eine Kehrmaschine der Städtischen Straßenreinigung beseitigt die Relikte der nächtlichen Ausgelassenheit.

Jetzt ist Erwin nur noch von einem Gedanken getrieben: Ich muss mich töten. Von fern erblickt er die Autobahnbrücke, die sein Ziel ist. Doch kurz davor zögert er wieder, glaubt, dass es besser wäre, bis zur nächsten Nacht zu warten. Er erwägt auch, sich die Pulsadern aufzuschneiden. Nur nach Hause gehen, nein, das kann er nicht mehr. So läuft er ziellos bis zum späten Vormittag in der Stadt umher, bis er sich entschließt, einen Freund aufzusuchen. Er trifft diesen auch an. Der Freund überredet ihn zu einem Frühschoppen. Erwin ist zwar bedrückt, doch hält der Freund seinen Zustand eher für einen milden Silvesterkater. Die beiden bleiben bis zum Abend beisammen. Erst dann verlässt Erwin den Freund.

Die Selbsttötungsgedanken haben ihn den ganzen Tag über begleitet. Jetzt drängt es ihn immer stärker, sie endlich zu verwirklichen. Deshalb verlässt er das Stadtgebiet von Eisenach, sucht eine abgelegene Gegend. Am Rande einer Landstraße ist es dann soweit: Er zieht das Messer aus dem Anorak. Wieder verharrt er. Immer noch findet er nicht den Mut, das zu tun, wonach er sich schon lange sehnt. Erst der Gedanke daran, welche Blutspur er bereits hinter sich hergezogen hat, lässt ihn seine Feigheit überwinden …

Gegen 20.00 Uhr macht ein Ehepaar, das auf der Straße nach Hötzelsroda einen Abendspaziergang unternimmt, eine schreckliche Entdeckung: Wenige Meter vom Straßenrand entfernt liegt, blutüberströmt, ein lebloser Mann, quer über den Hals verlaufend eine blutverschmierte Schnittverletzung. Der Puls des Mannes schlägt kaum noch, doch er schlägt. Der medizinische Notdienst wird alarmiert. Ein Arzt stellt fest, dass in dem Mann noch Leben ist. Alles Menschenmögliche wird getan, um dieses Leben zu erhalten. Nach einer Notoperation wollen die Ärzte im Krankenhaus wissen, wer ihr Patient ist. Sie durchsuchen die Taschen seines blutverschmierten Anoraks und fördern einen Taschenkalender des Jahres 1967 zutage. Auf der ersten Seite stehen die Personalien des Inhabers: Erwin Schaper aus Eisenach. Auf einer der letzten Seiten befinden sich merkwürdige Botschaften: In der Spalte des 30. Dezember die Namen Renate und Sabine, in der des 31. Dezember der Name Marlene und ein groß geschriebenes »ICH«. Und hinter jeder dieser Eintragungen ein dickes, schwarzes Kreuz. Diese Kreuze sind kein gutes Omen. Das Krankenhaus informiert die Kriminalpolizei. Am 2. Januar 1968 wird gegen Erwin Schaper ein Ermittlungsverfahren wegen dreifachen Mordes eingeleitet. Das Krankenhaus teilt inzwischen mit, dass sich der Patient Schaper auf dem Wege der Besserung befindet. Von nun an wird alles getan, um ihn an einem weiteren Selbstmordversuch zu hindern. Auf ungewöhnliche Weise erfüllt sich jedoch ein knappes Jahr später in der Strafvollzugsanstalt Leipzig Erwin Schapers Todessehnsucht.

Zweifellos liegt bei Erwin Schaper eine suizidale Persönlichkeit vor. Seine neurotische Entwicklung und die sich aus der Fehler-

ziehung im Elternhaus erklärende Verhaltensstörung führten zu einer Charakterdeformation, die den maßlosen Egoismus, die Arroganz und die Unfähigkeit zu sozialer Wärme begründen. Dennoch, so stellte der psychiatrische Gutachter fest, bestand bei ihm zu jeder Zeit die tatbedeutsame Einsichtsfähigkeit in seine Handlungen. Die Ermordung der Ehefrau, des Kindes und der Geliebten geschah keineswegs in einem schuldmindernden Geisteszustand, sondern direkt vorsätzlich. Denken und Handeln waren durch die suizidale Gemütsverstimmung nicht so eingeengt, dass er keine andere Lösungsmöglichkeit zur Realisierung der Selbstmordabsicht gefunden hätte, als die über den kriminellen Umweg der Ermordung anderer Menschen.

Ebenso wenig lagen auch Kriterien für strafmildernde Umstände einer Tötung auf Verlangen vor, wie im Falle der Ehefrau bei fälschlicher Beurteilung angenommen werden könnte. Und dies, obwohl sie Erwin Schaper »bittet«, sie zu töten. Eine Tötung auf Verlangen, die nach DDR-Strafrecht gemäß § 113 Abs. 1 Ziffer 3 StGB zur Minderung der strafrechtlichen Verantwortlichkeit besondere Tatumstände vorausgesetzt hätte, war deshalb nicht zu begründen, weil die entsprechenden Tatbestandsmerkmale nicht vorlagen. Sie hätten unter anderem eine freie Willensentscheidung der Ehefrau vorausgesetzt. Diese lag nicht vor, weil Erwin Schaper sie sowohl durch psychische als auch physische Gewalt zum Todesverlangen nötigte. Eine freie Entscheidung war ihr folglich nicht möglich. Sie hat die Tötung schon deshalb nicht ausdrücklich verlangen und den Ehemann zur Durchführung bestimmen können – wozu im Übrigen auch jeder motivationale Hintergrund gefehlt hätte –, weil Erwin Schaper den Tötungsvorsatz schon längst gefasst hatte.

Auch ein gemeinsamer Suizid muss verneint werden. Denn im Unterschied zum erweiterten Suizid muss eine zweite Person einbezogen werden, die für sich selbst alle Merkmale der Suizidalität aufweist. Es handelt sich folglich um zwei Suizidenten mit

gleichzeitiger Bereitschaft, aus dem Leben scheiden zu wollen. Die Gemeinsamkeit der Tatdurchführung und der eigenständige, für jeden der Beteiligten zutreffende Selbsttötungsentschluss sind die entscheidenden Kennzeichen für den gemeinsamen Suizid.
Letztlich muss man sich bei der Einschätzung des Falles Erwin Schaper davon leiten lassen, dass keineswegs vermeintlich altruistische Motive vorliegen, wie sie beim erweiterten Suizid typisch sind, die die Tötung der Ehefrau, des Kindes und der Geliebten bestimmt haben. Einzig und allein Schapers maßloser Egoismus (nach dem Schema: Wenn ich mich schon töte, haben die anderen auch kein Recht zu leben.) bildete die Triebkraft zur Tötung der drei. Und: Die Realisierung einer Selbsttötungsabsicht setzt voraus, die inneren Hemmschwellen zu überwinden, die den letzten Schritt womöglich abbremsen.
So wie etliche Halunken den Umweg gehen, sich erst Mut anzutrinken, um den Einbruch oder den Überfall zu wagen, gibt es suizidale Persönlichkeiten, die ihre Aggression gegen sich selbst nur über den Umweg der Aggression gegen andere vollenden können. Mancher Amokschütze tötet deshalb, weil der eigene Todeswunsch sich erst über den Umweg der Tötung anderer realisieren lässt, z. B. in der sicheren Erwartung, von der Polizei erschossen zu werden. Mancher Söldner meldet sich deshalb an die vorderste Front, weil er in seiner Suizidneigung darauf hofft, von einer feindlichen Kugel getötet zu werden.
Betrachtet man den vorliegenden Bericht unter diesem Aspekt, wird klar, dass die lange schon in Erwin Schapers Seele schwelende Selbsttötungsabsicht letztlich erst durch die höchst offizielle Maßnahme der Vollstreckung des Todesurteils verwirklicht wurde.

Absoluter Nahschuss

Karlheinz Dalgow ist das Muster eines preußischen Offiziers. Er, ein 47-jähriger, schlanker, sportlicher Typ mit schwarzem Haar und leicht graumelierten Schläfen, ist Hauptmann der Nationalen Volksarmee, Kompaniechef einer Spezialeinheit des Nachrichtenregiments II, dessen Kasernenanlagen einige Kilometer nordöstlich von Königs Wusterhausen, dem Städtchen im Grünen vor den südlichen Toren Berlins, im Wald versteckt sind. Zusammen mit seiner Ehefrau Jutta, Unterstufenlehrerin, und der 21-jährigen Tochter Tamara, Krippenerzieherin, bewohnt er seit 1975 eine geräumige Neubauwohnung in Königs Wusterhausen. Der 23-jährige Sohn Ralf eifert dem Vater nach, besucht eine Offiziersschule der Grenztruppen in Löbau. Nur gelegentlich verbringt er die wenigen Urlaubstage zu Hause bei den Eltern.

Eigentlich könnte Karlheinz Dalgow mit sich zufrieden sein: Die Kinder sind erwachsen, stehen fast auf eigenen Beinen. Dass er eine Tätigkeit als Fernmeldemechaniker bei der Post nach einigen Jahren aufgab, um die Offizierslaufbahn einzuschlagen, hält er für eine richtige Entscheidung. Die eigenwillige Welt des Militärs, der Geruch von Uniformen und Waffenöl, der Umgang mit den Soldaten, die Herausforderung seines Ehrgeizes, mit der rasanten Entwicklung des modernen Nachrichtenwesens Schritt zu halten, und die Verantwortung über teure Funk- und Fernschreibtechnik, stärken seinen Glauben, unersetzlich zu sein. Dalgows betagte Mutter, Kommunistin seit ihrer Jugend, ist stolz darauf, dass ihr Sohn als Offizier der Armee des Volkes zur Erhaltung des Friedens und der sozialistischen Errungenschaften beiträgt.

Sicher, sein beruflicher Alltag ist mit dem 8-Stunden-Tag anderer nicht zu vergleichen, die vielen Sonderdienste, Alarmbereitschaften, Urlaubssperren erschweren das Leben. Doch der gute Sold entschädigt für viele Entbehrungen. Zusammen mit den Einkünften seiner Gattin ist ein überdurchschnittliches Lebensniveau gesichert: Auto, Neubauwohnung und ein gelegentlicher Urlaub auf der Krim.

Seit mehreren Monaten belastet Karlheinz Dalgow ein Problem: Schlechtes Gewissen gegenüber Jutta plagt ihn. Ursache dafür ist die heimliche Liebschaft zu einer jüngeren Frau. Das zehrt an seiner Seele. Er fühlt, Gefangener eines zweiten Ichs zu sein, von dem er sich nicht mehr befreien kann, ahnt, wie seine Notlügen, die Abwesenheit von zu Hause mit dienstlichen Belangen zu begründen, eines Tages ein Fiasko heraufbeschwören können. Vertrauen, Familie, Ehe, all das sieht er in höchstem Maße gefährdet. Aber da ist Gisela Hoppe, die hübsche, junge Frau, die er liebt. Vor einem Jahr lernte er sie kennen. Es war kurz nach ihrer Scheidung. Sie veranstaltete im Auftrag ihres Betriebes, dem Berliner VEB Oberbekleidung, im Kinosaal des Nachrichtenregiments eine Modenschau. Vom ersten Augenblick an waren sie ineinander verknallt, erst zaghaft, dann immer stürmischer, bis sie ihre Liebe entdeckten. Ihre geschmackvolle, kleine Wohnung in Wildau, ganz in der Nähe der S-Bahn, wird fortan zum heimlichen Refugium für süße Stunden. Schon bald basteln sie am Traumschloss einer gemeinsamen Zukunft. Und irgendwann will sie ihn ganz für sich haben, ständig und nicht nur gelegentlich für ein paar zärtliche Wochenendstunden im Verborgenen. Ja, das wünscht auch er sich. Doch eine Hürde muss er nehmen: Gisela muss klargemacht werden, den Kontakt zu ihren Verwandten im Westen abzubrechen. Andernfalls verstößt er gegen die ihm aufgebürdeten Sicherheitspflichten. Zuvor erscheint es ihm jedoch wichtiger, sich der Gattin zu erklären.

Aber in den eigenen vier Wänden zerrinnen die Vorsätze, Jutta klaren Wein einzuschenken. Kurzerhand ist die erforderliche Offenbarung verdrängt. Der ansonsten mutige Soldat hält sich feige zurück. Stattdessen bietet er alle Kräfte auf, die Angetraute nichts von seinem anderen Leben spüren zu lassen. Schließlich halten nur noch Lüge und Täuschung die ehelichen Bande zusammen. Das Sexualleben mit der Ehefrau droht zu einer emotionslosen, mechanischen Pflichtkür zu verkommen.

Die quälende Unentschlossenheit, eine klare Entscheidung zu treffen, produziert im Wechsel mit den heimlichen Liebeserlebnissen eine lähmende Unfähigkeit zu sachlicher Konfliktbewältigung. Bald steuert die Angst sein Denken. Es führt zu dem Kompromiss, die Ehe mit Jutta, gleichzeitig aber auch die Beziehung zu Gisela erhalten zu wollen.

Karlheinz Dalgow glaubt, damit die Krise überwinden zu können. Dass er so die Geliebte ebenfalls betrügt, indem er sie glauben lässt, seine Beziehung zu Jutta sei längst ausgekühlt, während er tatsächlich daheim ein harmonisches Intimleben vorgaukelt, überspielt er mit dem Egoismus der Feigheit. Zeit gewinnen, sich rückwärtig verschanzen, nicht in die Schusslinie geraten, denkt er, das sei die rationale Zwischenlösung. Doch das aufgewühlte Innenleben lässt ihn nicht zur Ruhe kommen, vor allem nachts. Die Vorstellung, das Kartenhaus seines Vertrauensbruchs könnte einstürzen, macht ihn ratlos. Und weil die geduldige Geliebte nicht auf einer unüberlegten, kurzfristigen Entscheidung beharrt, unterstützt sie das zermürbende Hin und Her, freilich ohne Absicht.

Am Morgen des 9. August 1980 teilt Karlheinz Dalgow mit gespielter Zerknirschtheit seiner Gattin mit, dass das Wochenende gelaufen sei, weil er am Abend zum Dienst als OvD anrücken müsse.

Jutta fragt enttäuscht: »Wieso immer nur du? Der Dietze von nebenan ist doch auch in deiner Einheit. Warum hat der weniger Dienst? Den seh ich dauernd im Vorgarten rumbuddeln!«

»Ach, das ist einer aus dem Regimentsstab«, beschwichtigt er sie, »für die gilt unser Dienstplan nicht!«

Jutta unterlässt weitere kritische Fragen. Sie hat sich mit den Jahren längst in ihre Situation gefügt, ist sich klar, dass das Leben mit einem Offizier eigenen Gesetzen unterworfen ist. Karlheinz Dalgow spürt, wieder glimpflich davongekommen zu sein. Zufrieden mit sich ist er bis zum Nachmittag besonders nett zu Jutta. Gegen 16.00 Uhr ruft die vermeintliche Pflicht. Doch bevor er das Haus verlässt, legt er seine Dienstbekleidung an: Uniform aus mausgrauem Tuch, polierte schwarze Schaftstiefel, Koppel, Pistole, Schirmmütze. Die gelben Biesen, die die silbergeflochtenen Schulterstücke mit den vier goldfarbenen Sternen des Hauptmanns einfassen, verraten die Truppengattung. In der Uniform wirkt Dalgow auf Jutta fremd, unnahbar und streng. Und: Obwohl sie ihren Gatten schon unzählige Male so gesehen hat, empfindet sie dies immer wieder von neuem.

Da der Hauptmann die wenigen Kilometer zur Kaserne gewöhnlich mit dem Rad zurücklegt, weil es sportlich ist und Mobilität im großen Kasernengelände schafft, will er aus Gründen der Verschleierung seiner wahren Absicht auch diesmal nicht darauf verzichten. Keinesfalls darf Juttas Argwohn geweckt werden, die ihm aus dem Fenster wie immer nachwinkt. Der glückliche Umstand, dass wenige Straßen weiter in der Garage sein alter Moskwitsch steht, begünstigt sein Vorhaben. Weil Jutta nicht Auto fährt, die Garage ohnehin sein Ressort ist, entgeht ihr folgerichtig, dass der Gatte das Rad dort abstellt, um mit dem Moskwitsch weiterzufahren. Natürlich nach Wildau zu Gisela. Diese Taktik hat sich schon mehrfach bewährt.

Weil der OvD gewöhnlich einen Vierundzwanzigstundendienst ableisten muss, erwartet ihn Jutta vor Sonntagabend nicht zurück – eine lange Zeit für Minne und Müßiggang.

Der ganze Abend gehört der Liebe, der Sonntag hingegen einem späten, ausgedehnten Frühstück und dem Besuch der Pferderennbahn in Karlshorst, wo das »Traberderby der DDR« stattfindet. Das wollen die beiden sich nicht entgehen lassen, auch deshalb nicht, weil in den Rennpausen Giselas Betrieb sommerliche Damenoberbekleidung vorführt. So verläuft das Wochenende in der Harmonie liebender Herzen. Trotzdem leidet Karlheinz Dalgow unter unruhigem Schlaf. Er fühlt sich innerlich gehetzt.

Der Abend hat ein unerwartetes Ende: Als auf der Rückfahrt nach Wildau, an der Kreuzung Zeuthener Straße in Schmöckwitz, ein Trabifahrer die Vorfahrt erzwingen will, lässt sich der Crash nicht mehr verhindern. Der Moskwitsch büßt den rechten Scheinwerfer ein. Eigentlich ist der Schaden kaum der Rede wert, und am liebsten hätte sich Dalgow mit dem Unfallverursacher kurzerhand privat geeinigt. Doch die Tür an der Fahrerseite des Trabant ist arg ramponiert: Durch die Kollision wurde ein Stück der zwar rostfreien, aber druckempfindlichen Duroplast-Verkleidung herausgebrochen. Nun muss über die Versicherung das Geld für eine neue Tür her. Aber das erfordert eine polizeiliche Bestätigung. Deshalb drängt der Trabifahrer auf eine Unfallaufnahme durch die Verkehrspolizei. Und das behagt Karlheinz Dalgow überhaupt nicht, weil nun Ort, Zeit und Zeugen amtlich erfasst werden.

Missmutig und wortkarg bringt er Gisela nach Hause. Dann fährt er nach Königs Wusterhausen, stellt das lädierte Fahrzeug in der Garage ab und radelt die kurze Strecke nach Hause.

Beim Betreten der Wohnung begrüßt ihn die Gattin: »Mein Gott, kommst du heute spät!«

»Es ging nicht anders, ich war noch in der Unterkunft meiner Unteroffiziere – der Hauptfeldwebel hat Geburtstag«, versucht er sie zu beschwichtigen. Dann setzt er sich zu ihr, ist nett und zärtlich, aber er wirkt erschöpft.

Später, als sie zu Bett gehen, macht Jutta Dalgow eine beiläufige Bemerkung, die ihn wie ein Donnerschlag trifft: »Manchmal denke ich, du hast eine Freundin!«

»Wie kommst du auf so etwas Absurdes?«, fragt er unsicher.

»Ist schon gut. Könnte ja sein«, wehrt sie ab, als ob sie die Angelegenheit nicht weiter interessiert. Er fühlt sich abgespannt und schlaff, möchte nur noch schlafen. Sein grüblerisches Hirn hält ihn aber lange wach. Immer wieder beschäftigt ihn die Frage, warum er die Entscheidung zwischen beiden Frauen scheut. Die eigentlichen Ursachen seiner Unentschlossenheit will er sich jedoch nicht eingestehen. Nämlich: Es ist ein charakterlicher Grundzug, größeren Lebensschwierigkeiten auszuweichen, statt sich ihnen zu stellen. Dalgow weiß, dass sein Innenleben aus den Fugen gerät, wenn sich zu viele Probleme vor ihm auftürmen. Dann wird er chaotisch, leidet unter Versagensängsten. Besonders, wenn er etwas Alkohol getrunken hat, kann ihn seine Empfindsamkeit so traktieren, dass Selbstmisstrauen, Weinerlichkeit und Schwermut, mitunter sogar der Gedanke an einen Freitod von ihm Besitz ergreifen.

Doch er ist klug genug, seine tatsächliche Gemütslage äußerlich mit einem strammen soldatischen Verhalten zu kaschieren. Folgerichtig verschweigt er Jutta den Defekt am Pkw.

Die nächsten Tage verbringt er, wie alle Regimentsangehörigen, in der Kaserne: Der 13. August steht bevor – Tag des Mauerbaus vor neunzehn Jahren oder, wie es offiziell heißt, Tag der »Errichtung des antifaschistischen Schutzwalls«. Erhöhte Einsatzbereitschaft ist angesagt. Immerhin: Die kriegslüsternen Bonner Ultras könnten diesen Tag zum Anlass nehmen, um an der Staatsgrenze West zu stänkern. Da heißt es, besonders wachsam zu sein – wie jedes Jahr um diese Zeit. Also: Kein Ausgang, kein Urlaub für die Soldaten, stattdessen emsiges Säbelrasseln hinter den Kasernentoren. Doch Hauptmann Dalgow bleibt gelassen – wie jedes Jahr um diese Zeit.

Da der 13. August ohne besondere Vorkommnisse verläuft, wird die erhöhte Einsatzbereitschaft am Nachmittag des nächsten Tages aufgehoben. Bevor Hauptmann Dalgow die Kaserne verlässt, telefoniert er: Terminabsprache mit der Kfz-Werkstatt, ein kurzes Gespräch mit Jutta, um mitzuteilen, dass er sich auf den Heimweg macht, ein langes mit Gisela, mit der er sich für Sonntagnachmittag verabredet, denn Jutta und seine Tochter Tamara schippern um diese Zeit mit der »Weißen Flotte« über die Berliner Gewässer.

Gegen Abend trifft er zu Hause ein. Sofort präsentiert Jutta ihm ein amtliches Schreiben der Verkehrspolizei: Zeugenvernehmung zum Unfallhergang am 10. August 1980: »Ist heute gekommen, du hast mir gar nichts davon erzählt!«

Dalgow zuckt zusammen. Hinter seinen Schläfen pocht der Puls. Obwohl er sich gefasst gibt, errötet er wie ein Ministrant, der beim Griff in die Kollekte ertappt wird. Jutta bemerkt seine Fassungslosigkeit, blickt ihn fragend an, wartet auf eine plausible Erklärung. Eigentlich wäre nun ein Grund gegeben, sich ihr zu offenbaren. Aber er kann sich dazu nicht entschließen, entscheidet sich lieber für das vermeintlich einfachere Mittel der Lüge:

Er sei Zeuge eines Unfalls geworden, als er letzten Sonntag zur Dienststelle fuhr. In Niederlehme, kurz vor dem Kalksandsteinwerk, sei ein Trabi mit einem Lada zusammengestoßen, aber es habe nur Blechschaden gegeben.

»Ach, ein Trabi und ein Lada«, lächelt Jutta mehrdeutig. Dalgow ist verwirrt, denkt: »Warum diese Ironie?« Unsicher fragt er: »Sag mal, glaubst du mir nicht?«

»Aber, wo denkst du hin! – Warum sollte ich dir nicht glauben?«, wehrt sic mit großer Geste ab. Und in ihrem Gesicht liegt wieder dieses merkwürdige, vielsagende Lächeln.

Ihm entgeht das nicht. Nur kann er ihr Verhalten nicht deuten. Er ergreift die Taktik der erotischen Annäherung, umfasst sie zärtlich, will jetzt besonders nett sein. Doch die Gattin windet sich mit der Bemerkung, dass sie noch Klassenarbeiten korrigieren müsse, aus seiner sanften Umklammerung.

Den ganzen Abend bemüht sich Dalgow vergeblich, die Angetraute zu einem Liebesakt zu verführen. Sie hält ihn freundlich auf Distanz. Auch an den nächsten Tagen.

Juttas sonderbares Verhalten macht Dalgow unsicher. Er kann es nicht durchschauen, wird von quälenden Überlegungen bestürmt: Ob sie womöglich die wahren Umstände des Unfalls kennt? Dann müsste sie ja auch erfahren haben, dass er eine Geliebte hat. Aber warum stellt sie ihn nicht zur Rede? Oder weiß sie vielleicht doch nichts, und lediglich seine überempfindlichen Sinne missdeuten ihre Reaktion?

Wieder produziert sein unruhiger Schlaf Misslaunigkeit. Sie ist das Resultat seiner monatelangen, inneren Bedrängnis. Eitelkeit und Feigheit machen es ihm unmöglich, sich von der zentnerschweren seelischen Last zu befreien. Stattdessen beschäftigt ihn die Möglichkeit, den inneren Zwiespalt durch eine Selbsttötung ein für alle Mal zu lösen. Noch sind derartige Überlegungen spielerisch, sporadisch und ungeordnet. Doch Dalgow vermag sie nicht mehr zu verdrängen.

Am Sonntagnachmittag nutzt er Juttas Abwesenheit für einen kurzen Besuch bei Gisela. Er ist gedrückt, anlehnungsbedürftig und weinerlich. Gisela findet seinen Zustand bedenklich. Sie redet auf ihn ein: Er solle endlich mit Jutta reden, ihr klaren Wein einschenken.

»Merkst du nicht, wie dieses ewige Hinausschieben auch unsere Beziehung belastet?«, beklagt sie sich.

Dalgow drückt seine Befürchtung aus: »Irgendwann werde ich ihr schon klarmachen, dass ich mich scheiden lassen will. Aber sie wird ein Riesenfass aufmachen, zu meinem Parteisekretär oder Kommandeur rennen. Was meinst du, wie die sich auf der Dienststelle auf mich stürzen: Warum Trennung nach so langer Ehe? Warum nun ein Verhältnis mit einer Frau, die Westbeziehungen hat? Und das als Offizier! Dazu die Tätigkeit in einem hochsensiblen Sicherheitsbereich des Nachrichtenregiments! – Nicht auszudenken, was da losgeht!«

»Wegen ein paar Briefen und Päckchen aus dem Westen?«, fragt Gisela erstaunt.

»Mich musst du nicht überzeugen! Es ist eben so: Wenn wir zusammenbleiben wollen, muss ich unterschreiben, dass du den Kontakt zu deiner Verwandtschaft abgebrochen hast! – Das ist nicht meine Erfindung, das verlangt die Geheimhaltungsordnung. Jeden dritten Monat unterschreibe ich das«, brummt Dalgow ärgerlich.

»Ich möchte mit dir leben! Aber deshalb auf meine Verwandtschaft verzichten, das kann ich nicht!«, erklärt Gisela.

»Lass mich erst mit Jutta sprechen. Dann sehen wir weiter«, räumt er ihre Bedenken aus. Und weil sich Gisela beruhigt, kann der Rest des Nachmittags der Liebe gewidmet werden.

Dalgow lümmelt längst vor dem häuslichen Fernseher, als Jutta und Tamara in den Abendstunden von ihrem Ausflug nach Berlin heimkehren. Die Frauen haben sich noch so viel zu erzählen, dass er sich überflüssig vorkommt und alsbald im Schlafzimmer verschwindet.

Der nächste Morgen leitet für Hauptmann Dalgow einen schwarzen Tag ein:

Von den chronischen Schlafstörungen zermürbt, begibt er sich schon in der Frühe auf den Weg zur Kaserne. Doch unterwegs reißt die Fahrradkette. Den Rest des Weges muss er das Rad schieben. Mit ölverschmierten Händen und der Laune eines Stinktiers betritt er sein Dienstzimmer. Beflissen kümmert sich der Kompanieschreiber um das defekte Rad seines Chefs. Doch der Hauptfeldwebel meldet ein besonderes Vorkommnis: Drei Soldaten der Kompanie haben sich in der vergangenen Nacht bei einer Tanzveranstaltung in der Gaststätte »Ziegenhals« nicht nur mit Einheimischen geprügelt, sondern auch lauthals Witze über die höchsten Repräsentanten der Arbeiter- und Bauernmacht erzählt. Und weil – wie man in solchen Fällen annehmen muss – damit klassenfeindliche Positionen demonstriert werden, ermittelt die Polizei wegen des Verdachts der Staatsverleumdung. Deshalb erwartet die Regimentsleitung die entsprechenden Disziplinarmaßnahmen.

Dalgow tobt: »Ausgerechnet wieder meine Einheit! Müssen wir uns jeden Monat mit irgendwelchen Vorkommnissen beschäftigen, als ob wir nichts anderes zu tun hätten? Was sind das nur für instinktlose Dummköpfe! Und wenn sie sich im Suff kloppen müssen, meinetwegen, aber politisch werden darf es nicht! Ich erwarte eine schriftliche Stellungnahme, von jedem, spätestens bis Mittag!«

»Ich veranlasse das Notwendige, Genosse Hauptmann!« pariert der Hauptfeldwebel und tritt ab.

Dalgow muss sich nun erst um diese Sache kümmern, als das zu bearbeiten, was in seinem Blechschrank schon länger auf ihn wartet. Das ärgert ihn zusätzlich. Gegen Mittag meldet sich telefonisch der Stabschef des Regiments, Major Geber, mit einem kurzen Befehl: »Genosse Hauptmann, vierzehn Uhr bei mir!« Dalgow erscheint pünktlich. Er hat die Stellungnahmen der drei Soldaten mitgebracht, um sie dem Stabschef zu präsentieren. Doch der winkt ab: Es geht nicht um die prügelnden Witzeerzähler, sondern Dalgows Ehefrau habe um eine Aussprache gebeten. Am Telefon wollte sie sich nicht näher äußern, doch gehe es um Eheprobleme. Der Fairness halber wolle er aber erst mit ihm sprechen. Außerdem ginge es ihm darum, sich ein konkreteres Bild über die Situation zu machen.

Dalgow ist erschüttert. Dunkle Vorahnungen scheinen bittere Realität zu werden: Jutta will offensichtlich den ehelichen

Müll vor seinen Vorgesetzten ausschütten. Das verletzt ihn sehr. Nun gesellt sich zu seiner Bedrängnis auch Wut über eine kaum abzuwendende Blamage. Fieberhaft sucht er nach einem Ausweg. Doch Zeit für langes Überlegen gibt es nicht. Major Geber erwartet von ihm eine unverzügliche Reaktion. In Sekundenschnelle entschließt sich Dalgow: Maximale Schadensbegrenzung erreichen, Gisela aus allem heraushalten, heute Abend Jutta davon überzeugen, das beabsichtigte Gespräch mit Major Geber rückgängig zu machen!

»Mir ist das alles ziemlich peinlich«, beginnt Dalgow seine Erklärung, »aber nun muss ich wohl ...« Doch es folgt keineswegs eine Schilderung der wahren Gründe, die das eheliche Leben belasten. Dalgow serviert seinem Vorgesetzten die wundersame Geschichte vom Mustergatten, seiner in höchstem Maße genervten Ehefrau und ihrer krankhaften Eifersucht. Bildreich schildert er, wie die Angetraute seine dienstliche Abwesenheit von zu Hause auf üble Weise missdeute. Permanent wähne sie ihn in den Armen irgendeiner Geliebten – für sie Grund genug, ihn ständig mit Vorhaltungen zu bombardieren. Er glaube, dass sie dringend psychotherapeutischer Hilfe bedürfe.

Das überzeugt Major Geber. Seine anfängliche Vermutung, Dalgows Ehedrama könne politische Dimensionen erreichen und erfordere womöglich den kittenden Einfluss der Parteiorganisation, hat sich nicht bestätigt.

»Gut, dass ich jetzt im Bilde bin, Genosse Dalgow«, schließt er das Gespräch ab. »Vielleicht kannst du deine Frau noch davon abbringen, hier unnötig Staub aufzuwirbeln. Versprich mir, dass sie einen Arzt aufsucht ... Und erstatte mir gelegentlich Meldung, was aus der Geschichte geworden ist!«

Hauptmann Dalgow fällt ein Stein vom Herzen: Wieder ist es ihm gelungen, sich aus einer heiklen Lage zu befreien, wenn auch nur für kurze Zeit.

Nun muss er Jutta überzeugen. Da er richtig vermutet, sie gegen Mittag nach dem Schulunterricht zu Hause zu erreichen, ruft er an, bemüht sich, freundlich zu sein. Doch Jutta ist schroff und ablehnend: Sie sei von ihm enttäuscht, habe seine Lügen satt und könne nicht verstehen, warum er ihr verschwiegen habe, selbst in den Unfall verwickelt gewesen zu sein. Sie verspüre keine Lust mehr, mit ihm zu sprechen. Dann legt sie den Hörer auf. Mit einer solchen Reaktion hat er nicht gerechnet. Jetzt erst wird ihm bewusst, wie weit er sich bereits im Gestrüpp der Unwahrheiten verfangen hat. Und das nur, um sein verletzliches Image zu schützen. Er fühlt sich auf der ganzen Linie als Versager, erkennt die nahezu ausweglose Misslage als Folge seiner eigenen Unzulänglichkeit, ahnt, die Dinge bald nicht mehr beherrschen zu können. Und je mehr seine inneren Widerstandskräfte schwinden, umso intensiver beherrscht ihn der Lebensüberdruss.

Nur diffuse Gefühle leiten ihn noch. Und sie führen in das Dilemma: Nach Dienstschluss radelt er in Richtung Königs Wusterhausen, stellt das Fahrrad in die Garage und benutzt, trotz des eingedrückten Scheinwerfers, den Moskwitsch zur Weiterfahrt nach Wildau. Nein, nach Hause kann er jetzt nicht! Überraschend erscheint er bei Gisela, will sie kurz sprechen. Sein übler seelischer Zustand erschreckt sie. In ihren Armen schluchzt der stramme Soldat wie ein verzweifeltes Kind und macht ihr eine Liebeserklärung nach der anderen. Gisela fühlt sich bedrängt, sieht sich seinem erbärmlichen Zustand hilflos ausgeliefert. Sie ergreift die Initiative erst wieder, nachdem er mehrere Gläser Wodka in sich hineingeschüttet hat und nimmt ihm die Flasche weg: »Genug! Du musst noch fahren!«

Bald verabschiedet sich Dalgow. Gisela empfindet diesen Augenblick als Befreiung aus einer beängstigenden Lage. Der Alkohol in seinem Hirn beeinträchtigt jedes weitere vernünftige Denken. Denn bevor er geht, sagt er einen Satz, dessen Bedeutung sie erst später begreifen wird: »Unser Leben ist eine Oper. – Erster Akt: Liebe! Letzter Akt: Tod!«

Eine Stunde später parkt er sein Auto am Rande einer illegalen Mülldeponie in der Nähe von Kablow, stellt den Motor ab, bleibt am Steuer sitzen. Nun zeigt der Alkohol vollends seinen vernichtenden Einfluss: Im Zeitraffer zieht er Bilanz, gelangt zu dem Schluss, dass sein Leben ein einziges Fiasko ist. Jetzt bringt er keine Kraft mehr auf, es fortzusetzen.

Als die Dämmerung hereinbricht, zieht Hauptmann Dalgow seine Dienstpistole und entsichert sie. Er zieht mit kräftigem Ruck den Verschluss zurück und lässt ihn los. Mit einem deutlichen Klick schnappt dieser wieder nach vorn: Das Projektil steckt nun im Lauf. Augenblicke später setzt Dalgow die Waffe an die rechte Schläfe und drückt ab.

Er kann nicht mehr spüren, wie das Projektil seinen Schädel durchdringt, das Stirnhirn zerfetzt, ehe es an der linken Schläfe wieder austritt und irgendwo in der Borke eines Baumes stecken bleibt.

Noch bevor am nächsten Morgen die Fahndungsmaßnahmen anlaufen, finden Bauarbeiter zufällig seine Leiche.

Die polizeilichen Ermittlungen verlaufen zügig. Es besteht kein Zweifel an der Selbsttötung: Selbstverschuldete Konflikte und die Unfähigkeit, sie zu bewältigen, führten – begünstigt durch die erhebliche alkoholische Beeinflussung von eins Komma neun Promille – zu einer unaufhaltsamen Todessehnsucht.

Natürlich sagen die Polizeiprotokolle im vorliegenden Fall nichts über Dalgows Gefühle, Empfindungen und Überlegungen aus. Er hatte weder einen Abschiedsbrief noch andere Aufzeichnungen hinterlassen, die Aufschluss über sein Gefühlsleben geben könnten. Die Untersuchungen beschränkten sich auf die gerichtsmedizinischen und ballistischen Befunde sowie auf die Vernehmung der Ehefrau Jutta Dalgow, seiner Geliebten, der Schneidermeisterin Gisela Hoppe und seiner Tochter, der Krippenerzieherin Tamara Dalgow sowie Militärangehörigen aus dem Nachrichtenregiment. Schließlich war nur zu beweisen, dass Dalgow seinen Tod selbst verursacht hat.

Jedoch ließen sich aus der Persönlichkeit des Getöteten und den von den Zeugen geschilderten Ereignissen die motivationalen Umstände und Tat auslösenden Anlässe rekonstruieren. Dies wiederum bildete die Grundlage dafür, Dalgows Gedanken- und Gefühlswelt nachzuempfinden.

Die Benutzung einer Schusswaffe als Tötungsinstrument hatte in der DDR lediglich Ausnahmecharakter. Durch strenge gesetzliche Bestimmungen, deren Grundgedanke auf die sog. Kontrollratsgesetze des Jahres 1945 zurückgeht, und das darauf aufbauende polizeiliche Erlaubniswesen über den Besitz und Umgang mit Schusswaffen und Munition wurde ein engmaschiges System der erlaubten Waffenträgerschaft (ausschließlich für Angehörige der sog. bewaffneten Organe, höhere Staatsund Parteifunktionäre und Jäger) geschaffen, das den unkontrollierten Umgang mit Schusswaffen weitgehend einschränkte. Daraus ergab sich, dass vorsätzliche Tötungen mittels Schusswaffen absoluten Ausnahmecharakter besaßen. Alle anderen Tötungen waren überwiegend Unfälle, in geringerem Maße jedoch auch Suizide.
Bei letzteren liegen in der Regel sog. absolute (Waffe wird direkt aufgesetzt) oder relative Nahschüsse (nur geringer Abstand zur Einschussstelle) vor. Bevorzugte Angriffsstelle ist der Kopfbereich, seltener die Herzgegend. Beim Mundschuss kommt es zu ausgedehnten Zerreißungen des Gewebes. Verletzungen des Stammhirns führen zumeist schlagartig zum Tode, während bei anderen Schussverletzungen des Kopfes die Handlungsfähigkeit durchaus eine Zeitlang erhalten bleiben kann. Gegenüber den gesetzlich definierten Schusswaffen besaßen die sog. Schussgeräte (gewerbliche Bolzenschuss und Tierbetäubungsapparate) als Tötungsmittel eine größere forensische Bedeutung. Insgesamt wurden in

der DDR knapp eins Komma fünf Prozent der vollendeten Suizide durch Schussverletzungen begangen (nahezu ausschließlich durch Männer). Im Vergleich dazu lag der Anteil in der Bundesrepublik bei sieben Komma fünf Prozent. Der in der DDR wohl sensationellste Selbstmord durch Anwendung einer Schusswaffe war der Fall des Wirtschaftspolitikers Erich Apel im Jahre 1965 – ein dubioser Vorgang, der sicher längst vergessen wäre, würden die schier unendlichen Spekulationen über die Hintergründe seines Freitodes nicht bis in die Gegenwart reichen.

In den Abendstunden des 3. Dezember 1965 hält eine schwarze Limousine der Regierung vor einer Villa in einer Nobelgegend des Berliner Stadtbezirks Karlshorst. Der Fahrer öffnet dienstbeflissen eine der hinteren Wagentüren. Ein mittelgroßer, untersetzter 48-jähriger Mann mit ernstem Gesicht, in gut sitzendem Anzug, steigt aus und verabschiedet sich eilig, bevor die Edelkarosse sowjetischer Bauart wieder entschwindet. Dieser Mann – kein geringerer als der Vorsitzende der Staatlichen Plankommission und Stellvertretende Vorsitzende des DDR-Ministerrats und Mitglied des Zentralkomitees – ist der derzeit höchste Wirtschaftspolitiker des Arbeiter- und Bauernstaates und heißt Dr. oec. Erich Apel. Sichtlich erschöpft kehrt er, ein Bündel Akten unterm Arm, nach vollbrachtem Tagwerk heim. Sein ernstes Gesicht verändert sich keineswegs, als ihm beim Betreten des Hauses die Gattin entgegenkommt. Doch die Begrüßung ist kurz, sachlich, nahezu kühl.

»Ich gehe gleich nach oben, habe noch zu tun«, brummt er. Mit der Ankündigung: »Sag Bescheid, wenn du essen willst«, verschwindet die Gattin im großen Wohnzimmer des Erdgeschosses, während er schwer atmend die Treppe zur ersten Etage erklimmt, wo sich sein Arbeitszimmer und das eheliche Schlafgemach befinden. Geräuschvoll landet das Aktenbündel auf seinem Schreibtisch. Frau Apel vermutet, der Angetraute und oberste

Wirtschaftsplaner der DDR werde nun bis in die Nachtstunden über seinen Unterlagen brüten. Sie ahnt nicht, dass er einige Zeit gedankenversunken, regungslos am Schreibtisch sitzt, ehe er seine Pistole entsichert und durchlädt. Dann begibt er sich, die Waffe in der Hand, ins Schlafzimmer, legt sich aufs Bett und beendet mit einem gezielten Kopfschuss sein Leben. Sein plötzlicher unnatürlicher Tod löst im SED-Politbüro große Irritationen aus. Die DDR-Presseagentur ADN wird angewiesen, am 5. Dezember 1965 der Öffentlichkeit mitzuteilen, »nervliche Überbeanspruchung und Herz-Kreislauf-Probleme« hätten eine suizidale Kurzschlusshandlung ausgelöst. Zeitgleich waren die flinken Medien in der Bundesrepublik mit ihrer Version zur Stelle: Apel habe bei der Abstimmung des Volkswirtschaftsplans mit der Sowjetunion heftigen Widerstand gezeigt, sei von der politischen Führungsriege seelisch zermürbt und so in den Tod getrieben worden.

Wenige Tage nach seinem Tod findet ein pompöses Staatsbegräbnis statt. Damit endet die wirtschaftspolitische Ära des Dr. rer. oec. Erich Apel. Sein Amt übernimmt der ehrgeizige und wendige Günter Mittag, der in wenigen Jahren zum zweitmächtigsten Mann der DDR avancieren wird.

Der Regierende Bürgermeister in Westberlin, Willy Brandt, erklärt kurze Zeit später vor der Presse, Apel sei »nicht schweigend ins Grab gegangen« und man werde noch erfahren, »was ihn bewegt und besorgt hat«! Seine Äußerungen verfehlen ihre Wirkung nicht: Die Spekulationen schlagen hohe Wellen. Vermutungen werden laut, Erich Apel habe geheime Niederschriften oder gar ein politisches Testament hinterlassen, in denen er mit den führenden Genossen der Partei und des Staates abrechne sowie harsche Kritik an der sozialistischen Planwirtschaft übe. Die DDR-Obrigkeit dementiert derartige Unterstellungen mit der ihr eigenen klassenkämpferischen Diktion.

Anfangs wird die »Leichensache Apel« durch die Kriminalpolizei untersucht. Sowohl im Ergebnis der gerichtsmedizinischen Sektion als auch nach dem ballistischen Gutachten des Kriminaltechnischen Instituts der Volkspolizei besteht kein Zweifel daran, dass sich Apel selbst getötet hat. Lediglich die motivationalen Hintergründe sind zu diesem Zeitpunkt noch nicht ausgeleuchtet. Da ein Fremdverschulden aber sicher ausgeschlossen wird, bleiben sie zunächst von sekundärem kriminalistischem Interesse. Dann übernimmt kraft strafprozessrechtlicher Kompetenz die Untersuchungsabteilung des Ministeriums für Staatssicherheit die weitere Bearbeitung des Vorgangs. Vermutlich führt sie nun die Ermittlungen zum Selbstmordmotiv. Ein offizielles Ergebnis gibt es nicht. Stattdessen wird die Version vom Nervenzusammenbruch Apels neu belebt. Normalerweise dürfte es heutzutage darüber keine Unterlagen mehr geben. Denn: Nach einer Anweisung des Generalstaatsanwalts der DDR wurden alle abgeschlossenen Ermittlungsvorgänge über verdächtige Todesfälle bei der zuständigen Staatsanwaltschaft aufbewahrt. Und die Frist dafür betrug zehn Jahre. Man kann daher vermuten, dass emsige Mitarbeiter der Staatsanwaltschaft die Unterlagen pflichtgemäß spätestens im Jahr 1976 dem Reißwolf überantworteten. Jedoch: Die unermüdlichen Jäger und Sammler des MfS könnten die Akte Apel mit ihrem brisanten Inhalt – entgegen der Anweisung des Generalstaatsanwalts – vorsorglich hinter dicken Stahlschranktüren gebunkert haben. Die Zukunft wird zeigen, ob der Schleier des Geheimnisses im Fall Erich Apel weiter gelüftet werden kann.

Zwar stehen derzeit nur wenige Fakten zur Verfügung, die auf die Beweggründe für den Selbstmord hinweisen könnten. Doch sie gestatten begründete Versionen.

So ist bewiesen, dass Apel Selbstmord verübt hat. Dies anzuzweifeln wäre absurd. Doch die Erfahrung lehrt, dass gerade nichtnatürliche Todesfälle Prominenter zügellose Spekulationen heraufbeschwören können. Und das ohne Rücksicht auf die objektive Beweislage. Sie verfolgen meist bestimmte politische Intentionen, dienen Gruppeninteressen und produzieren zählebige Mythen.

So auch im Fall Apel: In ihrem 1997 beim Akademie Verlag Berlin erschienenen Buch Machtwechsel von Ulbricht zu Honecker. Funktionsmechanismen der SED-Diktatur in Konfliktsituationen *behauptet die Autorin Monika Kaiser mit einigen weichen Einschränkungen, Erich Apel sei vom sowjetischen Geheimdienst KGB heimtückisch ermordet worden. Den Beweis muss sie allerdings schuldig bleiben.*

Weiterhin sind jene äußeren Umstände von Bedeutung, die Erich Apel letztlich in eine subjektiv nicht mehr lösbare Konfliktlage geführt haben können. Kriminalistisch liegt nahe, sie zunächst in seinem persönlichen Milieu zu suchen. Aber weder in der Ehe noch im familiären Umfeld sind disponierende Konfliktstoffe zu finden.

Ergeben sie sich vielleicht doch aus den Problemen bei der Abstimmung des Volkswirtschaftsplans, derentwegen es zwischen der Führungsspitze und Apel zu schweren Auseinandersetzungen kam, so wie die westdeutschen Medien berichteten?

Der DDR-Chefideologe Kurt Hager hält in seinen 1996 erschienenen Erinnerungen *solcherart Behauptung »nicht für stichhaltig«. Doch hat er für den Tod Apels keine Erklärung. »Die Tat war bedauerlich. Erich Apel war ein fähiger Leiter, der sich für den Erfolg seiner Wirtschaftsreform einsetzte«, ist Hagers spärlicher Kommentar, der ahnungslos in der Frage endet: »Handelte er aus depressiver Stimmung?« Doch mehr kann der einstmals Mächtige dazu nicht sagen. Sein Name könnte Hase sein!*

Die Beweisdefizite lassen keine andere Möglichkeit zu, als sich den Beweggründen für den Selbstmord Erich Apels dadurch zu nähern, indem biographische Daten, Absichten und wirtschaftspolitische Ereignisse in zeitliche Zusammenhänge gebracht werden:

Die wirtschaftspolitische Karriere des Dipl.-Ing. für Maschinenbau Erich Apel beginnt nach seiner Tätigkeit als Minister für Schwermaschinenbau im Jahre 1958. Der damals 41-Jährige wird Leiter der Wirtschaftskommission beim SED-Politbüro. Fortan beschäftigt er sich mit Problemen der Standardisierung und Rentabilität der sozialistischen Volkswirtschaft. In der Volkskammer ist er Vorsitzender des Staatlichen Ausschusses für Wirtschafts- und Finanzfragen und Chef des Wirtschaftsausschusses. 1960 erfolgt seine Wahl zum Mitglied des ZK der SED. Im gleichen Jahr promoviert er mit der Dissertation *Das Chemieprogramm der DDR – ein wichtiger Faktor im ökonomischen Wettbewerb zwischen Sozialismus und Kapitalismus.*

1961 avanciert Apel zum Sekretär des ZK und zum Kandidaten des SED-Politbüros. Ein Jahr später wird er Mitglied des Präsidiums des Ministerrats.

1963 löst er den bisherigen Vorsitzenden der Staatlichen Plankommission, Karl Mewis, ab, der für die wirtschaftlichen Misserfolge gerügt wurde. Der bienenfleißige Apel entwickelt das »Neue Ökonomische System der Planung und Leitung der Volkswirtschaft«, mit dem die starre, zentralistische Kommandowirtschaft aufgelockert werden soll. Er setzt sich dafür ein, mit wissenschaftlicher Führungstätigkeit, ökonomischer Planung und materieller Interessiertheit alle Wirkungsmechanismen des Marktes wie Angebot, Nachfrage und Gewinn zu entfalten. Seine Reformpläne finden großen Anklang. Anfangs auch bei Günter Mittag.

Jedoch, die wirtschaftliche Abhängigkeit von der Sowjetunion bremst Apels Bestrebungen, die Wettbewerbsfähigkeit der DDR auf dem Weltmarkt zu forcieren. Das derzeitige Dilemma der DDR-Wirtschaft besteht vor allem darin, dass die DDR Rohstoffe aus der UdSSR bezieht, wofür sie hochveredelte Produkte, ja ganze Industrieanlagen zu Preisen liefern muss, die weit unter dem Weltmarktniveau liegen. Apel vermutet, dass seine Strategie des »Neuen Ökonomischen Systems« unter diesen Bedingungen versagen muss. So verzögert er die Lieferungen in die Sowjetunion zugunsten der Exporte in die westliche Welt, um die Devisenkasse aufzufüllen. Bei den ergebnislosen Wirtschaftsverhandlungen im September 1965 in Moskau kommt es zwischen Apel und den sowjetischen Wirtschaftsstrategen zu ernsten Kontroversen. Walter Ulbricht ist darüber so sauer, dass er Apel von den weiteren Beratungen ausschließt. Auch an dem Berliner Treffen zwischen Ulbricht, Breschnew und deren Wirtschaftsfunktionären im November 1965 nimmt Apel nicht mehr teil. Da er sich hartnäckig weigert, den Forderungen der Sowjetunion nachzugeben, wird Alfred Neumann, seinerzeit Vorsitzender des Volkswirtschaftsrates, mit der am 4. Dezember 1965 stattfindenden Unterzeichnung des Handelsvertrages beauftragt. Am Vorabend dieses Vertragsabschlusses beendet Apel sein Leben durch einen Kopfschuss.

Günter Mittag setzt das »Neue Ökonomische System« fort, freilich ohne an den wirtschaftlichen Verbindlichkeiten mit der UdSSR zu rühren.

Die Ereignisse belegen, dass Apel keineswegs unter einer anhaltend tiefen Depression gelitten hat. Dafür fehlt jegliche Symptomatik. Seine Persönlichkeit war stabil genug, um bis zu seinem Ende hartnäckig die Ideen seiner Wirtschaftskonzeption zu verteidigen. Es liegt somit nahe, dass sein Suizid den Endpunkt eines Prozesses harter Auseinandersetzungen markiert, der letztlich Enttäuschung, Wut, Resignation und Kapitulation ausdrückt. Dass mit dem Freitod möglicherweise zugleich ein Appell an die Nachwelt gerichtet werden sollte, muss nicht im Widerspruch zu

einem spontan auftretenden depressiven Zustand stehen. Absolute Rat- und Ausweglosigkeit könnten die Tat kurzschlussartig im Sinne eines sog. Bilanzsuizids ausgelöst haben.
Beim suizidalen Schusswaffengebrauch liegen zwischen Tatentschluss und Durchführung häufig viel kürzere Zeiträume als bei anderen Suizidarten. Dieser phänomenologisch bedeutsame Umstand erklärt sich daraus, dass der Besitz einer Schusswaffe die suizidalen Überlegungen nahezu automatisch auf diese Tötungsart lenkt. Gleichzeitig bildet die sofortige Verfügbarkeit des Tatmittels mit der Spontaneität der Tathandlung einen engen Zusammenhang. Längerfristige Planung und Vorbereitungshandlungen sind dabei nicht erforderlich.
Die Frage aber, ob Apel – wie einst Willy Brandt vermutete – ein »politisches Testament« hinterlassen hat, wird bei der derzeitigen Beweislage wohl unbeantwortet bleiben müssen. Vielleicht wird sie erneut aufgeworfen, wenn die Behörde des Bundesbeauftragten für die Unterlagen des Staatssicherheitsdienstes in den sichergestellten Archiven des MfS auf die Akte Erich Apel stoßen sollte.

Gas

Fall 1: Berlin-Friedrichshain, Sonnabend, den 18. Juni 1977

Der sommerliche Morgen erwacht, die Spatzen pfeifen es bereits von den Dächern. Nur in dem Wohnhaus Simon-Dach-Straße 26 herrscht immer noch die Stille der Nacht: Die meisten Bewohner schlafen in den Vormittag hinein. Nur Frau Großkopf, sechsundsechzig, Eisenbahnerwitwe, ist schon auf den Beinen. Sie will zeitig frühstücken, denn es treibt sie hinaus in den Schrebergarten irgendwo nach Pankow. Zum Frühstücksritual gehört die Wochenendausgabe der *Berliner Zeitung*, deshalb verlässt sie ihre Wohnung in der zweiten Etage des Seitengebäudes: Die Briefkästen befinden sich unten im Hausflur. In dem kleinen Blechkasten mit ihrem Namensschild findet sie nicht nur die Morgengazette, sondern auch einen mit großen Buchstaben beschriebenen Zettel. Sie kennt diese Schriftzüge und vermutet richtig, dass der alte Walter Mangold, dessen Wohnung eine Etage tiefer direkt unter der ihren liegt, wieder eine wichtige Nachricht für sie hat.

Diesmal aber erstarrt das Blut in ihren Adern, als sie den Zettel liest: »Alarm für die Feuerwehr!!! Gasgefahr!!! Ich habe Schluss gemacht, Gott verzeih mir!!! Walter Mangold.« Aufgeregt läuft sie auf den Hof und blickt hilflos umher. In ihrem Kopf toben die Gedanken: Was mach ich nur? Was mach ich nur? Sie hat eine rettende Idee: Im Vorderhaus wohnen die Pollaks. Er ist Offizier der NVA, und er hat ein Telefon. Hoffentlich ist er nicht im Dienst. Hoffentlich ist überhaupt jemand da. Augenblicke später klingelt sie Sturm an Pollaks Wohnungstür. Sie lauscht. Jemand schlurft über den Korridor. Schlaftrunken und missmutig steht Herr Pollak höchst persönlich in der Tür. Erst die Nachricht weckt alle Sinne. Doch er gerät nicht aus der Fassung.

»Riecht's im Haus nach Gas?«, will er wissen. Und als sie das verneint, meint er: »Erst mal sehen, vielleicht brauchen wir keine Feuerwehr. Ich ziehe mir nur was über!«

Pollak hat einen Werkzeugkasten mitgenommen. Mit wenigen Handgriffen öffnet er die Wohnungstür des alten Mangold. Nun breitet sich penetranter Gasgeruch aus. Er betritt die Wohnung. Frau Großkopf folgt ihm aufgeregt und neugierig. Gleich hinter der Wohnungstür, unterhalb des Stromzählers, befindet sich die Gasuhr. Geistesgegenwärtig dreht Pollak den Haupthahn für die Gaszufuhr zu. Dann blickt er sich um: Die Tür zur Küche ist geschlossen. Behutsam öffnet er sie einen Spalt weit. Eine dicke Gaswolke strömt ihm entgegen. Er hält den Atem an und stürmt in die Küche. Der alte Mangold sitzt auf einem Stuhl, den Rumpf schräg nach vorn gegen den Gasherd gebeugt, mit der linken Gesichtshälfte auf dem Herd, dicht neben einem Brenner, aufliegend. Seine Augen sind starr und weit geöffnet, ohne Leben. Der linke Arm hängt schlaff herunter, die gekrümmten Finger berühren den Linoleumfußboden. Der rechte Arm hingegen liegt angewinkelt schräg auf den Oberschenkeln. Pollak erfasst dieses Bild im Bruchteil einer Sekunde. Zuerst reißt er das Fenster weit auf: Frische Luft dringt von außen herein. Er kann wieder atmen. Frau Großkopf hält respektvoll Abstand zu der schaurigen Szene. Sie glaubt zu erkennen, dass der alte Mangold tot ist. Pollak legt seine Hand auf das Gesicht des leblosen alten Mannes: Es ist kalt, viel kälter als die Temperatur in der Küche. Dann versucht er, den Puls der rechten Hand zu fühlen, doch Mangolds Arm ist starr und unbeweglich. Angewidert lässt er von dem Leblosen ab.

»Kommen Sie! Wir können hier nichts mehr machen«, sagt er zu Frau Großkopf und schiebt die vor Entsetzen zitternde Frau sanft aus der Wohnung. »Ich rufe die VP an!«

Bald darauf erscheinen eine Funkstreife der VP, ein Fahrzeug der Schnellen Medizinischen Hilfe und ein unauffälliger Pkw.

Blaulichter blinken, Funksignale ertönen. Uniformierte Männer und solche in weißen Kitteln oder in Anzügen mit Schlips und Kragen entfalten eine Betriebsamkeit, die manchen Hausbewohner für die nächste Stunde ans Fenster lockt.

»Ham Se schon jehört, im Seitenflügel, der olle Mangold aus'm ersten Stock … Alle Tage jing er nach'm Friedhof hin zu seiner Frau. Un nu hat er sich umjebracht!«, ruft man sich von Fenster zu Fenster zu.

In der Tat: Das Leben der letzten Jahre hat Walter Mangold zermürbt. Von arger Arthrose geplagt, fällt ihm das Laufen immer schwerer. Auch die erkrankten Augen verlieren langsam ihre Sehkraft: Ein unumkehrbarer Prozess führt irgendwann zu ewiger Dunkelheit. Seit dem Tod seiner Frau vor knapp zwei Jahren ist er ein einsamer Mann. Eintönig pendelt jetzt sein Leben zwischen Wohnung und Friedhof. In den eigenen vier Wänden spricht schon lange Zeit niemand mehr mit ihm, nur am Grab seiner Frau kann er sich einem stillen Zwiegespräch hingeben. Der einzige Sohn, der nach dem Abitur 1955 in den Westen ging und schon viele Jahre in den USA lebt, schreibt nur gelegentlich. Besucht hat er die Eltern seit damals nicht mehr.

Der alte Mangold sieht in eine düstere Zukunft. Sein Ende ist vorhersehbar. Er fürchtet sich vor den schlechten Launen des Todes, weiß nicht, ob er Schmerzen und Siechtum für ihn bereithält. Allein die Vorstellung, in einem Altersheim dahinzuvegetieren und auf die Hilfe anderer angewiesen zu sein, die ihm womöglich den Rest seiner Persönlichkeit nehmen könnten, flößt ihm Angst ein. Nur der selbstbestimmte Tod bewahrt seine Freundlichkeit. Und ein solcher Tod hat nichts Bedrohliches. Im Gegenteil: Er führt ihn umso schneller zu seiner Maria, mit der er nahezu fünfzig Jahre glücklich zusammen war, mit der er einen schrecklichen Krieg, eine Granatsplitterverletzung und eine ausgebombte Wohnung glimpflich überstand.

Walter Mangold weiß, dass er einen schmerzlosen Tod aus

dem Gasherd strömen lassen kann. Nur einige Atemzüge, und er wäre erlöst. Doch ihm wird bewusst, andere Menschen gefährden zu können. Nein, diese Sünde will er nicht auf sich laden. Deshalb schreibt er Frau Großkopf eine kurze Mitteilung und steckt sie, einige Zeit bevor er den Gashahn seines Herdes öffnet, in ihren Briefkasten. Er vermutet richtig, dass sie diese finden wird, wenn sie die Morgenzeitung holt. Zu dieser Zeit aber befindet sich seine Seele längst auf der großen Reise.

Über viele Jahrzehnte war die suizidale Vergiftung mit Kohlenmonoxid die häufigste Durchführungsart. Die vor allem in dichtbesiedelten, städtischen Gebieten relativ leichte Zugriffsmöglichkeit begründet die Häufigkeit dieses Tötungsmittels ebenso wie der schnelle Todeseintritt. Die Bindungsfähigkeit des Kohlenmonoxids an die roten Blutkörperchen ist dreihundert Mal stärker als die des Sauerstoffs. Folge: Das Blut kann keinen Sauerstoff mehr zu den Zellen transportieren. Schon wenige Atemzüge in einer kohlenmonoxidreichen Atmosphäre reichen aus, um mit rasantem Tempo den inneren Erstickungsvorgang auszulösen. Eine Konzentration von fünfundsiebzig bis achtzig Prozent Kohlenmonoxid im Blut bedeutet den sicheren Tod.
Das herkömmliche Leuchtgas besaß einen erheblichen Kohlenmonoxid-Anteil (bis fünfzehn Prozent) und war daher höchst gefährlich. Deshalb wurde ihm ein unangenehm riechendes Odoriermittel als Warnstoff zugesetzt, damit in der Luft bereits geringste Gasmengen wahrgenommen werden konnten, denn Kohlenmonoxid ist geruchlos. Bei einem Leuchtgasgehalt von etwa fünf Prozent in der Atemluft besteht bereits extrem hohe Explosionsgefahr. Bereits ein kleiner Funke (z. B. beim Betätigen der elektrischen Klingel) kann die Katastrophe auslösen.
Die Gefährlichkeit ausströmenden Gases ist vielen Suizidenten bekannt. Um die Beeinträchtigung von Leben und Gesundheit anderer auszuschließen, treffen sie bestimmte Sicherheitsvorkeh-

rungen (Herausdrehen der Sicherung, Abstellen der Klingel, Außer Kraft setzen von elektrischen Geräten, Abdichten von Türen usw.).

Doch eine weitere Gefahr birgt ausströmendes Leuchtgas in sich: Während Erdreich und Mauerwerk die warnenden Odorierstoffe abfiltern, so dass sie nicht mehr wahrzunehmen sind, lassen sie das geruchlose Kohlenmonoxid ungehindert hindurch. Das kann den Tod von Personen verursachen, die sich in Nachbarräumen, mitunter sogar im angrenzenden Nebenhaus befinden. Überlebt der Suizident in solchen Fällen, kann er z. B. wegen fahrlässiger Tötung strafrechtlich zur Verantwortung gezogen werden.

Mit der Ablösung des üblichen Leuchtgases durch sogenanntes konvertiertes Stadtgas (stark reduzierter Kohlenmonoxid-Anteil) und der immer stärkeren Nutzung von nahezu kohlenmonoxidfreien Gasen (Butan, Propan, Erdgas) verringerten sich die Suizide durch Leuchtgas ebenso wie die Gasunfälle. In den letzten fünfzehn Jahren rückte deshalb die Schlafmittelvergiftung statistisch an die erste Stelle der Suizidmethoden. Aber dennoch hält sich eine gewisse Größe suizidaler Kohlenmonoxid-Vergiftungen z. B. durch Einatmen der Auspuffgase von Kraftfahrzeugen. Diese Abgase sind ebenso gefährlich wie das Leuchtgas, da sie über den gleichen Kohlenmonoxid-Anteil verfügen. Überhaupt kann bei jeder Form unvollständiger Verbrennung (z. B. bei Bränden in geschlossenen Räumen) eine tödliche Kohlenmonoxid-Konzentration entstehen.

Dass Kohlenmonoxid aber auch als Tatmittel vorsätzlicher Tötung zur Anwendung gelangt, belegen zahlreiche Mordfälle. Durch seine Benutzung ist eine Verbrechenssituation relativ leicht als ein klassischer Suizid oder Unfall vorzutäuschen. Deshalb stellen Gastodesfälle immer eine besondere kriminalistische Herausforderung dar.

Fall 2:

Sie trägt einen Namen, der vermuten lässt, sie wohne in einem hochherrschaftlichen Schloss mit großen Parkanlagen und ihr adeliger Gatte gehe wohltätiger Beschäftigung nach: Christine von Canee heißt die 28-jährige Frau. Ihr Schloss aber ist nur eine heruntergekommene Altbauwohnung in der Berliner Wilhelminenhofstraße in Schöneweide. Und der Schlosspark entpuppt sich als ein ödes, schmutziges Industriegebiet. Auch in den Adern ihres Gatten Achim fließt kein blaues Blut, jedoch alle paar Tage jede Menge Alkohol. Seine Beschäftigung als Transportarbeiter in einem volkseigenen Umzugsbetrieb dient zwar durchaus wohltätigen Zwecken, hauptsächlich aber bestreitet er davon den Lebensunterhalt für sich, seine Frau und das Kind. Christine von Canee führt eine miserable Ehe. Niemals hätte sie heiraten dürfen, vor allem nicht wegen des Kindes. Als sie Achim, der vier Jahre älter ist, vor gut drei Jahren kennenlernte, hieß sie einfach nur Berger. In den ersten Wochen schien die Welt in Ordnung zu sein. Für Achim hatten sich kurz zuvor die Knasttore geöffnet: Einbruchsdiebstahl und Körperverletzung waren die Vergehen, derentwegen er ein reichliches Jahr in Askese leben musste. Sie begegneten sich beim Tanz im Gesellschaftshaus Grünau. Er gefiel ihr: Ein Kerl wie ein Baum, mit Riesenmuskeln und trotzdem zärtlich. Als Möbelhucker verdiente er ein gutes Geld. Zunächst erschrak sie vor seiner Biographie, aus der er keinen Hehl machte. Doch seine heitere Art und die vielen guten Vorsätze, das Leben zu ändern und mit ihr eine Familie zu gründen, stimmten sie versöhnlich. Bald wurde sie schwanger. Die beiden zogen zusammen und heirateten. Silvester 1976, Christine stand kurz vor der Entbindung und Achim hatte viel Bier in sich hineingeschüttet, kam es zu den ersten Gewalttätigkeiten. Sie erkannte ihn nicht wieder: Ein banaler Streit brachte ihn so in Rage, dass er nicht nur Stühle und Geschirr demolierte, sondern die hochschwangere Gattin mehrmals ins Gesicht schlug. Sie war entsetzt und kündigte die Trennung von ihm an. Aber nüchtern wurde der starke Mann wieder butterweich: »Tina, Tina, was habe ich nur getan!«, jammerte er und warb um ihre Gunst. Und sie verzieh ihm. Bald darauf schenkte sie ihm einen Sohn. Sie einigten sich auf den Namen Olaf. Der junge Vater war außer sich vor Freude. Statt Blumen schenkte er Christine einen kleinen Hund. Es war ein niedlicher weißer Welpe mit schwarzem Köpfchen: eine sympathische Straßenmischung. Sie nahm ihr Babyjahr, konnte so die Kantine im Kabelwerk, in der sie als Küchenkraft arbeitete, für viele Monate vergessen und sich ganz dem Kind, dem kleinen Hund und dem großen Mann widmen.

Noch ehe der Sommer begann, war die trügerische Idylle dahin, denn immer öfter kam Achim betrunken nach Hause. Alle guten Vorsätze für ein harmonisches Familienleben zerrannen. Stattdessen nahmen die körperlichen Attacken gegen die Gattin zu. Sie konnte ihm kaum mehr etwas recht machen. Die Wohnung wurde für ihn zur Kampfstätte, sich auszutoben, körperlich und sexuell. Sein Jähzorn machte ihn so unberechenbar, dass Christine ihn ohne äußeren Widerstand gewähren ließ. Innerlich aber entfernte sie sich von ihm. Ihre ganze Gefühlswelt konzentrierte sich auf Sohn und Hund. Doch die Angst vor Achim lähmte auch ihre Energie, die Beziehung zu ihm zu lösen.

So vergehen die Monate. Achim verbraucht inzwischen soviel Geld für sich, dass die Haushaltskasse ständig leer ist. Jede Mark muss sich Christine erbetteln. Die Tage, an denen sie die Pakete von der Post abholt, die Achims Großmutter aus dem Westen schickt, empfindet sie als Höhepunkte. Dann sind die Sorgen um Kaffee, Zigaretten, Seife und Waschpulver für einige Zeit vergessen. Aber ihr psychischer Zustand wird immer labiler. Die ständige Geldnot, die Erfüllung der mütterlichen Pflichten, die Arbeiten im Haushalt und die täglichen Erwartungsängste, in welchem Zustand der Gatte wohl heimkehren wird, zermürben ihre Seele. Selbst um den Hund kümmert sich Achim schon lange nicht mehr. Christine fühlt sich überfordert. Sie beginnt, sich und die Wohnung zu vernachlässigen, konzentriert ihre Aufmerksamkeit nur noch auf das Kind und den Hund. Das wiederum stachelt Achims Aggressionen an. Aber meist entzieht er sich dem häuslichen Chaos durch ausgedehnte Kneipengänge oder Frauenbekanntschaften. Langsam schließt sich der Teufelskreis um Christine.

Sie hält dieses Dasein nicht mehr für lebenswert. Wenn das Kind nicht wäre, hätte sie schon längst Schluss gemacht, gesteht sie einer Freundin. Innere Einsamkeit und negative Lebensbilanz wühlen in ihrem Innern. Langsam glimmen die ersten diffusen Gedanken an einen Selbstmord. Die Situation verschärft sich im Sommer 1978, als Christine in der Kaufhalle beobachtet wird, wie sie heimlich eine Flasche Weinbrand in ihrer Tasche verschwinden lässt, anstatt sie in den Einkaufskorb zu legen. An der Kasse kommt es dann zum Eklat. Von nun an gesellt sich zu allem familiären Fiasko noch die Scham, eine Diebin zu sein. Ihr Lebensmut sinkt auf den Nullpunkt.

Noch am selben Nachmittag ist sie dann soweit: Sie füttert ihren kleinen Sohn, der inzwischen fast anderthalb Jahre alt ist, windelt ihn, zieht ihm einen neuen Strampelanzug an und legt ihn in das frisch gemachte Bettchen. Dann schließt sie die Vorhänge im Kinderzimmer. Als sie den Raum verlässt, fixiert sie die weit geöffnete Tür durch einen Stapel alter Zeitungen. Dadurch verhindert sie ein selbständiges Schließen. Nachdem sie aus gleichem Grunde einen Staubsauger gegen die geöffnete Küchentür gestellt hat, breitet sie in der Küche vor dem Gasherd eine Federbettdecke auf dem Fußboden aus. Nun öffnet sie alle Brennstellen des Herdes, legt sich nieder und erwartet den Tod. Auch der kleine Hund legt sich brav neben sie.

Als Achim von Canee Stunden später nach Hause kommt, riecht er an der Wohnungstür schon das Gas. Drinnen macht er die furchtbare Entdeckung: Seine Frau Christine, der Sohn und der Hund sind schon lange tot.

Suizide, bei denen andere Personen ohne deren Einverständnis oder Verlangen mit in den Tod genommen werden, stellen statistisch nur eine kleine Gruppe dar. In der DDR lag sie unter ein Prozent aller Suizide. Kriminologisch und psychologisch werden sie als erweiterte Suizide bezeichnet. Sie sind jedoch von Mord- und Totschlagsdelikten mit nachfolgendem Suizid des Täters abzugrenzen. Ihr wichtigstes Merkmal ist, dass eine ernstgemeinte Selbsttötungsabsicht im Vordergrund stehen muss. Aus dieser resultiert die Überlegung, vor allem sozialabhängige, bedrohte, gefährdete, geliebte Personen (Kinder, Eltern, Ehegatten usw.) nicht allein zurückzulassen. Die Mitnahme in den Tod soll dem geliebten Menschen eine vermeintlich ungewisse Zukunft ersparen. Erbarmen und Zuneigung sind dabei die treibenden Kräfte. Zu ihnen gesellt sich gewöhnlich Hass und Wut auf den Partner, der letztlich als Verursacher für die suizidale Entwicklung angesehen wird und dem die geliebte Person keinesfalls überlassen werden soll.
Beim erweiterten Suizid fehlen folglich die für Mord und Totschlag typischen, die Aggression auslösenden Motive (wie Mordlust, Habgier, Verdeckungsbestrebung, niedere Beweggründe usw.).
Die meisten erweiterten Suizide in der DDR wurden durch Schlafmittel- und Kohlenmonoxid-Vergiftung, seltener durch Strangulation begangen. Andere Tötungsarten wie die Schusswaffenanwendung, der Sturz aus der Höhe oder das Ertrinken bildeten absolute Ausnahmen. Der typische erweiterte Suizid wurde durch die Mutter begangen, die ihr Kind mit in den Tod nahm. Erweiterte Suizide durch Männer waren selten.
Nach der Wiedervereinigung Deutschlands hat sich allerdings das statistische Gesamtbild zugunsten blutiger Methoden (insbe-

sondere Erschießen) verschoben. Auch die Beteiligung von Männern hat zugenommen.
Misslang der erweiterte Suizid, weil die Giftdosis zwar den Mitgenommenen tötete (vor allem durch die geringe Widerstandsfähigkeit von Kleinkindern begründet), nicht aber den Suizidenten, waren strafrechtliche Konsequenzen die Folge. Das DDR-Strafrecht würdigte solche Handlungen nach § 113 Abs. 1 Ziffer 3 StGB als Totschlag unter »besonderen, die strafrechtliche Verantwortlichkeit mindernden Tatumständen«. Entsprachen diese Tatumstände der Schwere der objektiven und subjektiven Konfliktsituation, d. h. der psychischen Zwangslage des Täters, fiel das Strafmaß erheblich geringer aus als bei anderen Totschlagsdelikten. Der Strafrahmen beim Totschlag gem. § 113 StGB war deshalb zwischen sechs Monaten und zehn Jahren Freiheitsentzug weit gespannt.

Fall 3:
Rentner Zeidler schleppt nach seinem Vormittagseinkauf schwere Beutel durch die Toreinfahrt des alten Wohnhauses in der Berliner Schönhauser Allee 73, dem großen, Ende des vorigen Jahrhunderts erbauten Gebäudekomplex mit seinen hintereinander liegenden Höfen.

Mühsam durchquert er den ersten Hof. Sein Ziel ist das zweite Seitengebäude. Dort wohnt er in der vierten Etage. Viele Stufen hoch, doch die Mittagssonne kann sich durch die Häuserschlucht bis in seine Wohnstube zwängen. Bevor er die Haustür erreicht, trifft er auf zwei aufgeregte Nachbarinnen. Sie haben eine wichtige Mitteilung für ihn parat: Im Treppenhaus, auf der zweiten Etage riecht es nach Gas!

Tatsächlich: Auch Rentner Zeidler bemerkt den warnenden Gasgeruch in der zweiten Etage. Hier befinden sich zwei Wohnungen. Er schnuppert geräuschvoll wie ein Jagdhund am

Briefschlitz einer der Türen. Dahinter liegt die Wohnung eines Studentenehepaars, das sich in der Uni gerade auf einer Hörsaalbank herumdrückt: Nichts Auffälliges, kein Gasgeruch. An der zweiten Wohnungstür wiederholt er den Schnüffelvorgang. Die beiden Nachbarinnen beobachten ihn aufmerksam. Jetzt stutzt der alte Mann. Nochmals schnüffelt er am Briefschlitz. Nun ist er sich sicher: »Von hier kommt's!«

Es ist die Wohnung eines alleinstehenden jungen Mannes, der vor einem reichlichen Jahr einzog und dem er gelegentlich im Treppenhaus begegnet. Auf dem Türschild steht der Name »Joachim Waller«. Entschlossen klopft er an die Wohnungstür. Vergeblich.

»Ich habe vorhin schon geklingelt, der ist nicht da«, bemerkt die eine Nachbarin mit unschuldigem Gesicht.

Rentner Zeidler schlägt die Hände über dem Kopf zusammen.

»Um Himmels willen, wollen Sie das Haus in die Luft jagen?«, entsetzt er sich vorwurfsvoll.

»Die Klingel ist ja abgestellt, sie geht nicht«, reagiert die Nachbarin kleinlaut. Dann beweist sie, dass sie recht hat.

»Trotzdem«, mahnt Zeidler, »bei Gasgeruch darf man doch nicht klingeln. Ein kleiner Funke nur – und bums!« Die Nachbarin macht ein so erstauntes Gesicht, als hätte sie begriffen, dass ihr ein zweites Leben geschenkt wurde. Zeidler klopft nochmals kräftig an die Wohnungstür und ruft: »Herr Waller!« Der aber scheint nicht zu hören.

»Is sicher uff Arbeit«, meint die andere Nachbarin, »der jeht imma schon janz früh aus'm Haus!«

»Arbeitet der nicht bei der Post?«, fragt Zeidler. Ratlos heben die Frauen die Schultern: »Ja, ja, das haben wir auch schon gehört. Aber andere sagen, der soll Lehrer sein.«

»Man muss die Tür aufbrechen«, schlägt eine der Frauen vor, »es kann ja sonstwas passieren.«

»Aber nicht von mir«, lehnt der Rentner ab, »das ist Sache

der Feuerwehr!« Dann fordert er die beiden Frauen auf: »Öffnen Sie die Fenster im Treppenhaus, ich gehe inzwischen telefonieren!« Er stellt seine Einkaufsbeutel ab und geht nach unten.

Wenige Minuten später ist die Feuerwehr zur Stelle. Wenig zaghaft, dafür aber mit geübtem Handgriff und entsprechendem Werkzeug knacken die Jünger Florians das Schloss der Wohnungstür. Eine übel riechende, dicke Gaswolke strömt ihnen entgegen und verbreitet sich rasch im ganzen Treppenhaus. Zeidler folgt den Männern bis auf den Korridor. Er sieht, wie einer von ihnen den Haupthahn an der Gasuhr schließt und die beiden Fenster im Wohnzimmer aufreißt, während der andere in die Küche stürmt, um dort das Fenster zu öffnen. Ein kräftiger Luftzug treibt das gefährliche Gas-Luft-Gemisch bald ins Freie.

Zeidler riskiert einen flüchtigen Blick in die Küche. Er erschaudert: Der Wohnungsinhaber sitzt vor dem Gasherd auf einem Stuhl, leblos und bleich, den Rumpf nach vorn gebeugt und den Kopf auf dem Brenner liegend.

»Der hat sich umgebracht«, denkt der Rentner und zieht sich schleunigst zurück. Die beiden Nachbarinnen, die sich ihm zuvor am liebsten angeschlossen hätten, weil fremde Wohnungen immer interessant sind, hatte die Gaswolke zurückgehalten. Doch als Zeidler berichtet, was in der Wohnung vorgefallen sein muss, sind sie froh, dass ihnen der Anblick des toten Mannes erspart bleibt.

Bald darauf rücken zwei grün uniformierte Gesetzeshüter an. Sie bitten Zeidler und die beiden Nachbarinnen, sich für eine Befragung durch die Kripo bereitzuhalten. Dann postieren sie sich vor der Wohnung.

Eine halbe Stunde später trifft der Leichensachbearbeiter der Kriminalpolizei, Leutnant Hartloff, ein. Aus einer Jacke, die an der Garderobe hängt, fischt er den Personalausweis auf den Namen Joachim Waller, geboren am 12. März 1949, und einen Taschenkalender des Mannes mit diversen Anschriften, darunter die seiner Mutter in Delitzsch. So sehr er sich in der kleinen Wohnung auch umschaut, einen Abschiedsbrief findet er nicht. An der Selbsttötung des Mannes zweifelt er deshalb keineswegs. Dafür gibt es wichtige Indizien: Zum einen stellte die Feuerwehr fest, dass die Wohnung verschlossen war und der Korridorschlüssel von innen noch im Schloss steckte. Zum anderen traf Joachim Waller bestimmte Vorkehrungen, die darauf hindeuten, dass sich das Gas möglichst nur in der Küche ausbreiten und die Gefährdung anderer gering gehalten werden sollte. Die Tür und sämtliche Fensterritzen der Küche waren ursprünglich sorgfältig mit Papierstreifen zugeklebt, bevor die Feuerwehrmänner für gutes Durchlüften sorgten. Hartloff fertigt eine Tatortskizze und schießt einige Fotos.

Nun trifft der Arzt ein: Er wirft nur einen flüchtigen Blick auf den leblosen Mann in der Küche. Die hellroten Flecke an dessen Körper und die Starre in den Gliedmaßen machen ärztliche Reanimationsmaßnahmen sinnlos. Er vermutet, der Tod sei vor acht bis zehn Stunden eingetreten. Und als der Kriminalist ankündigt, der Leichnam würde sowieso obduziert, unterlässt er die weitere Inspektion und beschränkt sich auf das Ausfüllen des Totenscheins.

Hartloff lässt die Fenster geöffnet, als er eine Stunde später die Wohnungstür versiegelt. In den Räumen, aber auch im Treppenhaus, liegt immer noch ein penetranter, bedrohlicher Geruch. Doch es ist nicht das Gas. Es sind die Warnstoffe, die dem Haushaltsgas beigemischt sind, und die sich nun für längere Zeit im Putz der Wände, in Möbeln und Textilien festgesetzt haben. In sein Dienstzimmer zurückgekehrt, telefoniert Hartloff mit einigen offiziellen Stellen: Er benötigt Auskünfte über den verstorbenen Mann. Dann beantragt er beim Staatsanwalt die gerichtliche Leichenöffnung, die Bestimmung des Blutalkohols sowie chemisch-toxikologische Untersuchungen. Er weiß, dass der Herr der Ermittlungen ohne Murren die offizielle Verfügung dazu erlässt. Beweise für die suizidale Handlung Wallers gibt es ausreichend. Wenn auch die Frage nach dem Motiv deshalb nur noch eine zweitrangige Rolle spielt, der Kriminalist will sie dennoch beantworten.

PdVP
Berlin, 27.05.1980
Abt. Kriminalpolizei
Dezernat II
Protokoll
zur Todesermittlungssache Joachim Waller, geb. 12.03.1949 in Delitzsch, wohnhaft gewesen 1058 Berlin, Schönhauser Allee 73, 2. Seitengebäude
Die am Ereignisort angetroffenen Hausbewohner Zeidler, Paul, geb. 13.12.1911, Schübel, Erna, geb. 11.01.1925, und Rattke, Else, geb. 02.06.1926, sagten übereinstimmend aus, am 27.05.1980 gegen 10.30 Uhr vor der Wohnung des Geschädigten erheblichen Gasgeruch wahrgenommen zu haben. Der Bürger Zeidler habe unverzüglich die Abt. F. verständigt, die gegen 10.40 Uhr die von innen verschlossene Wohnungstür geöffnet habe (s. Protokoll der Befragung Löschmeister Ewald).
Die Befragten kennen den Geschädigten nicht näher. Er sei vor ca. einem Jahr eingezogen, sei zu den Hausbewohnern freundlich und hilfsbereit, habe aber ansonsten keinen näheren Kontakt im Hause unterhalten. Hinsichtlich der Tätigkeit des Geschädigten machten die Befragten unterschiedliche Angaben. Frau Schübel sagte aus, der W. sei von Beruf Lehrer, während Frau Rattke meinte, er wäre bei der DP beschäftigt.
Tel. Rücksprache mit dem zuständigen ABV, Gen. Ltn. der VP Albrecht, ergab folgendes: Der Geschädigte ist Antragsteller. Seit

1988 arbeitet er beim Postzeitungsvertrieb. Davor war er als Heimerzieher im Kombinat der Sonderheime Königsheide beschäftigt. Nähere Auskünfte über die Person des W. wären bei der Abt. Inneres zu erlangen.
Während der EO-Arbeit wurde die Leiche des W. gegen 13.00 Uhr zum GMI überführt. Gegen 13.15 Uhr versiegelte Unterzeichneter die Wohnung des Geschädigten. Über das VPKA Delitzsch wird die Mutter von der Sachlage informiert und gebeten, sich wegen einer Befragung und zur Aushändigung der Wohnungsschlüssel bei Unterzeichnetem zu melden.
gez. Hartloff, Ltn. der K

Auszug aus dem Protokoll der Leichenöffnung: Vorläufiges Gutachten
1. Sektionsergebnis:
Zeichen einer Kohlenmonoxid-Vergiftung: Rot-livide Farbe der Totenflecke, Speichelabrinnspur aus dem linken Mundwinkel, lachsfarbene Muskulatur, kirschrotes, vollkommen flüssiges Herzblut, positive Wärmebeständigkeitsprobe am Herzblut.
Die quantitative Bestimmung des Kohlenmonoxid-Gehalts im Herzblut, durchgeführt in der chemisch-toxikologischen Abteilung des Instituts, ergab 77,9 Prozent CO-Hämoglobin. Zeichen eines plötzlichen Todes: Akute Blutstauung der inneren Organe, Hirnödem.
Beschriebene Hautabschürfung dicht oberhalb der linken Augenbraue ohne korrespondierende Kopfhautunterblutungen, Schädelknochen intakt, Hirnhäute ohne Blutungen, Gehirn ohne Prellungen.
Keine weiteren äußeren oder inneren Verletzungszeichen. Magen mit etwa 150 ml stärker angedautem Speisebrei ohne Anhalt auf Tablettenreste. Harnblase mit etwa 150 ml klarem Urin.
Keine krankhaften Veränderungen der inneren Organe. Zucker-

schnellprobe Hirnkammerwasser und Urin negativ. Kein Hinweis auf Alkohol (Widmark/ADH) und Pharmaka (qualitativ/quantitativ).

2. Organgewichte
Gehirn: 1410 g

Milz	*280 g*
Niere	*je 60 g*
Herz	*380 g*
Leber	*560 g*

3. Todesursache: Kohlenmonoxid-Vergiftung
4. Es handelt sich um einen nichtnatürlichen Tod.

5. Wie die Obduzenten dem Ereignisort-Befundsbericht entnehmen können, wurde der Betroffene am 27.05.1980 gegen 10.45 Uhr durch Angehörige der Feuerwehr vollständig bekleidet, leblos auf einem Stuhl sitzend vor der gasbetriebenen Kochstelle, mit dem Kopf auf dem Brenner liegend, in der Küche seiner Wohnung vorgefunden. Fenster- und Türritzen der Küche seien mit Papierstreifen abgedichtet worden.

6. Im Ergebnis der Leichenöffnung und der quantitativen Kohlenmonoxid-Hämoglobinbestimmung wurde eine Kohlenmonoxid-Vergiftung festgestellt, die den Todeseintritt vollkommen erklärt.
Vorbestehende natürliche krankhafte Veränderungen der inneren Organe wurden nicht gefunden. Zwischen Kohlenmonoxid-Vergiftung und Todeseintritt besteht ein direkter Zusammenhang.
Die pfennigstückgroße Stirnhautschürfung links war nicht unterblutet, auch fanden sich keine Verletzungen der Schädelknochen oder des Schädelinhalts.

7. Für feingewebliche Untersuchungen wurde Organmaterial asserviert.

8. Die Obduzenten behalten sich ein endgültiges Gutachten vor.

gez. Drechsler gez. Hintze gez. Fischer

OA Doz. Dr. sc. med. Dr. med. Protokollantin
1. Sachverst. 2. Sachverst.

Hartloff telefoniert mit dem Kaderleiter des Kombinats der Sonderheime. Er erfährt, dass Joachim Waller seit seinem Studienabschluss am Institut für Lehrerbildung in Bernburg als Betreuer in einem Kinderheim für verhaltensgestörte Kinder in Borgsdorf, im Norden Berlins, gearbeitet hat. Anfang des Jahres 1978 beantragte er bei den Behörden seine Ausbürgerung in die BRD: Er wolle seiner Freundin nach Aachen folgen, die im Sommer 1977 mit ihren Eltern legal nach Westdeutschland übersiedelt sei. Sie habe inzwischen ein Kind von ihm.

Für eine pädagogische Tätigkeit deshalb untragbar, habe man Waller fristlos gekündigt. Die staatlichen Organe wiesen ihm daraufhin eine Stelle als Zeitungsausträger beim Postzeitungsvertrieb zu.

Und während Hartloff aus dieser Mitteilung ein förmliches Protokoll produziert, erreicht ihn bereits das erwartete Ferngespräch aus Delitzsch: Das dortige VPKA meldet, die Mutter Joachim Wallers sei vom Tod ihres Sohnes in Kenntnis gesetzt worden und würde unverzüglich nach Berlin reisen, um bereits morgen früh bei ihm zu erscheinen.

Hartloff ist zufrieden, denn das Gespräch mit der Mutter verspricht eine Aufhellung der Hintergründe für die Selbsttötung.

Am Tag darauf erscheint eine attraktive Mittfünfzigerin in Schwarz bei Leutnant Hartloff: Es ist Frau Waller, die Mutter des Selbstmörders. Ihr Gesicht verrät Trauer und Fassungslosigkeit. Zunächst will sie wissen, wie ihr Sohn gestorben ist, weil die Delitzscher Polizei sie darüber nur unzureichend informiert habe. Hartloff schildert ohne Umschweife, warum die Mieter im Haus die Feuerwehr alarmiert haben und wie sich Joachim Waller mit Leuchtgas vergiftete. Schweigend nimmt die Mutter den Bericht entgegen.

»Können Sie seine Entscheidung respektieren?« fragt der Kriminalist Frau Waller schließlich.

»Ich muss es ja wohl. Trotzdem: Es fällt mir schwer«, klagt sie. Hartloff übergibt ihr die Wohnungsschlüssel: »Ich hatte alle Fenster offen gelassen. So müsste der Gasgeruch jetzt raus sein. Sie können das Polizeisiegel selbst entfernen!«

Das weitere Gespräch leitet er mit Fragen zur Biographie Joachim Wallers ein. Die Mutter schildert die Entwicklung ihres Sohnes: Kindheit, Schulzeit, Studium, die Begeisterung, mit der er die Tätigkeit im Kinderheim Borgsdorf antrat. Doch sie erwähnt auch, dass er sich im Alter von zwanzig Jahren aus enttäuschter Liebe schon einmal das Leben nehmen wollte. Tabletten habe er geschluckt, wenn auch nicht soviel, um daran sterben zu können. Seine Absicht wäre, wie er danach sagte, bitterernst gewesen. Später war er froh, dass der Versuch misslang.

Seit 1975 war Joachim mit Marina Schwertfeger aus Berlin, einer vier Jahre jüngeren Uhrmacherin, die im Geschäft ihrer Eltern arbeitete und auch bei ihnen wohnte, befreundet. Eine innige Zuneigung verband die beiden.

Leider ist Marina mit ihren Eltern im Sommer 1977 legal nach Westdeutschland verzogen. Das hatte Joachim niedergeschmettert. Wochenlang war er nicht ansprechbar. Und als Marina ihm im Herbst des gleichen Jahres mitteilte, dass sie von ihm schwanger sei, stellte er sofort einen Ausreiseantrag.

Die Leute auf der Behörde haben ihm jedoch gleich gesagt, dass die Bearbeitung länger dauern würde. Dafür hatte man ihn zwei Wochen später aus dem Kinderheim geschmissen: Als Antragsteller könne er keine Tätigkeit im sozialistischen Erziehungswesen ausüben.

»Seit dieser Zeit durfte er aber die sozialistische Tagespresse in die Hausbriefkästen stecken«, bemerkt Frau Waller spitz. Sie unterstreicht, dass Joachim wirklich nicht aus politischen Erwägungen in den Westen wollte. Er sei überhaupt ziemlich unpolitisch gewesen. Nur bei der Begründung des Antrages berief er sich auf den Korb III der KSZE – Schlussakte von Helsinki, die Erich Honecker ja unterschrieben habe. Bei der Abteilung Inneres habe man ihn immer wieder zu überzeugen versucht, den Ausreiseantrag zu annullieren und seine Freundin zu veranlassen, in die DDR zurückzukehren, dann könne er wieder seine Tätigkeit als Heimpädagoge aufnehmen. Das habe ihren Sohn ziemlich zermürbt. Und als im Frühjahr 1978 Marina dann einen Sohn gebar, konnte er nicht einmal besuchsweise zu ihr. Das machte ihn fix und fertig. Jetzt ist das Kind schon zwei Jahre alt, und der Vater kennt bzw. kannte es nur von den Fotos. Dass Joachim keinen Abschiedsbrief hinterlassen und auch sonst sein Vorhaben nicht angekündigt habe, wertet die Mutter als Indiz für eine Kurzschlusshandlung.

»Wenn er sich in vertrackten Situationen befunden hat, wurde er störrisch, reagierte chaotisch und unüberlegt. Ich denke, sein Tod hängt mit dieser Ausreise zusammen. Warum sollte er sich sonst umbringen? Glauben Sie, Joachim hätte das getan, wenn sie ihn nach drüben hätten fahren lassen?« fragt Frau Waller klagend.

Hartloff versteht die Frau, hält aber seine Meinung zurück. Stattdessen macht er ein Gesicht, als wolle er ausdrücken, dass er für die Situation nicht verantwortlich sei und stellt lediglich resignierend fest: »Tja, das ist eben so!«

»Ich habe keine andere Erklärung für seinen Tod!«, wiederholt Frau Waller.

»Lassen wir das einmal so stehen«, schließt Hartloff die Befragung ab.

Doch er kann sich nicht entschließen, die durchaus begründete Vermutung der Mutter für das Selbstmordmotiv ihres Sohnes in den Abschlussbericht zu übernehmen. Stattdessen tippt er in die Maschine »Suizid aus Liebeskummer«. So neutralisiert er das Problem, entzieht ihm den politischen Gehalt und vermeidet, dass seine Vorgesetzten nachträglich heikle Fragen stellen. Und irgendwie stimmt es ja, auch wenn es den Kern der Sache nur streift.

Für die Entgegennahme und Bearbeitung von Ausbürgerungsersuchen waren in Berlin die Abteilungen »Inneres« der Räte der Stadtbezirke (in den Kreisstädten der jeweilige Rat der Stadt) zuständig. Sie unterstanden einem der sog. Stellvertreter des Rates des Stadtbezirks (bzw. der Stadt), dem »Stellvertretenden Vorsitzenden für Inneres«. In dessen Zuständigkeit lagen auch die Abteilungen »Kirchenfragen« und »Personenstandswesen« (Gesetzblatt der DDR Nr. II, Seite 701 vom 30.09.1965).
Im Rahmen der Konferenz über Sicherheit und Zusammenarbeit in Europa (KSZE) unterzeichnete am 1. August 1975 Staats- und Parteichef Erich Honecker die Schlussakte von Helsinki. In deren »Korb III« ging die DDR nicht nur vertragliche Verbindlichkeiten hinsichtlich besserer Arbeitsbedingungen für die in der DDR akkreditierten Journalisten und leichteren Zugangs zu Informationsmaterialien, sondern vor allem der sog. Familienzusammenführung ein.
Die Folge war ein rasanter Anstieg der Ausbürgerungsbegehren. Der Betreffende musste bei der Abteilung Inneres unter Aufsicht einen umfänglichen Fragebogen ausfüllen: Personalien, Besitz- und Vermögensverhältnisse, Arbeitsstelle, Zugehörigkeit zu Par-

teien, Massenorganisationen, gesellschaftliche Funktionen. Auch über alle seine Verwandten (bis zum Ehepartner von Bruder und Schwester und zu deren Kindern) musste er solcherart Angaben machen. Schließlich wurde eine ausführliche schriftliche Begründung des Antrags gefordert. Danach wurde ihm zugesagt, innerhalb von acht Wochen einen Bescheid zu erhalten.

Nun begannen die Mühlen der sozialistischen Bürokratie auf Hochtouren zu laufen: Die Abteilung Inneres informierte innerhalb von achtundvierzig Stunden das Ministerium für Staatssicherheit und die Volkspolizei. Sie entsandte Schreiben an die Arbeitsstelle des Betreffenden (aber auch an die sämtlicher Verwandter) mit der Aufforderung, zu dem Ausbürgerungsantrag Stellung zu nehmen. Wenn der »Ausreisewillige« (im internen Sprachgebrauch benutzter Begriff) eine vermeintlich gesellschaftspolitisch wichtige Tätigkeit ausübte (z. B. im Staatsapparat, im Bildungswesen, als Abteilungsleiter in volkseigenen Betrieben), lag es de jure im Ermessen der Arbeitsstelle, eine fristlose Kündigung auszusprechen. Dann wurde ihm eine Tätigkeit in einem gesellschaftspolitisch weniger wichtigen Bereich zugewiesen. Diese Verfahrensweise war de facto die Regel.

Mit den Verwandten wurden indes »Aussprachen geführt«. Deren Ziel war es, sie zu verpflichten, den Antragsteller von seinem Vorhaben abzubringen oder jeglichen Kontakt zu ihm abzubrechen.

Die Entscheidungen der jeweiligen Betriebe und die Ergebnisse der Aussprachen wurden im Rahmen festgelegter Fristen der Abteilung Inneres schriftlich mitgeteilt.

Etwa nach zwei Monaten wurde der Antragsteller vorgeladen. Man teilte ihm mit, sein Vorgang befinde sich in Bearbeitung. Von nun an wurde er mindestens einmal monatlich zu sog. Abstandsgesprächen genötigt. Psychologisch und taktisch mehr oder weniger geschickt leisteten die Staatsorgane harte Überzeugungsarbeit, um den Betreffenden zu einer Rücknahme seines Antrages zu bewegen. Manchmal gelang dies auch. In den meisten Fällen jedoch verhärteten sich die Fronten. Die ursprünglich keineswegs mit einer Ablehnung der gesellschaftlichen Verhältnisse in der DDR korrespondierenden Motive schlugen zunehmend in politische Beweggründe um. Die Labilisierungs-Strategie in derartigen Aussprachen führte letztlich dazu, die Hartnäckigen zu politischen Feinden zu erklären und dementsprechend zu behandeln. Die Methode regelmäßiger »Aussprachen« setzte auf den Faktor Zeit. Deshalb erstreckte sie sich in den meisten Fällen über mehrere Jahre. Und eine Entscheidung, ob und wann einem Ausbürgerungsantrag stattgegeben wurde, war niemals vorhersehbar. Sie unterlag letztlich der Willkür des MfS.

Im Verlaufe der Zeit schlossen sich viele Antragsteller zusammen: Sie gaben sich öffentlich durch kleine weiße Stoffstreifen an Autoantennen zu erkennen und organisierten (häufig unter dem Dach der evangelischen Kirche) Selbsthilfegruppen, um sich in taktischen Fragen des Umgangs mit den staatlichen Organen zu schulen. Solcherart »unverzeihliche Machenschaften« mobilisierte die sensiblen Mielkeschen Langohren. Und die Verkehrspolizei betrachtete die kleinen weißen Wimpel an den Autoantennen straßenverkehrsrechtlich als »nicht genehmigte Sonderkennzeichen« und ahndete dies im günstigen Falle mit sog. gebührenpflichtigen Verwarnungen.

Den Teufel im Leib

Lucretia Wildenbruch, Jahrgang 1953, ist eine Tochter aus gut bürgerlichem Hause. Gottesfurcht, Fleiß, Disziplin, Sparsamkeit und Violinspiel für gelegentliche Hauskonzerte bilden die sittliche Aussteuer, die der gestrenge Vater ihr für das künftige Leben mitgibt. Auch die beiden Schwestern werden mit diesen Tugenden ausgestattet: Die zwei Jahre jüngere Claudia bleibt allerdings des Violinspiels unkundig, weil der Vater ihr das häusliche Piano zuwies, das ansonsten nur ihm vorbehalten ist. Und die fünf Jahre jüngere Patricia, deren musikalischer Umgang mit der Flöte trotz aller pädagogischer Kunstkniffe nur zu mäßigem Erfolg führte, entwickelt ihr Talent lieber im Umgang mit Skizzenblock und Zeichenstift.

Viele Jahre hält Gott die schützende Hand über das Einfamilienhaus der frommen Wildenbruchs im Erfurter Süden, unweit des Steigerwaldes. Die Mutter bewirtschaftet das Haus, die Mädchen pauken pflichtbewusst für ihre Zukunft und üben sich in Sittlichkeit und Frömmigkeit. Abitur ist das mindeste, was der Vater an Bildung fordert. Er selbst widmet sich als Professor für Philologie an der Jenaer Friedrich-Schiller-Universität der Erforschung alter Sprachen. Nur die Wochenenden gehören dem gemeinsamen Kirchgang und Musizieren.

Dann scheint Gott seine Hand für einen Augenblick zurückzuziehen: Nur mit Ach und Krach besteht 1972 Lucretia ihr Abitur. Niemand hatte damit gerechnet, dass sie es überhaupt schafft. Bereits in der elften Klasse ließen ihre Leistungen auf unerklärliche Weise stark nach. Sie verlor die Lust an der Schule, verkroch sich häufig in ihr Zimmer, scheute den Kontakt mit Freunden, hörte lieber Musik, als sie im Familienverband aktiv zu betreiben, schrieb düstere Gedichte oder schlief auch am

Nachmittag, wenn die Erschöpfung sie übermannte. Alle Welt befürchtete, sie könne bis zum Abitur die Wissensdefizite nicht mehr aufholen. Aber sorgsam wachten die Eltern darüber, dass sie erfolgreich paukte, bis ans Ende ihrer Kräfte. Lucretia empfand diese Dressur als unerträglich, doch fügte sie sich ihrem Schicksal. Auch die gute Beziehung des Vaters zur Schule tat ihr übriges für ihren bescheidenen Erfolg. Aber die nur knapp durchschnittlichen Noten reichen nicht für das Medizinstudium, das die Eltern von ihr erwarten. Zu deren Leidwesen muss Lucretia sich mit einer Ausbildung an der Medizinischen Fachschule begnügen.

Selbst die fällt ihr schwer, obwohl sie es sich nicht anmerken lässt. Aber schließlich bewältigt sie das Staatsexamen und wird Krankenschwester in der Chirurgie der Medizinischen Akademie. Ganz in deren Nähe bezieht sie eine kleine Wohnung und besucht die Eltern nur noch selten. Auf diese Weise entgeht sie den ständigen Nörgeleien des Vaters.

Nach dem Weggang Lucretias richten sich die elterlichen Erwartungen auf Claudia. Sie hat zwei Jahre später ihr Abitur mit guten Ergebnissen abgelegt. Energisch und lange vor dem Oberschulabschluss verkündet aber auch sie ihren enttäuschten Eltern, keinen Bock auf ein langes Medizinstudium zu haben. So wird sie MTA in der Röntgenabteilung des Katholischen Krankenhauses und verlässt das strenge Elternhaus in der Erwartung, bald einen braven Katholiken heiraten zu können.

1976 emeritiert Prof. Dr. Wildenbruch und hat nun Zeit, die lädierten Bandscheiben zu schonen, seiner Leidenschaft fürs Altgriechische nachzugehen, die staatlich zugeteilten vier Wochen im Jahr für Verwandtenbesuche im Westen zu nutzen und die kränkliche Gattin, die bereits zwei Jahre vorher dieses Privileg erwarb, dabei zu begleiten.

Patricia, die jüngste Schwester verlässt 1977, gleich nach dem

Abitur, das Elternhaus, um an der Burg Giebichenstein, der renommierten Kunsthochschule in Halle, ihr bildnerisches Talent zu einem möglichst einträglichen Broterwerb zu vervollkommnen. Schon bald lösen sich auch die innerlichen Bande zu den Eltern, und sie genießt die befreiende Unkompliziertheit des Künstlerlebens.

Claudia ist die einzige der drei Schwestern, die sich um den Erhalt der Familienkontakte bemüht. Da Patricia in Halle der Maxime folgt »ein Blick in die Bücher, ein Blick in den Farbkasten, aber drei Blicke ins Leben«, hat ihre Seele kaum mehr Platz für schwesterliche Gefühle. In der ersten Zeit, wo der Geldmangel sie regelmäßig nach Hause trieb, war das anders, die Schwestern sahen sich häufiger. Jetzt aber erreichen die elterlichen Überweisungen pünktlich ihr Hallesches Konto. Damit schrumpfen die Besuche in Erfurt nur auf wenige Feiertage. Aber immerhin: Gelegentlich schreibt sie Claudia kluge und lustige Briefe.

Lucretia lässt, obwohl sie in Erfurt wohnt, wenig von sich hören. Claudia vermutet, dass die anstrengende berufliche Tätigkeit ihre inneren Reserven für Hobbys und Freundschaften restlos aufbraucht. Hin und wieder telefonieren sie im Dienst miteinander. Lucretia klagt über die extremen Anforderungen in der Klinik, die sie nur unter Aufbietung aller Kräfte erfüllt, leidet unter Leibschmerzen, Mattigkeit und Unlust.

Eine Woche später erfährt Claudia bei einem Anruf im Klinikum, dass ihre Schwester seit zwei Tagen krankgeschrieben ist. Bei nächster Gelegenheit erscheint sie an Lucretias Wohnungstür. Sie muss mehrmals klingeln, ehe Lucretia öffnet. Claudia ist erschüttert von dem erbärmlichen Zustand ihrer Schwester: Fahlblass und ungepflegt, mit strengem, freudlosem Gesicht. Sie scheint ernsthaft erkrankt zu sein.

»Guck dich nur nicht um«, stöhnt sie, »ich weiß, bei mir

sieht's schlimm aus!« Sie schlurft zurück zur Schlafcouch und verkriecht sich unter der Decke.

Claudia sieht sich um: Überall Unordnung. Obwohl es heller Tag ist, sind die Fenster durch schwere Vorhänge fast verdunkelt. Die Luft ist stickig, seit langem wurde nicht gelüftet. Energisch reißt Claudia die Vorhänge zurück und öffnet die Fenster:

»Hier erstickt man ja, wie hältst du das nur aus?«

Lucretia zuckt gleichgültig mit der Schulter und schließt die Augen vor der Helligkeit.

Claudia setzt sich zu ihr: »Du siehst ja schlimm aus, was fehlt dir denn?«

»Ich bin fix und fertig, mein Bauch tut weh …«, stöhnt sie.

»Warst du beim Arzt?« will die Schwester wissen. Lucretia nickt wortlos.

»Und? Was hat er gesagt?« erkundigt sich Claudia weiter.

»Nichts weiter, ich soll mich mal ausspannen, meine Nerven haben schlappgemacht«, flüstert Lucretia leidend.

»Hat er deinen Bauch untersucht?«

»Doch, aber nichts gefunden, trotzdem habe ich Bauchschmerzen!«

»Jetzt bleibst du brav liegen, ich mach' erst mal ein wenig Ordnung, dann trinken wir 'nen Tee und du erzählst mir mal alles in Ruhe, einverstanden?«, fragt Claudia resolut.

»Ach, dass ich dich damit belästige. Ich schäme mich so, ich habe keine Kraft mehr, mir wächst alles über den Kopf«, klagt Lucretia, verlässt aber das Bett, um Claudia nicht allein mit den Aufräumarbeiten zu lassen. Die jüngere Schwester übernimmt die Regie über die Reinigungsprozedur, und Lucretia folgt ihren Anweisungen. Die Anstrengung ist ihr anzusehen. Als Claudia den Mülleimer leeren will, wirft sie einen prüfenden Blick in den Abfall: Mehrere leere Schachteln des Abführmittels Fucovesin fallen ihr auf.

»Was machst du mit so viel Abführmitteln«, fragt sie.

»Mein Darm ist so träge, dass ich die brauche«, erwidert die Schwester.

»Und wie viel nimmst du davon?«

»Nur ab und zu mal eine«, lügt Lucretia. Sie wagt nicht zuzugeben, dass die wahre Dosis viel höher liegt.

Nach getaner Arbeit sieht die kleine Wohnung wieder behaglich aus. Lucretia fällt ihrer Schwester dankbar um den Hals:

»Ohne dich hätte ich das nie geschafft!«

Zunehmend löst sich ihre innere Spannung. Das ernste, leere Gesicht beginnt wieder Leben zu zeigen. Beim Tee wird sie gesprächig. Sie beschreibt Claudia ihren augenblicklichen Zustand: Seit Wochen quäle sie sich nur noch herum, sei bei kleineren Belastungen bereits erschöpft. Rücken-, Kopf und Bauchschmerzen kämen hinzu. Vor allem morgens gehe es ihr besonders schlecht. Sie wird plötzlich von unbegründeten Ängsten gepackt, glaubt, ihre Aufgaben nicht erfüllen zu können, vermutet, dass hinter ihrem Rücken über sie geredet wird, spürt, das eigene Leben nicht mehr zu meistern, und sieht einer ungewissen, mehr bedrückenden Zukunft entgegen. Derartige Empfindungen könne sie sich nicht erklären. Sie fielen plötzlich über sie herein, ohne jeden äußeren Anlass. Manchmal wäre ihr so, als läge die Ursache für die plötzlichen Angstzustände und die um sich greifende Abgespanntheit tief in ihrem Bauch. Allerdings: Im Laufe des Tages bessere sich der Zustand. Die Nachmittags- und Abendstunden wären wenigstens erträglich. Nur die Erschöpfung sei so groß, dass sie nur von einem einzigen Gedanken beherrscht wird: schlafen! Sie nutze jede Gelegenheit dazu. Das sei auch der Grund, warum sie ihre Wohnung so vernachlässigt habe. Sie müsse mal ausspannen, eine Kur beantragen oder Urlaub machen, habe der Stationsarzt ihr geraten. Das ist leichter gesagt als getan. Diese schlecht bezahlte, ständig unter Volldampf stehende Berufsgruppe leide seit langem unter chronischem Nachwuchsmangel. Und viele junge Schwestern blieben spätestens mit dem ersten Kind gleich ganz zu Hause. Also: Wer soll sie in der Urlaubszeit vertreten? Nein, das ist schwierig und muss doch lange vorher geplant werden. Doch, die letzte Urlaubsreise läge bereits vier Jahre zurück, wo sie sich im FDGB-Urlaubergetümmel in Bansin auf Usedom eigentlich nicht erholt hätte.

»Du darfst in deinem Zustand keine Rücksicht auf andere nehmen«, mahnt Claudia, »jetzt musst du an deine Gesundheit denken. Sieh dich mal an, so abgemagert und blass, du bist doch fix und fertig! Jetzt denk mal nur an dich, nur an Erholung und Abwechslung, dann wirst du auch deine schlimmen Gedanken los!«

»Meinst du?« fragt Lucretia etwas hilflos und setzt den Gedanken fort: »Ich würde ja zu gern …, ich meine, vierzehn Tage Leningrad, das habe ich mir immer schon mal gewünscht.

»Prima«, triumphiert Claudia, »genau das machst du! Und du wirst sehen, wie schnell du auf andere Gedanken kommst.«

Der Besuch ihrer Schwester hat Lucretia gutgetan. Sich eine Urlaubsreise nach Leningrad zu gönnen, scheint das beste Mittel zur Selbsthilfe zu sein, sich aus den Fesseln ihres Versagens, ihrer Ängste und Bedrücktheit zu befreien. Zerstreuung heißt nun das Zauberwort für die Eigentherapie. Und der Gedanke an die Erfüllung des langgehegten Wunsches, die alte Zarenstadt an der Newa zu besuchen, führt sie bald ins Reisebüro: Für die Anmeldung muss sie einen umfangreichen Fragebogen ausfüllen. Als frühester Reisetermin wird die erste Dezemberhälfte in Aussicht gestellt. Das heißt, noch einige Monate warten. Aber immerhin: Besser als abgelehnt!

Claudia sorgt sich auch weiterhin um ihre große Schwester, wacht darüber, dass sie regelmäßig isst und wieder zu Kräften kommt. Diese Obhut trägt auch Früchte: Lucretias Zustand bessert sich von Tag zu Tag. Sie schmiedet wieder Pläne, ist zunehmend heiter und lebensbejahend und schreitet viel selbstbewusster über den langen Gang der chirurgischen Station. Manchmal allerdings wechselt ihre Stimmung innerhalb sehr kurzer Zeit. Wie ein Blitz aus heiterem Himmel überfällt sie dann der Trübsinn, quält sie wieder das kräftezehrende Undefinierbare, Einengende in ihrem Leib, das sie Claudia einmal bildhaft so beschreibt: »Weißt du, mir ist, als würde der Teufel in meinem Bauch sitzen, um mich zu martern!«

Die seelischen und körperlichen Reserven scheinen aber auszureichen, um mit diesen Zuständen einigermaßen fertigzuwerden. In schwierigen Situationen zwingt sie sich zur Ablenkung, bringt ihre Gefühle und Eindrücke zu Papier, malt oder schreibt Gedichte. Einem ihr bekannten Psychologen, mit dem sie zufällig im Kasino des Klinikums am Mittagstisch zusammentrifft, beschreibt sie ihre Verstimmungszustände, freilich in sehr abgeschwächter Form. Er ermuntert sie zusätzlich, ein Tagebuch zu führen. Das wäre ein probates Mittel der Ablenkung, Selbstbeobachtung und -kontrolle.

Eines Tages überreicht Lucretia ihrer Schwester mehrere selbstverfasste Gedichte mit den knappen Worten: »Da, für dich!«

Claudia ist gerührt, bedankt sich und überfliegt sie:

Die folgenden drei Gedichte Lucretias aus dem *Tagebuch 1979/80* widerspiegeln ihre traurige Grundstimmung und die durch Versagensängste verursachte Selbstverachtung.

1. Böser Traum
Gehe ich so ganz allein
im Blätterregen der Natur,
und atme Luft, so kalt und rein,
such vergebens eine Spur

bunten Lebens um mich herum.
Kein Blättchen wiegt sich mehr am Strauch,
kein Vogelsang! Alles ist stumm.
Nur eine Windböe bringt den Hauch
Großstadtdunst zu mir heran.
Ich spür den Frost, der letzte Nacht
die späten Rosen überfiel. Dann
plötzlich fühle ich die Macht,
die dies so jung erstarren ließ.
Ich hör' im öden, toten Wald
das Knacken der vereisten Zweige, als stieß
er einen letzten Schrei aus, der kurz widerhallt.
In diesem Augenblick fühl' ich mit jedem Baum,
fühl' alles, auch in mir, sehr kalt.
Da gehe ich nun so allein
und meine Angst wurd' bald
zum bösen Traum:
Wird unsre Welt für immer mal so sein?

2. Einsamkeit
Ich höre, es kämpft der Herbst mit dem Winteranfang.
Über mir trommelt kalter Regen, gestern noch Schnee.
Die Abende werden jetzt unerträglich lang,
da ist wieder etwas, das tut mir so weh.
Wenn ich die Häuser sehe im Tal,
als drängten sie, sich Wärme zu geben,
geschützt durch die Berge, ein weißer Schal,
der sich behutsam um das kleine Leben legt
und mich bewegt Sehnsucht und Einsamkeit,
die quält und ruhelose Nächte schafft.
Wo mein Gewissen für manche Zeit
dunkle Gedanken nährt, – eine Kraft,
meine Hände ungewollt handeln zu lassen,

erblindet auch mein Herz und Wille.
Und ich will mich selber hassen,
Seele aus dem Leibe reißen. Stille,
die ersehnte, schreit in meinen Ohren.
Hören sie Musik, ganz neue?
Sind sie taub und ganz verloren?
Dann hat mein Gutes vollbracht, was ich scheue:
Ein Augenblick als Ewigkeit, die ich nicht bereue.

3. Entsetzen
Ich sehe im Spiegel mein Gesicht,
aber ich erkenne mich nicht.
Bewusstlos durch den Trunk
der giftigen Verzweiflung zerschlug ich ihn in großer Wut.
Und tausend Scherben splitterten,
zerschnittene Hände zitterten.
Doch Entsetzen, als ich sah:
Ich bin noch da!

Claudia vermutet, dass Lucretia fragen wird, wie sie ihre kleinen Werke finde. Doch sie fühlt sich außerstande, solche Gedichte zu beurteilen. Viel lieber wäre ihr, wenn die Schwester Einzelheiten daraus erläutern würde, die sie nicht versteht. Aber das zu erbitten, hält sie für unangebracht. So schweigt sie, und entgegen ihrer Erwartung stellt Lucretia auch keine derartige Frage.

Die Zeit vergeht, ohne dass Lucretia erneut von lähmender Schwermut ergriffen wird. Und als sich der Sommer neigt, ist sie wieder heiter, unternehmungslustig und kontaktfreudig. Auch die Arbeit macht wieder Freude. Selbst die Nachtdienste, die ihr immer schon schwergefallen sind, scheinen kaum mehr eine Last zu sein. Nur selten überfällt sie eine tagelang andauernde, diffuse Traurigkeit, für die sie keine Ursache findet. Dennoch ist es lange nicht so schlimm wie in der schrecklichen

Zeit anfangs des Sommers. Manchmal muss sie ohne Grund weinen, dann fühlt sie sich wieder schwach, überflüssig, mutlos und würde am liebsten die Arbeit aufgeben. Aber es gelingt ihr stets, erfolgreich dagegen anzukämpfen. Wenn sie diese kurzen Episoden überwunden hat, erwachen ihre Lebensgeister von neuem. Sie schöpft wieder Zuversicht, und das Selbstvertrauen meldet sich zurück – eine wichtige Voraussetzung für die weitere Lebensbewältigung. Auch die Vorfreude auf das immer näher rückende Leningrad-Erlebnis hebt die Stimmung. Diese erreicht einen Höhepunkt, als im Oktober das Reisebüro den Vertrag zusendet. Nun ist alles perfekt, die Verbindlichkeiten sind besiegelt. Fast unbemerkt gleitet die Vorfreude auf das bevorstehende Ereignis in ein erquicklich-erregendes Reisefieber über, das alle aufkeimenden Ängste zu ersticken scheint.

Selbst Claudia kann ihre Aufregung kaum zügeln, besonders, als Lucretia voller Stolz die Reisepapiere in den Händen hält. Nun ist es gewiss: Sie wird in den frühen Morgenstunden des 2. Dezember mit dem D-Zug von Erfurt nach Berlin fahren, um vom Flughafen Schönefeld mit einer Aeroflot-Chartermaschine gen Leningrad zu starten.

Claudia fragt: »Hast du denn keinen Bammel vorm Fliegen, das ist doch das erste Mal?«

»Warum sollte ich«, antwortet Lucretia souverän, »ich hab mir das immer schon gewünscht.«

»Mich würde da keiner reinkriegen!«, meint Claudia abwehrend. Und irgendwie ist sie verwundert, dass Lucretia, die schon von so fürchterlichen Ängsten gepeinigt wurde, so gelassen über ihren ersten Flug sprechen kann.

Vor der Reise ist Lucretias Aufmerksamkeit hauptsächlich auf zwei Dinge gerichtet: Zum einen muss sie ihren Dienst auf der Station meistern, denn Beanstandungen wären jetzt das reinste Gift für ihren Seelenzustand. Zum anderen sind Reisevorbereitungen zu treffen, weil der russische Winter kalt ist und die vielen Sehenswürdigkeiten das Studium eines Reiseführers erfordern.

Die Tage verfliegen in Windeseile. Lucretia hat Tagdienst: Bettenmachen, Patienten waschen, Essen und Medikamente austeilen, Blut abnehmen, ärztliche Verordnungen durchführen, Untersuchungsmaterialien zum Labor bringen, Verbände wechseln, freundliche Gespräche mit den Patienten führen – das alles geht ihr locker von der Hand. Nichts ist zu spüren von den unbegründeten Ängsten, die ihre Seele noch vor kurzer Zeit marterten. Jetzt fühlt sie sich glücklich, glaubt, die Krise endgültig überwunden zu haben.

Am Dienstag, dem 2. Dezember, ist es endlich soweit. Claudia erscheint schon frühzeitig bei ihr, um sie zum Hauptbahnhof zu begleiten. Ihr Dienst beginnt erst sehr viel später. Die prickelnde Erwartung hat beiden Schwestern einen unruhigen Schlaf bereitet. Lucretia schwelgte bereits in vorgedachten Reiseerlebnissen, während Claudia insgeheim befürchtete, dass Lucretias schlimme Ängste plötzlich wieder hervorbrechen und das schöne, langersehnte Vorhaben schnöde vereiteln könnten. Doch nun ist sie beruhigt und kann nur noch hoffen, dass Lucretia diese Reise in jeder Hinsicht schadlos übersteht.

Als der Zug pünktlich den Bahnhof verlässt und Lucretia ihr aus dem Zugfenster noch einmal zuwinkt, ist sie nicht nur Teilhaber an der übermäßigen Freude ihrer Schwester, deren großer Wunsch sich nun zu erfüllen beginnt, sondern es überkommt auch sie eine ungeheure Lust auf Ferne.

Lucretia ist nach zwölf Tagen von ihrer großen Reise zurück, und – obwohl sie nach der Ankunft in ihrem Leningrader Hotel gleich eine Ansichtskarte per Eilboten schrieb – Claudia hat immer noch keine Post von ihr. Wenn schon die Wege Gottes unerforschlich sind, die der sozialistischen Post sind es allemal. Aber die Wiedersehensfreude der Schwestern überwiegt die kleine Enttäuschung. Die erste Frage Claudias: »Und wie ging es dir gesundheitlich?«, beantwortet Lucretia mit einem zufriedenen »Prima«.

Erst dann darf Lucretia berichten: Sie ist voller Begeisterung über die ungewöhnliche, alte, russische Hauptstadt, die, auf mehr als einhundert Inseln erbaut, zu den schönsten Städten der Welt zählen soll. Diese schicksalsgeprüfte Stadt hat es ihr angetan, in der sich kunstvolles Barock aus der Zeit Peters des Großen mit dem zuckerbäckerartigen Expressionismus der Stalinzeit verbindet. Lucretia beschreibt die unzähligen pompösen Museen mit ihren Kunstschätzen, von denen sie nur einen Bruchteil bestaunen konnte. Sie spricht über die großen historischen Prachtbauten und gepflegten Parkanlagen mit ihren Kaskaden, aber auch über die verkommenen Wohnfassaden der Nebenstraßen mit ihren kommunalen Wohnungen, die sich häufig jeweils mehrere Familien teilen müssen.

Auch in den folgenden Tagen – der berufliche Alltag hat Lucretia längst schon wieder in seinen Fängen – sind ihre Begeisterungsstürme noch nicht abgeflaut. Und in der Weihnachtszeit gelingt es ihr sogar, Claudia davon zu überzeugen, im nächsten Sommer nochmals in die Stadt ihrer Träume, diesmal aber gemeinsam mit ihr zu reisen. Claudias Einwand, Angst vor dem Fliegen zu haben, zerschlägt sie kurzerhand: »Wie willst du das beurteilen, ohne jemals geflogen zu sein, he? – Du kannst dir gar nicht vorstellen, welche wundersamen Empfindungen so hoch über den Wolken geweckt werden. Ich finde es toll, auf diese Weise Gott ein Stück näher zu sein!«

Noch bevor das Jahr zu Ende ist, melden sich die beiden beim Reisebüro für eine Sommerreise an. Es besteht die berechtigte Hoffnung, dass es im Juni 1980 damit klappen könnte. Die Planung des Jahresurlaubs scheint damit unter Dach und Fach zu sein.

Mitte Januar befallen Lucretia erneute Ängste. Tagelang quält sie sich mit Schlaflosigkeit herum, grübelt über den Sinn des Lebens, verkriecht sich in ihr seelisches Mauseloch. Doch diesmal sucht sie einen Facharzt auf. Der erkennt auch gleich das Problem. Seine Diagnose: Endogene Depression. Er will sie zu einem stationären Aufenthalt in einer psychiatrischen Klinik bewegen. Doch dagegen sträubt sie sich vehement, meint, dass eine ambulante Behandlung für sie viel günstiger wäre. Und der Arzt vertraut ihr, verschreibt Medikamente und verordnet eine psychotherapeutische Behandlung in einer Gesprächsgruppe. Eine Zeitlang geht sie mehrmals wöchentlich zu deren Sitzungen, doch sie scheut sich, ihr Innenleben vor anderen zu entblößen. So macht sie nur halbherzig mit, und als sie eine plötzliche Besserung ihres Zustandes verspürt, bricht sie die Gruppentherapie kurzerhand ab.

Es scheint ihr, dass das therapeutische Palaver in der Gruppe keinen Nutzen bringt und sie sich letzten Endes nur selbst helfen kann. Deshalb beschränkt sie sich darauf, brav ihre Medikamente zu schlucken. Und siehe da: Die Depressionen verschwinden.

Dieser erfreuliche Umstand und das Frühlingserwachen mobilisieren ihre Lebensgeister. Sie geht mit Elan ihrer schweren pflegerischen Tätigkeit nach, ist ausgeglichen und zufrieden, richtet ihre Lebensperspektive neu aus und gerät zuweilen in solch euphorische Stimmung, dass sie die ganze Welt umarmen könnte. Claudia ist über alle Maßen verwundert, wie gut es ihrer Schwester jetzt geht, die nun auch die Eltern wieder häufiger besucht.

Und so vergehen die nächsten Monate ohne jegliches Anzeichen einer krankhaften seelischen Veränderung.

Am frühen Sonntagmorgen des 1. Juni 1980 sitzen Lucretia und Claudia erwartungsfroh im D-Zug nach Berlin, die Tickets für den Flug nach Leningrad im Reisegepäck. Gegen Mittag erreichen sie den Flughafen Schönefeld. Noch ist etwas Zeit für einen Imbiss. Zwei Stunden vor Abflug melden sie sich bei der Reiseleiterin. Sie wird in den nächsten beiden Wochen sorgsam darüber wachen, dass die Reisegruppe brav geschlossen bleibt. Es soll ein kollektives Erlebnis werden, nichts für Individualisten.

Als die Reisegruppe einen Bus besteigt, um irgendwo auf dem Flughafengelände zu dem dort wartenden Flieger zu gelangen, verspürt Claudia ein intensives, mulmiges Gefühl im Bauch. Jetzt könnte sie auf der Stelle kehrtmachen und würde alles dafür geben, auf festem Boden bleiben zu können. Zu spät. Lucretia, die das Unbehagen ihrer Schwester bemerkt, beruhigt sie mit der Gelassenheit eines Flugprofis.

Die Tage in Leningrad vermitteln unzählige bleibende Eindrücke. Auch Claudia ist begeistert, bereut keineswegs, sich auf dieses Unterfangen eingelassen zu haben. Mit Interesse, Bewunderung, Ausdauer, frohem Sinn, aber auch kritischer Distanz zu manchen Realien im Mutterland des Sozialismus nehmen die beiden Schwestern die große, schöne Stadt in sich auf, auch wenn allabendlich lindernde Fußbäder angesagt sind. Plötzlich, zwei Tage vor der Heimreise, zeigt Lucretia eine jähe Unlust für weitere Unternehmungen. Sie klagt über Müdigkeit und Erschöpfung, will lieber im Hotelzimmer bleiben und sich ausruhen.

Claudia vermutet, dass Lucretias bisheriger touristischer Tatendrang ihre körperlichen Kräfte aufgebraucht hat, fragt aber, um sicher zu gehen: »Sonst ist nichts weiter? – Du bist wirklich nur müde und kaputt?«

»Ja, ich bin total breit von der vielen Lauferei und möchte nur schlafen«, antwortet Lucretia und drängt die Schwester, sie möge ihr Tagesprogramm deshalb nicht abbrechen.

Als Claudia am Abend zum Hotel zurückkehrt, liegt Lucretia immer noch im Bett, die Decke weit über den Kopf gezogen. Doch sie schläft nicht.

»Mir geht's nicht besonders«, klagt sie, »ich kann auch nicht schlafen, habe den ganzen Tag nur gedöst. Appetit habe ich auch nicht.«

»Hast du 'ne Depression?«, fragt Claudia besorgt.

»Nee, ich glaube nicht, habe alles im Griff. Du brauchst dich nicht zu sorgen. Morgen wird's mir wieder besser gehen«, beruhigt Lucretia ihre Schwester.

Auch am nächsten Tag, es ist der letzte vor der Rückreise, hat sich Lucretias Zustand nicht gebessert. Ihr Gesicht ist blass, wirkt müde und um Jahre gealtert. Die Kraft und Antriebslosigkeit haben zugenommen. »Der Teufel in meinem Leib macht mich fertig«, stöhnt sie. Und nur mit äußerster Anstrengung gelingt das Kofferpacken.

»Wirst du's bis nach Hause schaffen, wir haben einen langen Weg?«, will Claudia wissen.

»Doch, doch, es wird schon gehen. Ich packe das schon«, antwortet Lucretia müde.

Rückreise am Samstag, dem 14. Juni 1980. Lucretia fühlt sich ein wenig besser. Doch der Tag wird für beide eine Tortur: Frühzeitiges Aufstehen, schnelles Frühstück. Warten. Hastiger Transfer zum Flughafen. Dann langes Warten. Flug nach Berlin. Wieder langes Warten. D-Zug ab Berlin, mehrere Stunden Fahrt. Glücklicherweise haben sie Platzkarten, denn der Zug ist proppenvoll. Kurz nach 20.00 Uhr endlich in Erfurt. Welch eine Fügung: Sie erhaschen ein Taxi. Claudia begleitet ihre Schwester nach Hause.

»Am Montag gehst du zum Arzt. Versprichst du mir das?«, fordert Claudia.

»Ja, ich glaube, es geht nicht anders«, jammert Lucretia. Sie hält die Augen halb geschlossen, als ob sie das Licht blende. Ihre Brauen haben sich finster-traurig zusammengezogen, zwischen ihnen bilden sich hässliche Sorgenfalten.

»Soll ich bei dir bleiben?«, fragt Claudia ernst.

»Nein, bitte, lass mich allein. Ich schaffe das schon. Und Montag geh ich zum Arzt«, verspricht Lucretia.

»Vorsichtshalber nehme ich deine Zweitschlüssel von der Wohnung mit. Wenn du die Tür hinter mir abschließt, zieh den Schlüssel raus, damit ich reinkomme. Spätestens morgen Abend bin ich wieder hier, klar?«, sagt Claudia bestimmend.

»Ist gut, geh nur, lass mich, mach dir keine Sorgen!«, ist Lucretias letzter Satz. Sie begleitet Claudia zur Tür, die sie dann geräuschvoll verschließt.

Claudia schläft lange in den Sonntag hinein. Dann gibt es zu tun: Die Wäsche aus dem Koffer ist zu waschen, die Eltern müssen besucht werden, wollen schließlich auch wissen, wie die Reise war. Endlich, am späten Nachmittag, fährt sie zu Lucretia. Deren Fenstervorhänge sind noch zugezogen. Man kann es von der Straße aus sehen. Claudia klingelt. Vergeblich. Sie wird noch schlafen, denkt sie und öffnet behutsam die Tür.

Drinnen packt sie das pure Entsetzen: Lucretia liegt, seitwärts geneigt, reglos auf der Schlafcouch. Ihre Augen sind trübe, spaltweit geöffnet, ohne jegliches Leben. Die rechte Hand ragt ein wenig unter der Decke hervor. Blaurote, großflächige Verfärbungen der Finger und der Unterseite des auf der Matratze aufliegenden Armes sind sichere Zeichen ihres Todes, der schon vor vielen Stunden eingetreten sein muss. Verzweifelt streicht Claudia über Lucretias blasse Wangen. Dort sind keine solch schrecklichen Flecke. Vielleicht ist noch etwas Leben in ihnen? Doch sie sind so kalt, als wäre Winter. Sie schreckt zurück. Jetzt weiß sie: Lucretia ist tot. In ihrer Fassungslosigkeit fällt sie vor der toten Schwester auf die Knie und betet. Es ist ein langes Gebet, viele Minuten dauernd. Dann hat sie sich etwas beruhigt. Jetzt sieht sie sich im Zimmer um: Die Koffer sind noch nicht ausgepackt. Auf dem Tisch liegen Dutzende Reiseprospekte, Postkarten, Souvenirs, das Flugticket, der Reisepass – Relikte eines längst vergangenen Erlebnisses. Daneben ein leeres Wasserglas, eine fast geleerte Flasche Rotwein. Und: Wie achtlos weggeworfen, fünf leere Tablettenröhrchen des stark wirkenden Medikaments Kalypnon, ein barbitursäurehaltiges Schlafmittel.

Doch da liegen auch mehrere Blatt Papier, eilig beschrieben. Es sind Lucretias letzte Worte, gerichtet an ihre Familie. Sie machen die ganze Tragik der schwerwiegenden Symptomatik deutlich, die Lucretia selbst nicht zu bändigen vermochte.

Zurück bleiben die Nächsten. Sie werden alsbald von Schuldgefühlen geplagt, ob sie die Gefährlichkeit der seelischen Störungen Lucretias nicht leichtfertig unterschätzt haben und ein solch tragisches Ende hätten vermeiden können.

Der geschilderte Fall zeigt die Entwicklung eines Suizids aus vermutlich psychotischer Ursache. Lucretia Wildenbruchs Gemütszustand weist schon seit der Zeit vor dem Abitur psychische Auffälligkeiten, später sogar ernstzunehmende Symptome des Krankhaften auf. Eine psychotherapeutische Betreuung, mehr noch eine längerfristige, stationäre Therapie hätte ihr helfen können.

Alle Selbstmorde sind Ausdruck abnormer Seelenzustände. Bei den meisten Suizidenten liegen somit psychische Ausnahmesituationen vor, die bis an die Grenze zum Psychopathologischen führen. Freilich: Suizide auf der Grundlage echter psychotischer Ursachen machen nur etwa zehn Prozent aus. Doch allzu leicht werden auch nichtpsychotische Suizide in das Klischee psychotischer Vorgänge übernommen. Unabhängig davon, welche der beiden Ursachen im Einzelfall vorliegt: Nur die Hilfe durch einen erfahrenen Psychotherapeuten bietet die Gewähr, einen Suizid zu verhindern. Jeder Versuch, die bedrückende Seelennot durch Ablenkung, Zerstreuung oder Arbeit selbst und ohne psychothe-

rapeutische Maßnahmen überwinden zu wollen, schiebt das Problem nur vor sich her und ist letztlich zum Scheitern verurteilt.
Die Schlafmittelvergiftung ist eine sehr häufige Selbsttötungsart. Sie hat in den letzten Jahrzehnten weiter zugenommen, und hat die Vergiftung durch kohlenmonoxidhaltiges Haushaltsgas abgelöst. Die Ursache dafür liegt in der Tatsache, dass das bisherige hochgiftige, kohlenmonoxidhaltige Stadtgas durch das weniger giftige Erdgas ersetzt wurde. Auch die relativ leichte Beschaffungsmöglichkeit der vielzähligen Schlafmittelprodukte begünstigen diesen Trend, selbst wenn sie unter Rezeptpflicht stehen. Die Präferenz hängt aber auch mit der vom Suizidenten angenommenen oder gewünschten schmerzlosen Todesherbeiführung zusammen. Es ist auffällig, dass unter den Schlafmittelvergiftungen der Anteil weiblicher Suizidenten deutlich überwiegt.
Die Giftwirkung beruht auf einer Lähmung des Zentralnervensystems. Die letale Dosis der verschiedenen Barbiturat-Produkte ist unterschiedlich, weil sie ungleiche Ausscheidungszeiten besitzen. Bei Substanzen mit langsamer Ausscheidung kann durch additive Wirkung eine tödliche Vergiftung auch dann erfolgen, wenn die letale Dosis nicht auf einmal, sondern über einen bestimmten Zeitraum hinweg in kleineren, an sich gefahrlosen Einzeldosen, eingenommen wird.
Für barbiturathaltige Schlafmittel gilt eine tödliche Dosis von ca. fünf bis zehn Gramm. Das entspricht einer Menge von zwanzig bis vierzig Tabletten. Bei barbituratfreien Schlafmitteln liegt sie dagegen wesentlich höher und erfasst Mengen von achtzig bis einhundertzwanzig Tabletten. Die Giftwirkung wird bei gleichzeitigem Genuss von Alkohol wesentlich verstärkt. Allerdings misslingen viele Suizide durch Schlafmittelvergiftung. Die Gründe dafür liegen in den hohen Tablettenmengen, die eingenommen werden müssen. Bei eingetretener Bewusstlosigkeit kann sich durch Erbrechen des Mageninhalts die Giftmenge so reduzieren, dass keine Letalität mehr erreicht wird. Da die Giftwirkung

erst nach einer bestimmten Zeit einsetzt, besteht auch die Möglichkeit, den Betreffenden rechtzeitig aufzufinden und geeignete Reanimationsmaßnahmen zu veranlassen.

Mann im Gleis

Magdeburg, im Frühjahr 1983, Vormittagssprechstunde in der Poliklinik der Medizinischen Akademie.

Am Fenster der Patiententoilette in der inneren Abteilung steht ein Mann und raucht. Es ist Arno Beskow, 54-jährig, von kräftiger Statur, mit hagerem Gesicht und schütterem grauem Haar. Zwischen dem Zeige- und Mittelfinger seiner rechten Hand, deren gelblich-braune Hautverfärbungen untrügliche Zeichen starken Zigarettenkonsums sind, hält er eine glimmende Club, zu DDR-Zeiten die Marke der Besserverdienenden.

Mit tiefen Atemzügen inhaliert er ihren blauen Dunst. Die penetrante Geruchsmixtur aus menschlichen Ausscheidungen, Desinfektionsmitteln und kaltem Tabakrauch verleiht dem stillen Örtchen eine zweifelhafte Behaglichkeit, doch Arno Beskow nimmt dies nicht wahr. Während überall in der Klinik kleine rote Täfelchen Rauchverbot verkünden, ist dies nämlich der einzige Ort, an dem die Wartezeit mit Nikotingenuss überbrückt werden kann.

Ein zweiter, etwas jüngerer Mann betritt die Szene. Auch sein Interesse gilt nicht dem eigentlichen Verwendungszweck des Raums. Er fingert eine Zigarette aus einer Schachtel F6, klemmt sie sich zwischen Zeige und Mittelfinger, hält sie vor den Mund und steuert auf Arno Beskow zu. Der scheint dessen Anliegen bereits zu erahnen. Noch ehe der andere seine Frage nach Feuer ganz ausgesprochen hat, ist Beskow mit seinem Feuerzeug zur Stelle.

Nun rauchen beide Männer, und die Kommunikation nimmt ihren Lauf:

»Wart'ste ooch schon so lange?«, fragt der Jüngere.

»Ja, das dauert ewig. Der ganze Vormittag geht drauf«, ärgert sich Arno Beskow.

»Was fehlt'n dir?«, will der andere nun wissen.

»Ich musste zum Röntgen. Die Lunge, verstehst du. Ich habe seit Wochen so'n komischen Husten, aber erkältet bin ich nicht. Jetzt warte ich auf den Befund!«

»Ach so! Na, und ich ..., ich hab's mit'm Magen. Zwee Drittel ham'se mir schon rausjenommen, vor zwee Jahre. Nu muss ich widder zur Untersuchung«, teilt der Jüngere mit. Der Dialog wird unterbrochen:

Ein dritter Mann betritt den Raum. Doch er geht zielstrebig auf eines der Pissoirbecken zu. Umständlich nestelt er an seinem Hosenschlitz. Es folgt ein kurzer, angespannter Blick auf einen imaginären Punkt innerhalb des Keramikbeckens. Als die ganze Prozedur beendet ist, wendet sich der Mann den beiden Rauchern zu: »Heißt einer von Ihnen Beskow?«

Der Angesprochene ist erstaunt: »Ja, ich!«

»Ich glaube«, setzt der Mann am Becken fort, »Sie wurden schon ein paar Mal aufgerufen.«

Beskow drückt die Zigarette aus und verlässt flugs den ungastlichen Ort. Schnurstracks meldet er sich bei der Dame an der Anmeldung: »Beskow, mein Name! Hatten Sie mich schon aufgerufen?«

»Na, junger Mann, alles wartet schon auf Sie. Haben Sie Tomaten auf den Ohren?«, erregt sich die Schwester.

»Tschuldigung«, lenkt Beskow ein. »Ich war nur eine rauchen!«

»Sie halten den ganzen Betrieb auf«, ereifert sich die Vertreterin des staatlichen Gesundheitswesens, wird dann aber versöhnlich: »Dann gehn Se mal zum Sprechzimmer neun, der Doktor wartet schon auf Sie!«

Beskow klopft zaghaft an die ihm zugewiesene Tür. Eine Schwester öffnet ihm:

»Herr Beskow?« fragt Sie freundlich. Er will erklären, warum er sich verspätet hat, doch sie kommt ihm zuvor: »Nehmen Sie einen Augenblick Platz, Herr Doktor kommt gleich!«

Die Schwester verschwindet in einem Nebenraum. Beskow setzt sich auf den Stuhl vor dem Schreibtisch und wartet. Eine Minute später erscheint ein Mann im weißen Kittel, ein Stethoskop um den Hals, eine Patientenakte und zwei Röntgenaufnahmen in der Hand. Er wirft einen kurzen Blick auf Beskow:

»Na, da sind Sie ja!«

Beskow erklärt: »Ich war nur eine rauchen …«

Mit einer Kopfbewegung macht der Doktor deutlich, dass ihn die Gründe für die Verspätung nicht weiter interessieren. Mit kurzem Ruck klemmt er die beiden Röntgenaufnahmen an die leuchtenden Milchglasscheiben und fragt beiläufig: »Wie viel rauchen Sie denn so am Tag?«

»So zwischen zwanzig und dreißig«, antwortet Beskow unschuldig.

Der Mann im weißen Kittel betrachtet die Röntgenbilder eine Zeitlang, ohne ein Wort zu sagen. Sein Gesicht wird dabei zunehmend ernster.

»Tja, Herr Beskow«, beginnt der Arzt seine Erklärung, »ich will es Ihnen nicht verschweigen. Das hat das Rauchen verursacht. Sehen Sie hier …« Er umkreist mit dem Zeigefinger eine kleine helle Stelle auf dem Röntgenbild: »Da ist ein Tumor an den Bronchien. Der verursacht das ständige Husten.«

Arno Beskow wird kreidebleich, stöhnt verzweifelt: »Das ist das Ende!«

»Na, na, na«, versucht ihn der Arzt zu beruhigen, »noch wissen wir überhaupt nicht, ob es ein Bronchialkarzinom ist. Es kann ebenso ein Adenom, also etwas Gutartiges sein. Das müssen wir noch weiter untersuchen. Wir machen erst mal eine Computertomographie. Außerdem gucken wir uns die Bronchien mal von innen an. Wir zwicken ein Stück vom Gewebe raus und untersuchen es. Dann wissen wir mehr. Machen Sie sich jetzt keine unnötigen Sorgen. Nur: Stellen Sie das Rauchen ein, ganz konsequent!«

Beskow nickt, doch sein Kopf ist leer. Er hustet trocken, schaut den Arzt mit großen, angstvollen Augen an und fragt: »Können Sie mir das noch mal erklären?«

»Natürlich«, meint der Arzt und doziert: »Also: Es kann eine gutartige Geschwulst sein. Dann operieren wir sie ganz in Ruhe raus. Denn sie könnte jederzeit bösartig werden. Aber um das rauszukriegen, müssen wir erst eine Bronchoskopie machen. Natürlich unter Narkose. Und dabei entnehmen wir ein winziges Stück Gewebe. Dann wissen wir genau, ob die Geschwulst bösartig ist. Und sollte sie es sein, gibt es immer noch Mittel und Wege. Doch das soll uns jetzt nicht belasten. Und die Computertomographie: Sie ist ein computergestütztes Röntgenverfahren. Da machen wir schichtweise Aufnahmen. So entgeht uns nichts.«

»Es ist bestimmt was Bösartiges!«, klagt Beskow.

»Ich will Ihnen nichts vormachen, aber das weiß ich wirklich nicht«, versucht der Arzt ihn zu beschwichtigen.

»Wie lange habe ich noch zu leben, wenn es bösartig ist?«, fragt Beskow ängstlich. Eine kurze Hustenattacke überfällt ihn: Es ist ein trockenes, heiseres Bellen, das Schmerzen in der Brust hervorruft.

»Guter Mann, nun bleiben Sie mal ganz ruhig! Als erstes hören Sie mit dem Rauchen auf. Das hat Vorrang vor allem anderen! Und zweitens warten wir die Untersuchungsergebnisse ab. Machen Sie sich also jetzt nicht verrückt. Bei allem Ernst der Sache!«, ermahnt ihn der Arzt, »Ich schreibe Ihnen eine Überweisung zur CT. Holen Sie sich dann an der Anmeldung einen Termin. Soll ich Sie krankschreiben?«

»Nein, nein, das geht nicht. Ohne mich läuft's nicht!«, jammert Beskow.

»Was arbeiten Sie denn?«, fragt der Arzt.

»Ich bin Dachdeckermeister, habe einen kleinen Betrieb mit ein paar Angestellten. Ohne mich geht da alles drunter und drüber. Da kann ich nicht einfach krankmachen!«

Der Mann in Weiß wechselt das Thema: »Haben Sie beim Husten manchmal einen blutigen Auswurf?«

Beskow verneint.

»Fühlen Sie sich körperlich noch so fit, dass Sie arbeiten können?«, fragt der Arzt weiter.

»Doch, doch«, meint Beskow selbstbewusst.

»Na gut, dann gehen Sie mal arbeiten! Aber denken Sie daran: Keinen Glimmstengel mehr!«, ermahnt ihn der Doktor.

Arno Beskow unterhält im Norden Magdeburgs, in der Nähe des Zoologischen Gartens, eine kleine Firma mit Kontor, vier Angestellten, einer Lagerhalle und mehreren Baufahrzeugen. Seine Gattin erledigt die Büroarbeiten. Manchmal hilft dabei die Tochter, die mit einem Musiker des Maxim-Gorki-Theaters eheliche Bande geknüpft hat. Neben dem Betriebsgelände, das einstmals zur längst nicht mehr existierenden Gärtnerei seiner Eltern gehörte, steht sein schmuckes, geräumiges Einfamilienhaus. Vor Jahren selbst erbaut, steckt viel Schweiß, Geld und Ärger darin. Nun ist es sein ganzer Stolz. Er hat längst gelernt, mit den Widrigkeiten sozialistischer Planwirtschaft und den knappen Zuteilungen, die der volkseigene Baustoffgroßhandel parat hat, zu leben. Wenn der Mangel auch nahezu das ganze Land beherrscht, über einen Mangel an Aufträgen kann er sich nicht beklagen. Sie sichern ihm ein überdurchschnittliches Lebensniveau: Beachtliches Sparkonto, Nobelkarosse Lada, Zweihundert-Liter-Meeresaquarium im Wohnzimmer, Sauna im Keller, Swimmingpool und viele nützliche Beziehungen zu Vertretern anderer Gewerke.

Als Arno Beskow die Poliklinik verlässt, fühlt er sich hundeelend. Die emotionslose Mitteilung des Arztes hat nicht nur die quälende Befürchtung ausgelöst, sein Leben könne womöglich auf so hinterhältige Weise bald beendet sein, sondern vor allem die Angst vor einer Chemotherapie entfacht. Er weiß: Rücksichtslos greift sie den ganzen Menschen an, schwächt sämtliche Lebensgeister und nährt lediglich unsinnige Hoffnungen, nur um das Ende ein paar Monate hinauszuzögern. In dieser Hinsicht kann ihm niemand etwas vormachen. Immerhin hat er bei seiner Mutter hautnah miterlebt, wie sie vor einigen Jahren von einem Unterleibskrebs dahingerafft wurde, und wie sie vorher die Qualen mehrerer Operationen und Chemotherapien erduldete. Und alles war sinnlos.

Er bezweifelt, ob die Ärzte ihm überhaupt klaren Wein über seinen Zustand einschenken werden. Vielmehr glaubt er, dass sie sich aus Bequemlichkeit hinter der ärztlichen Schweigepflicht verschanzen.

Beskow will nicht begreifen, warum das Zigarettenrauchen das Übel ausgelöst haben soll. Denn: Sein Vater, der inzwischen über achtzig Jahre alt ist und jetzt unbeschwert in einem Altersheim lebt, erfreut sich bester Gesundheit. Und das, obwohl dieser seit seiner Jugend raucht, und nicht nur Zigaretten, sondern auch Zigarren.

Während er seinen Gedanken nachhängt, wird Arno Beskow immer wieder von heftigen Hustenanfällen geplagt, die ihn unmissverständlich daran erinnern, dass in seiner Brust ein gefährlicher Prozess abläuft. Und er entschließt sich, nicht mehr zu rauchen. Angst schafft Nichtraucher. Wenigstens, bis alle Untersuchungen abgeschlossen sind und die Befunde vorliegen. Dann will er neu entscheiden.

Als er zur Mittagszeit das Kontor seines Betriebes betritt, hat er die schreckliche Offenbarung des Arztes einigermaßen verdaut und sein künftiges Verhalten konzipiert: Er will nicht an das Schlimmste denken, sich nicht unnötig in Panik versetzen, solange die Untersuchungen kein sicheres Ergebnis erbracht haben. Er will auch die Gattin nicht beunruhigen. Sie soll im Unklaren bleiben. Deshalb flunkert er ihr vor, die Röntgenaufnahmen haben nichts erbracht. Er schränkt ein, in einigen

Tagen wieder zur Klinik zu müssen, weil man nun seine Luftröhre von innen untersuchen will.

In der folgenden Zeit fühlt sich Arno Beskow ziemlich wohl. Der Reizhusten hat sich nicht verstärkt. Auch die Schmerzen hinter dem Brustbein sind erträglich. Irgendwie scheint die akute Lebensangst eingedämmt zu sein. Er verspürt sogar unbändige Lust zu rauchen. Doch eiserne Disziplin drosselt das Verlangen. Nur das mulmige Gefühl, was es mit der Computertomographie auf sich hat, lässt ihn nicht los. Und je näher der Termin rückt, umso stärker quälen ihn Ängste.

In der Radiologischen Abteilung der Medizinischen Akademie gibt sich Arno Beskow zur vereinbarten Zeit ganz seinem Schicksal hin. Die röhrenförmige, geheimnisvolle Apparatur, in die er Kopf voran hineingeschoben wird, flößt ihm einen Riesenrespekt ein. Seine Befürchtung bestätigt sich nicht: Die Untersuchung verursacht keinen Schmerz. Außerdem dauert das Procedere nur einige Minuten. Dann wird er entlassen, und er ist zufrieden.

Nun steht ihm noch die Bronchoskopie bevor, die eine Woche später ambulant durchgeführt werden soll. Es beruhigt ihn, dass eine Kurzzeitnarkose ihm Sinne und Empfindungen nehmen wird, obwohl ihm das Ganze sehr unangenehm erscheint. Als er dann mit soldatischer Pünktlichkeit an die Zimmertür mit der Aufschrift »Endoskopie« anklopft, erscheint eine freundliche Schwester, die ihm zunächst eine Tablette, wie sie sagt, zur Beruhigung, offeriert. Dann soll er bis zum Aufruf im Warteraum Platz nehmen.

Dort sitzen bereits zwei ältere Männer in Bademänteln, stationäre Patienten aus der oberen Etage. Sie reden miteinander. Aber ihre Stimmen sind entartet, klingen farblos, heiser krächzend und undeutlich, als ob die Stimmbänder ohne Funktion wären. Beskow ist entsetzt, nimmt an, dass sie aus einer künstlichen Öffnung unterhalb des Kehlkopfs sprechen, aus der er heftige, röhrende Atemgeräusche vernimmt. Sofort hat er den unheimlichen Verdacht, dass die Männer ein ähnliches Schicksal erlitten, wie es ihm bevorstehen könnte. Deshalb will er wissen, woran die beiden leiden.

Behutsam stellt er seine Frage. Und seine Befürchtung bestätigt sich: Kehlkopfkrebs.

Tausend angstvolle Gedanken schwirren nun durch sein Hirn. Sie werden immer wieder auf die eine Frage gelenkt: »Habe ich Krebs?« Und je mehr er darüber grübelt, umso fester reift sein Entschluss, sein Leben gewaltsam zu beenden, wenn diese heikle Frage jemals bejaht werden sollte. Keineswegs will er sich dann zum Objekt eines hoffnungslosen Herumdokterns machen lassen. Hauptsache ist, ihm bleibt Kraft und Gelegenheit, seine persönlichen Dinge und die Betriebsangelegenheiten zu ordnen. So will er sich ohne Groll aus dem Diesseits verabschieden. Beskows Gedanken werden jäh unterbrochen: Die freundliche Schwester ist erschienen und fordert ihn mit der Bemerkung:

»Es kann losgehen!«, zum Mitkommen auf. Klopfenden Herzens folgt er ihr in den Endoskopie-Raum.

Eine reichliche Stunde später ist alles vorbei. Wieder sitzt er im Warteraum. Nur diesmal wartet er auf seine Tochter, die ihn wie verabredet nach Hause abholen wird. Es ist gut, dass er ohne Auto ist. Auch wenn die Narkose nur kurz war, fühlt er sich noch ein wenig benommen. In diesem Zustand könnte er kein Auto lenken. Beskow ist zufrieden, alles überstanden zu haben, fühlt, bis auf ein leichtes Kratzen im Hals, das er als Indiz für den diagnostischen Eingriff ansieht, keinen Schmerz. Das wundert ihn: Bislang hatte er angenommen, die Entnahme einer Gewebeprobe würde nachhaltige Schmerzen verursachen. Nun klammert er sich an die Hoffnung, der Arzt würde ihm bald mitteilen können, dass die Geschwulst in seiner Luftröhre gutartig ist.

Als seine Tochter ihn wenig später nach Hause kutschiert, berichtet er über seine Erlebnisse. Doch ihr fällt ein Umstand auf: Der Anblick der beiden Männer im Warteraum muss ihn innerlich so nachhaltig beschäftigen, dass er deren Zustand ausführlicher und emotionaler beschreibt als seinen eigenen.

An den folgenden Tagen ist Arno Beskow heiter und ausgeglichen. Optimismus und Arbeitseifer sind zurückgekehrt. Gern würde er rauchen. Er unterlässt es. Zu tief sitzt die Angst vor einem schlimmen Ende. Dem leicht blutigen Auswurf, den er bei einer seiner Hustenattacken bemerkt, misst er keine weitere Bedeutung zu und führt ihn kurzerhand auf die ärztliche Manipulation zurück, durch die vermutlich seine Bronchien beschädigt wurden.

Mit Spannung erwartet er den Termin des nächsten Gesprächs mit seinem Arzt. Doch er kann es nicht glauben, das Ergebnis ist niederschmetternd: Bösartiges Tumorgewebe. Für einen Augenblick fühlt er eine Blutleere im Gehirn, die alles Denken auslöscht. Er ist der Verzweiflung nahe, könnte heulen wie ein Kind. Nur äußerlich gibt er sich erstaunlich ruhig. Der Arzt redet beruhigend auf ihn ein, erläutert die nächsten therapeutischen Schritte. Aber Arno Beskow hört ihm gar nicht zu, nickt nur hin und wieder mit dem Kopf. Seine Gedanken sind ganz woanders: Er muss das Unfassbare zunächst verarbeiten. Erst als der Arzt sagt: »Wir müssen Sie dann stationär aufnehmen«, konzentriert er sich wieder auf den Gesprächsgegenstand. Er bringt ein Bedenken vor: »Aber mein Betrieb, ich muss meine Abwesenheit erst vorbereiten!«

Der Arzt versteht das Problem und meint: »Gut, melden Sie sich bei mir, wenn sie alles organisiert haben!«

»Und wie viel Zeit habe ich dafür?«, fragt Beskow zaghaft.

»Ich rufe Sie an, wenn ein Bett frei ist. Aber rechnen Sie nicht vor zwei Wochen damit. Nur wenn es Ihnen schlecht gehen sollte, kommen Sie gleich!«

Arno Beskow ist auf seltsame Weise zufrieden: Das Schicksal gesteht ihm noch eine Galgenfrist zu, eine wichtige Zeit, die letzten Dinge seines Lebens zu ordnen. Denn sein Entschluss ist unumstößlich.

Wieder verschweigt er der Gattin die neuen Mitteilungen des Arztes. Er will sie nicht beunruhigen. Er vermutet, dass eine derart schlechte Nachricht sie fix und fertig machen könnte. Ihr Nervenzustand würde ihn vermutlich so belasten, dass er sich nicht auf das konzentrieren könnte, was ihm jetzt wichtig ist. So sucht er lediglich eine günstige Gelegenheit, um behutsam und unauffällig vorzufühlen, wie sie auf seinen Tod reagieren könnte. Nach einigen Tagen lenkt er das Gespräch unbemerkt auf den Tod seiner Mutter, die erst nach zwei Jahren unendlicher Qual und unwürdigen Dahinvegetierens von ihrem schweren Krebsleiden erlöst wurde. Beide erinnern sich an die schreckliche Zeit. Und Arno Beskow ist sehr beruhigt, als seine Ehefrau ihre schlimmen Empfindungen in dem kurzen, aber für ihn wichtigen Gedanken zusammenfasst: »Wenn sich Mutter damals umgebracht hätte, wie sie's ja vorhatte, als man den Krebs bei ihr feststellte, wäre ihr und uns vieles erspart geblieben. Ich hätt's ihr nicht verdenken können!«

Am Abend des gleichen Tages wird Beskow wieder von heftigem Husten durchgeschüttelt. Auch die Brustschmerzen sind stärker geworden. Und erstmals wird ihm bewusst, wie sehr er nach Luft ringen muss, um richtig atmen zu können.

Dienstag, der 26. April 1983. Obwohl das Frühjahr noch fast zwei Monate andauert, herrschen seit Tagen bereits hochsommerliche Temperaturen. Nur die Nächte bringen milde Kühle. Nun dämmert der Morgen, einen weiteren schönen

Tag ankündigend. Über dem Stadtteil Magdeburg-Sudenburg liegt immer noch nächtliche Stille. Die fleißigen Bürger liegen meist noch brav im Bettchen, um neue Kräfte für den nächsten sozialistischen Produktionsalltag zu sammeln. Nur auf dem Containerbahnhof ist man emsig bei der Sache: Ein Zug mit vierzehn Waggons Warenladung für Berlin wird zusammengestellt. Die hauptstädtische Versorgung muss gewährleistet sein. So will es die Partei. Denn die bevorzugte Belieferung Berlins ist ein Politikum. Man will ja dem internationalen Tourismus sozialistischen Wohlstand präsentieren.

Pünktlich um 3.45 Uhr verlässt der Zug Nummer Ce 46022 den Bahnhof Sudenburg in Richtung seines Bestimmungsortes, Containerbahnhof Berlin, Frankfurter Allee. Am Bedienungstisch der Diesellok sitzt der 32-jährige Lokführer, Reichsbahnobersekretär Stefan Wagner, verheiratet, zwei Kinder, wohnhaft in Magdeburg-Krakau. Sein Beimann, ein junger Reichsbahnunterassistent, ist erstmals mit Wagner unterwegs. Des selbständigen Führens von Triebfahrzeugen noch nicht kundig, wird dieser in den nächsten Stunden deshalb Dienstvorschriften, Signalstandorte und Langsamfahrstrecken pauken und dem versierten Lokführer über die Schulter schauen. So macht er sich fit für die bevorstehende Zugführerprüfung.

In Berlin sollen die Männer dann einen Güterzug zurück nach Magdeburg übernehmen. Stefan Wagner rechnet damit, am frühen Nachmittag wieder daheim zu sein. In dem Umstand, dass er Betriebseisenbahner wurde und nun große Züge führen darf, sieht er die Erfüllung eines langgehegten Kinderwunsches. Doch daran erinnert er sich längst nicht mehr. Jetzt will er sich zum Wohlgefallen seiner Vorgesetzten im Güterverkehr bewähren, damit sie ihm irgendwann einmal die Verantwortung für einen großen internationalen Personenzug, wie den BaltOrient-Express oder den »Meridian«, übertragen. So wecken erfüllte Träume immer wieder neue.

Ächzend rollen die stählernen Massen über den Schienenstrang, das Magdeburger Stadtgebiet durchquerend. Vor dem Hauptbahnhof steht das Vorsignal auf Halt, ein verspäteter D-Zug aus Marienborn hat Vorfahrt. Quietschend drücken die Bremsbacken auf die Räder, und es dauert einen Augenblick bis der Zug artig vor dem roten Licht stoppt. Nur die schweren Dieselmotoren tuckern noch im Leerlauf. So vergeht eine reichliche Viertelstunde. Dann erst hebt sich der Signalbalken, der vor dem Hintergrund des grauen Himmels nur als Schattenriss erkennbar ist. Sein grünes Licht gibt freie Fahrt. Langsam setzt sich der Zug in Bewegung, schneller und schneller donnern die Räder über die Gleise. Er passiert erst den S-Bahnhof Neustadt, ehe er hinter der Elbbrücke mit voller Fahrt den Biederitzer Wald durchquert, um dann nordöstlich in Richtung Genthin abzubiegen. Stefan Wagner und sein Beimann richten ihren Blick auf die Strecke, die mit dem erwachenden Morgen immer deutlicher zu erkennen ist. Ihre Unterhaltung ist knapp und beschränkt sich auf dienstliche Angelegenheiten. Erst nach einiger Zeit löst sich die Anspannung: Wagner weist auf seine Thermoskanne, die hinter ihm aus einer abgewetzten Aktentasche lugt und sagt: »Gieß uns mal 'nen Kaffee ein, echter ›Jacobs‹ von meiner Oma!«

Sein Beimann würdigt diese Gunst durch ein nachhaltiges Kompliment, denn Kaffee ist teuer – einhundertfünfundzwanzig Gramm Rondo kosten 8,75 Mark – und Westkaffee schmeckt einfach besser. Genüsslich schlürfen die Reichsbahner den heißen Muntermacher. Da bis kurz vor Burg die Strecke schnurgerade verläuft und erst dann das nächste Signal zum Langsamfahren auffordert, bringt Wagner den Zug auf eine Geschwindigkeit von hundert Stundenkilometer. Der stählerne Koloss donnert durch die Bördelandschaft. Plötzlich ruft der Beimann Wagner zu: »Da vorn liegt was!«

Mit höchster Konzentration starrt Wagner auf die Strecke,

die einen weiten Blick gestattet. Tatsächlich: Blitzschnell erfasst er, dass in etwa eintausend Metern Entfernung ein Gegenstand auf der rechten Schiene liegt. Er leitet die Notbremsung ein. Doch die viertausend PS der Diesellok, ihr Eigengewicht und der ungeheure Schub von vierzehn vollbeladenen Waggons erfordern einen langen Bremsweg. Bremsen kreischen, Druckluft zischt. Der Gegenstand vor dem Zug wird immer deutlicher: Dort liegt ein Mann, den Hals auf dem kalten Schienenstrang, den Körper lang ausgestreckt auf dem Schotter, im rechten Winkel zur Schiene. Jetzt wird der Zug langsamer. Doch unaufhaltsam nähert er sich dem Liegenden. Schon kann Wagner das Gesicht des Mannes und seine weit aufgerissenen Augen erkennen. Er sieht noch wie der Mann die Augen schließt. Dann ist sein Blick versperrt. Schon folgt ein kaum wahrnehmbares Holpern. Die erste Achse hat ihn erfasst, denkt Wagner. Sein Gesicht verzerrt sich, als würde er den kurzen Schmerz des Überrollens am eigenen Leib verspüren. Angstschweiß rinnt von seiner Stirn. Er kennt dieses leichte Holpern, hat es in seiner dreijährigen Tätigkeit als Lokführer bereits zweimal hören müssen und weiß, was es damit auf sich hat. Einen Menschen zu überfahren, ist das Schlimmste, was er sich vorstellen kann. Das schafft Ohnmacht und Schlaflosigkeit. Er zittert am ganzen Körper. Sein Beimann ist sprachlos, blass vor Schreck und für Momente zu keiner Reaktion fähig. Für ihn ist diese Situation gänzlich neu. Endlich: Nach langen Sekunden steht der Zug.

»So eine Scheiße! Nicht schon wieder!« stöhnt Wagner verzweifelt und klettert mit schlotternden Knien aus der Führerkabine. Sein Kollege folgt ihm, wortlos und mit bleichem Gesicht. Sie sehen den Körper des Mannes auf dem Schotter liegen, direkt zwischen der Lok und dem ersten Waggon.

»Vier Räder sind drüber gerollt«, stellt der Beimann richtig fest. Vorsichtig nähern sie sich. Ihnen bietet sich ein grässlicher Anblick: Der Körper eines Mannes im Ausgehanzug liegt im rechten Winkel zum Gleis auf dem Schotter. Der linke Arm ist vom Leib bedeckt. Es scheint, als hätte die rechte Hand die Schiene umfasst, denn sie ist völlig zermalmt. Die schmutzig-grauen Radspuren der Lok, die quer über die Schulter verlaufen, deuten an, dass dieser Bereich briefmarkenplatt zerquetscht wurde. Der Kopf des Mannes liegt mit dem Gesicht auf dem Schotter direkt hinter der Schiene. Der zu einem dünnen Hautschlauch zermalmte Hals bildet mit dem Kopf des Mannes noch ein Ganzes. Hellrotes Blut ist zwischen den Schottersteinen versickert.

»Was machen wir jetzt?«, fragt Wagners Kollege hilflos.

»Lok abkoppeln!«, befiehlt Wagner seinem Beimann und setzt fort: »Ich fahre ein Stück vor, werde über Zugfunk der Fahrdienstleitung Meldung erstatten. Die Strecke muss gesperrt werden. Polizei wird kommen. Vor Mittag werden wir nicht in Berlin sein!«

Um sie abzukoppeln, läuft der Beimann um die Lok herum auf die andere Seite des Gleises. Niemals hätte er gewagt, sich an dem toten Mann vorbeizuzwängen, nur um auf kürzestem Wege die Kupplung zu erreichen.

Nachdem Wagner die Lok eine gute Länge nach vorn versetzt hat, führt er ein Funkgespräch mit dem Dispatcher und meldet das Vorkommnis. Sodann betätigt er das Typhon und gibt mehrmals in schnellem Dreiertakt kurze Töne ab. Die Druckluftsirene dröhnt durch die Stille des Morgens und ist über weite Entfernung zu hören. Es ist das Notsignal der Eisenbahner. Dann ruft er aus dem Fenster der Führerkabine seinem Kollegen zu:

»Komm rein! Die Strecke ist gesperrt. Wir müssen warten!« Jetzt wäre Gelegenheit, Frühstück zu machen. Doch den Männern ist jeglicher Appetit vergangen. Noch einige Male lässt Wagner das Notsignal ertönen. Dann wendet er sich an seinen Kollegen, zeigt in Fahrtrichtung und stellt fest: »Da ist ein Bahnübergang. Von dort werden sie kommen!«

Minutenlang sitzen die Männer schweigend auf ihren Plätzen, hängen ihren Gedanken nach und müssen das unerwartete Geschehen erst verarbeiten. Als wolle Wagner sich selbst beruhigen sagt er plötzlich: »Ein Glück, dass der sich so hingelegt hat!« Der Beimann versteht nicht, sieht ihn fragend an, und Wagner erläutert seinen Gedanken: »Was meinst du, wie der ausgesehen hätte, wenn er zwischen den Gleisen gelegen hätte. Der wäre über den halben Zug verteilt, Hackfleisch, verstehst du!« Der Beimann verzieht das Gesicht. Er kann sich die Situation gut vorstellen. Wagner setzt fort: »Im vorigen Jahr habe ich einen Radfahrer überfahren. Besoffen war er. Schiebt das Rad über den Bahnübergang an der geschlossenen Schranke vorbei. So ein Idiot! Ich hatte volles Tempo drauf. Bums, da war's passiert! Erst einen Kilometer später hielt der Zug. Schrecklich! Die Leichenteile waren auf der ganzen Strecke verteilt! So was muss man erst verdauen. Das dauert Monate. Und knapp zwei Jahre vorher hatte ich ….«

Der Beimann unterbricht ihn angewidert: »Hör auf. Es reicht!«

»Schon gut«, lenkt Wagner wieder ein, »aber als Zugführer kann dir das eben passieren. Das muss man erst mal wegstecken können. Du stehst allein mit deinen Problemen, musst ja gleich wieder auf den Zug! Klar, die oben sagen, das kann jedem Mal passieren! Aber was in dir drinnen vorgeht, interessiert keinen!« Wagners Emotionen schlagen hohe Wogen. In seiner Stimme schwingt eine gehörige Portion Verbitterung mit. Der Beimann bemerkt die Erregung des Zugführers, versucht, die Wogen zu glätten, und fragt: »Gibt's in solchen Fällen keine psychologische Betreuung?«

Wagner reagiert abwehrend: »Wo denkst du hin! 'n paar Tage krankgeschrieben haben sie mich. Dann wieder rauf auf den

Zug! – Kollegen haben mir mal erzählt, ein Lokführer aus Halle ist deshalb durchgedreht, kam in die Klapsmühle. Jetzt ist er Invalidenrentner!«

Dänische Wissenschaftler fanden in den 80er Jahren bei der Untersuchung von Eisenbahnsuiziden heraus, dass jeder dritte bis vierte Zugführer mit suizidalen Überfahrungen konfrontiert wird. In nicht wenigen Fällen löst dies bei den Betroffenen zum Teil schwere, manchmal sogar längerfristige Störungen der Erlebnisverarbeitung aus. Die Gefährlichkeit psychischer Erschütterungen liegt vor allem darin, dass sich das Trauma hinter der Maske scheinbarer Gleichgültigkeit gegenüber dem Erlebnis erst nach Stunden oder Tagen offenbaren kann. Sowohl die Gefühlssphäre, das Denken und das Leistungsvermögen als auch vegetative Funktionen (z. B. Herz-Kreislauf, Verdauungsorgane) können dann ernsthaft gestört werden. Intensive psychotherapeutische Maßnahmen sind unausweichlich.

Es dauert nicht mehr lange und jede Menge höchst offizieller Leute erscheinen: Vertreter des Dispatcherdienstes, technisches Eisenbahnpersonal, Transportpolizei. Dann geht alles ziemlich schnell. Wagner und sein Beimann werden über ihre Wahrnehmungen befragt. Unterdessen besichtigen die Polizisten den Leichnam des Mannes. Vorsichtig von der Schiene bugsiert wird er dann am Rande der Gleisanlage, mit einer Plane zugedeckt. Jetzt kann Wagners Beimann die Lok wieder ankoppeln. Und kurz vor 8.00 Uhr setzt der Zug Ce 46022 seine Fahrt in Richtung Berlin fort.

Die Polizisten durchsuchen die Taschen des Toten. Doch das erfordert gehörige Überwindung. Auf der Körpervorderseite ist der Anzug ziemlich blutdurchtränkt. Mit spitzen Fingern tasten sie die Taschen ab. Vielleicht ist etwas zu finden, womit der Mann identifiziert werden kann. Vergeblich, kein Ausweis, kein Notizbuch in den Taschen, nur ein kleines Ledereetui in der Gesäßtasche und darin ein kleines Schlüsselbund mit einem Autoschlüssel darunter.

Als eine halbe Stunde später die Oberärztin des Gerichtsmedizinischen Instituts Magdeburg den Leichnam vor Ort untersucht, fördert sie aus der Innentasche der Jacke die blutdurchtränkten Fahrzeugpapiere zutage: Fahrerlaubnis, Zulassung und Berechtigungsschein. Jetzt sind die Personalien des Toten bekannt: Arno Beskow. Die Zeugenaussagen des Zugpersonals, die Auffindungssituation und das Ergebnis der gerichtsärztlichen Leichenschau lassen eine überzeugende Begründung für eine Selbsttötung zu. Um aber ganz sicher zu gehen, schlägt die Gerichtsärztin dennoch eine Obduktion vor.

Als Frau Beskow gegen 6.00 Uhr durch das Piepsen des elektronischen Weckers munter wird, ist das Bett neben ihr leer. Zunächst vermutet sie, ihr Mann sei bereits aufgestanden. Doch im ganzen Haus herrscht Stille. Sie steht auf und geht zum Bad. Aber dort ist ihr Mann nicht. Sie ruft seinen Namen – vergebens. Jetzt wird sie unruhig, sucht in jedem Raum der oberen Etage. Wieder nichts. Sie geht nach unten. Im Wohnzimmer brennt Licht, doch keine Spur vom Gatten. Auch in den Kellerräumen schaut sie nach. Das Auto ist nicht mehr in der Garage. Sie schlussfolgert richtig, dass er weggefahren sein muss. Irgendwie versteht sie sein Verhalten nicht, eilt nach oben ins Wohnzimmer. Jetzt erst entdeckt sie Schriftstücke auf dem Tisch, die ihr Mann dort abgelegt haben muss: Geschäftliche Verfügungen, Versicherungspolicen, ein Testament und ein Abschiedsbrief. Frau Beskow fühlt sich wie gelähmt. In ihrer Verzweiflung ruft sie die Tochter an. Und gegen 9.00 Uhr ist diese bei ihr.

Bald darauf erscheint die Polizei mit der erschütternden Mitteilung. Damit ist jede noch bestehende Hoffnung, dass Arno Beskow die Selbsttötungsabsicht vielleicht doch nicht verwirklichen könnte, endgültig vernichtet.

Noch am gleichen Tag entdeckt eine Polizeistreife in der Nähe der Ortschaft Möser auf dem Seitenstreifen der Landstraße Beskows abgestellten Lada.

Die nichtnatürlichen Todesfälle auf dem Gleiskörper sind zumeist Unfälle. Unaufmerksamkeit und Mängel an technischem Gerät bei Bahnwartungs- und Rangierarbeiten, unbefugter Aufenthalt auf dem Bahngelände, leichtfertiges Auf- und Abspringen bei in Fahrt befindlichen Zügen, Sturz durch geöffnete Türen während der Fahrt, sog. S-Bahn- und Eisenbahnsurfen bilden – meist im Zusammenhang mit alkoholischer Beeinflussung – die Hauptursachen.

Etwa ein Drittel der Todesfälle sind Suizide. Diese harte Begehungsweise wird von Männern bevorzugt. Der Anteil der Frauen liegt unter einem Drittel. Das Altersspektrum reicht von vierzehn bis fünfundsiebzig Jahre (und älter), verdichtet sich allerdings beträchtlich bei den 20- bis 60-Jährigen. Tatorte sind in der Regel abgelegene Gleisabschnitte, seltener das direkte Bahnhofsgelände. Die Betreffenden werden meist liegend (Kopf oder Rumpf auf der Schiene) oder hockend, seltener nach einem Sprung vor den fahrenden Zug (z. B. von der Bahnsteigkante) überfahren.

Das kriminalistisch-gerichtsmedizinische Interesse richtet sich dabei vor allem auf die Frage, ob der Betreffende tot oder lebend auf das Gleis geriet. Ihre Beantwortung ist eine wichtige Voraussetzung für den Ausschluss oder den Nachweis einer möglichen Täterhandlung. Der Nachweis sog. vitaler Zeichen beweist, dass die Überfahrung zu Lebzeiten des Betreffenden erfolgte. Fehlen sie, deutet das immer auf Fremdeinwirkung hin. Aber auch wenn sie vorliegen, ist spurenkundlich und durch die Obduktion zu klären, ob der Betreffende nicht in handlungsunfähigem Zustand auf den Gleiskörper gebracht wurde (z. B. bewusstlos oder gefesselt). Nur so ist eine kriminalistisch exakte Unterscheidung von Suizid, Unfall und Mord möglich. Die Untersuchung von Eisenbahnüberfahrungen zählt zu den schwierigsten Aufgaben der kriminalistischen Todesermittlung.

In der DDR fiel die Untersuchung von Todesfällen im Bahnbereich gewöhnlich in die Kompetenz der Transportpolizei. Doch namhafte Fachleute übten immer wieder Kritik an deren Untersuchungsqualität. Oft führten verkehrsökonomische Erwägungen, die Bahnstrecke schnell wieder freizugegeben, zu einer oberflächlichen Ermittlung. Auch bei Leichenzerstückelungen ging man häufig von der irrigen Annahme aus, auf eine exakte spurenkundliche Tatortarbeit und eine gerichtsmedizinische Sektion verzichten zu können, weil unter diesen Umständen keine nennenswerten Ergebnisse erwartet werden können. So blieb im Vergleich zu anderen Todesermittlungssachen der Einsatz von forensischen Spezialisten weit unter dem üblichen Niveau. Auf diese Weise wurden gravierende Untersuchungsmängel verursacht und gewissermaßen von Amts wegen Gründe für mögliche Straftatenlatenz gesetzt.

Doch diese Probleme sind beileibe nicht nur auf die Situation in der DDR beschränkt. Auch in der Bundesrepublik gilt: Gerade bei Todesermittlungen im Zusammenhang mit Eisenbahnüberfahrungen führen mangelnde Sachkunde und Zurückhaltung bei der Einbeziehung von Experten mitunter zu Untersuchungsfehlern.

Das Schweigen

Kurz vor Mitternacht, an einem Freitag im Juli 1971, Ende eines sonnenreichen, heißen Sommertages. Ein S-Bahnzug aus Richtung Friedrichstraße fährt zischend und polternd in den Bahnhof Alexanderplatz ein. Türen werden geöffnet, Menschen steigen aus und ein. Nur Sekunden dauert die Betriebsamkeit. Dann plärrt die blecherne Stimme des Zugabfertigers durch die Lautsprecher: »Strausberg einsteigen – zurückbleiben!« Zischend schließen sich die automatischen Türen. Und wieder dauert es nur Sekunden, bis sich das Scheppern des davonfahrenden Zuges im Dunkel verliert. Aufgeregt gestikulierend eilt eine kleine korpulente Frau vom hinteren Bahnsteigende auf den Mann mit der roten Dienstmütze zu und zeigt auf den in die Nacht verschwindenen Zug: »Schnell! Polizei! Halten Sie den Zug an! Da drin ist ein Sittenstrolch!«

Der Mann von der Reichsbahn gibt sich gelassen: »Anhalten? Wie stellen Se sich det vor, jute Frau? Wat meinen Se überhaupt mit Sittenstrolch?«

Die Frau kann sich nicht beruhigen, prustet voller Entsetzen: »Da im letzten Wagen wollte einer Sauereien mit mir machen!« Der Bahner beruhigt sie: »Na, dann komm' Se mal mit rin in die jute Stube, da sitzt eener von der Trapo, sozusagen wie bestellt!« Er führt sie zu dem gläsernen Häuschen der Zugabfertigung. Drinnen schlürft ein Transportpolizist einen Kaffee. Offensichtlich macht er gerade Pause von seinem eintönigen Nachtdienst. Die Luft in dem engen Raum ist voll Zigarettenrauch. Jetzt kann die Frau ihr wichtiges Anliegen vorbringen. Mit knappen Worten schildert sie dem Uniformierten das Erlebnis: Sie sei am Bahnhof Friedrichstraße in den letzten Wagen des Zuges nach Strausberg gestiegen. Ihr gegenüber habe auch ein Mann Platz genommen. Am Bahnhof Marx-Engels-

Platz wären zwei ältere Frauen zugestiegen, die sich aber in den vorderen Wagenteil gesetzt hätten. Zunächst sei der Mann ganz unauffällig gewesen, habe lediglich seine Aktentasche auf dem Schoß so merkwürdig verkrampft festgehalten. Plötzlich hätte er leise gezischt und sie dabei angestarrt, um sie auf sich aufmerksam zu machen. Sie hätte sagen wollen, dass sie keine Lust verspürte, sich von ihm anbaggern zu lassen. Doch der Mann habe seine Aktentasche angehoben und auf seinen geöffneten Hosenschlitz gezeigt, aus dem das steife Glied herausragte. Sie sei vor Angst aufgesprungen und bis zum Abteilende gelaufen. Der Mann wäre unterdessen auf seinem Platz sitzengeblieben. Glücklicherweise habe sie ungehindert aussteigen können, während der Mann weitergefahren sei.

»Beschreiben Sie den Mann!« verlangt der Polizist.

»Ich würde sagen: mittelgroß, Mitte Dreißig, gut angezogen, piekfein, verstehen Sie, so mit Schlips und Kragen. Rotbraunes Haar und kurzgeschnittener Vollbart, ebenfalls rotbraun.« Während der Gesetzeshüter eines der vor ihm stehenden Telefone zu sich heranzieht und irgendeine Nummer wählt, fragt er:

»Wollen Sie eine Anzeige erstatten?«

»Sicher, so was gehört doch hinter Gitter!« antwortet sie entrüstet.

Der Polizist telefoniert mit einem Kollegen vom Bahnhof Jannowitzbrücke, der nächsten Station. Die Frau versteht nur Wortfetzen: »Letzter Wagen. Vorläufige Festnahme. Vielleicht haben wir noch Glück. Mann, Mitte Dreißig, mit Vollbart und Aktentasche. Vermutlich Raushänger!« Dann legt er den Hörer auf und wendet sich an die Frau: »Geduld, wir müssen warten!« Drei Minuten später schrillt das Telefon. Eilig greift der Polizist zum Hörer. Wieder vernimmt die Frau nur seine kurzen Antworten: »Ja. In Ordnung. Ihr veranlasst das Weitere. Ich warte hier mit der Anzeigeerstatterin ... Ihr Name ... äh?«

Er stutzt, blickt die Frau fragend an. Sie versteht seinen Blick und sagt:

»Hirsemann, Lilo!«

Er nickt und spricht laut und deutlich in den Hörer: »Frau Hirsemann, Lilo!«

Nach dem kurzen Gespräch mit dem Mann am anderen Ende der Leitung, lehnt der Freund und Helfer sich siegesbewusst zurück und verkündet stolz: »Der Kerl ist gefasst! Aber mit der Anzeige müssen Sie noch warten. Die nimmt die Kriminalpolizei auf. Ein Funkwagen bringt sie hin!«

Als die erste Stunde des neuen Tages anbricht, gibt die 34-jährige Friseuse Lilo Hirsemann beim Kriminaldienst der VP-Inspektion Mitte ihre Wahrnehmungen in der S-Bahn zu Protokoll.

Ihre Erregung lässt nach, als der Beamte des Kriminaldienstes sie darüber informiert, dass das Verhalten des Mannes in der S-Bahn Exhibitionismus genannt und strafrechtlich verfolgt wird. Aber ansonsten sei das Geschehen eher als harmlos zu bezeichnen, wenn man von der Verletzung des moralischen Empfindens absieht. Nach seinen praktischen Erfahrungen zu urteilen, hätte zu keiner Zeit eine akute Gefahr für ihr Leben und ihre Gesundheit bestanden. Das beruhigt sie zusätzlich. Und sie ist restlos zufrieden, als ihr abschließend angeboten wird, ein Funkwagen würde sie bis zu ihrem Wohnhaus in Lichtenberg kutschieren.

Gegen zwei Uhr wird der vorläufig Festgenommene, ein 33-jähriger Arzt namens Dr. med. Uwe Eichelberg, wohnhaft in Heinersdorf, erstmals befragt. Die erkennungsdienstliche Prozedur hat er bereits schweigend über sich ergehen lassen:

Dreiteiliges Täterlichtbild, Abnahme von Fingerabdrücken. Er wirkt schüchtern und zurückhaltend. Während der Befragung bricht es aus ihm heraus: Weinend bedauert er den Vorfall in der S-Bahn. Eine plötzlich sexuelle Erregung und ein unaufhaltsamer, innerer Zwang haben ihn dazu getrieben, sein Geschlechtsteil vor der Frau zu entblößen. Verstandesmäßige Kontrollmechanismen seien dabei völlig außer Kraft gesetzt worden. Erst nachdem die Frau schreiend ihren Platz verlassen hatte, sei seine Kritikfähigkeit zurückgekehrt. Er mache sich nun schwere Vorwürfe, die Kontrolle über sich verloren zu haben, und sei entsetzt über sich selbst. Vor allem, weil er keinerlei sexuelle Probleme habe, seit zwei Jahren eine gute Ehe führe und an seinem kleinen Sohn hänge. Aber es sei plötzlich über ihn gekommen. Sein Verstand müsse total ausgesetzt haben, vermutlich begünstigt durch eine leichte alkoholische Beeinflussung. Anlass dafür sei eine private Zusammenkunft im Haus der DSF gewesen, zu der ein Kollege anlässlich seiner Facharztprüfung eingeladen hatte. Er wisse wohl, sich strafbar gemacht zu haben.

»Bin ich jetzt verhaftet?«, fragt er ängstlich.

»Das kommt darauf an, ob Sie Rückfalltäter sind«, antwortet der Kriminalist, »aber das kläre ich gleich!«

»Um Himmels willen, mit der Polizei hatte ich noch nie etwas zu tun!«, ächzt Dr. Eichelberg.

»Umso besser für Sie, aber ich prüfe Ihre Angaben erst«, entgegnet der Vernehmer, »nehmen Sie draußen solange Platz!« Eine lange halbe Stunde sitzt Eichelberg auf der Wartebank vor dem Zimmer des Kriminaldienstes, ganz seinem Schicksal ergeben. Dann erscheint der Beamte wieder und bittet ihn ins Büro: »Wir werden Sie nicht hier behalten, seien Sie froh, nicht bei uns registriert zu sein!«

Dr. Eichelberg fällt ein schwerer Stein vom Herzen: Nun ist es sicher, er ist nicht verhaftet!

»Doch wir müssen ein Ermittlungsverfahren gegen Sie einleiten: Verstoß gegen den § 124 StGB, Vornahme sexueller Handlungen in der Öffentlichkeit«, gibt der Kriminalist zu bedenken.

»Sie werden vorgeladen. Ihre Sache wird im Kommissariat Drei von einem Spezialisten untersucht!«

»Und … was … ich meine, wie wird das denn bestraft?«, stottert Dr. Eichelberg ängstlich.

»Das entscheidet das Gericht. Im Allgemeinen bewegt sich der Strafrahmen von einer Geldstrafe bis zu zwei Jahren Freiheitsentzug«, erklärt der Kriminalbeamte, »aber nun fahren Sie erst mal nach Hause, schlafen sich aus und warten das Wochenende ab.«

Schon am Montagmorgen, als er seinen kleinen Sohn zur Kinderkrippe bringen will, findet Dr. Eichelberg die Vorladung für Dienstag 9.00 Uhr, VPI Mitte, Zimmer 4212, im Postkasten. Noch kann er den höchst unangenehmen Vorfall verheimlichen, denn am Dienstag hat er Spätdienst. So umgeht er die Peinlichkeit, den Dienst zu tauschen. Auch seine Frau, die als Chemikerin im Chemischen Institut der Humboldt-Universität arbeitet, ist um diese Zeit längst in ihrem Labor und widmet sich ahnungslos ihren Reagenzien. Die Ereignisse haben seine Seele aufgewühlt. Er kann sich diese Episode nicht verzeihen, fühlt sich minderwertig und von Selbsthass erfüllt. Dazu gesellt sich die quälende Ungewissheit, welche rechtlichen Konsequenzen ihn erwarten und wie seine Frau und die Kollegen darüber urteilen werden. Doch er hat sich vorgenommen, gegenüber der Polizei ehrlich zu sein.

Am Dienstag, kurz vor 9.00 Uhr, klopft er zaghaft an die Tür mit der Zimmernummer 4212. Ein hochaufgeschossener, sportlicher Typ mit schwarzem Haar und randloser Brille empfängt ihn: »Oberleutnant Baumgartner!«

Eichelberg vermutet richtig, dass dieser Mann in seinem Alter sein müsste. Der Kriminalist kommt gleich zur Sache: Es liegt die Anzeige der Friseuse Lilo Hirsemann wegen der Vornahme sexueller Handlungen in der Öffentlichkeit vor. Des

Weiteren ein Befragungsprotokoll des Kriminaldienstes von Freitagnacht. Nunmehr werde er als Beschuldigter vernommen.

Ausführlich schildert Eichelberg den Tagesverlauf des vorigen Freitags: Früh Stationsdienst, nachmittags bei einer Facharztprüfung anwesend, abends in der Nationalitätengaststätte *Kalinka* im Haus der DSF eine kleine Feier. Nur einige Glas Wein habe er getrunken. Ein wenig beschwipst war er schon, aber ansonsten gut beieinander. Baumgartner fragt nach Einzelheiten des Geschehens in der S-Bahn. Doch Eichelberg kann sich nur wiederholen: Totale Übermacht eines Zwangs, den er nicht zu erklären vermag. Zutiefst bedauere er den Vorfall, wolle sich bei der Geschädigten entschuldigen. Diese Blamage: Die Ehefrau, die Kollegen, seine Position als Stationsarzt! Das muss er erst verdauen. Nun habe er Angst vor den Folgen.

Baumgartner will mehr über die Ehe wissen, dringt dabei in die tiefsten Winkel ehelichen Zusammenlebens vor. Doch Dr. Eichelberg hält seine Ehe in jeder Hinsicht für harmonisch. Keine Besonderheiten, keine Probleme. Auf die Frage nach der eigenen Sexualität in den Jahren vor der Ehe aber, fühlt er sich dem Kriminalisten verpflichtet, ein Geheimnis zu offenbaren, dass er bisher viele Jahre still behütete: Mit siebzehn oder achtzehn Jahren habe er erstmals dem unwiderstehlichen Drang nachgegeben, sich vor fremden Frauen zu entblößen. Es seien schreckliche Erlebnisse gewesen, die ihn immer schon belastet hätten, aber er sei glücklicherweise nie erwischt worden, er wisse nicht einmal, ob die Frauen überhaupt Anzeige erstattet hätten. Er habe sich dann in ärztliche Behandlung begeben und einige Monate lang das Medikament Androcur eingenommen. Danach hielt er sich für geheilt. Während seiner Armeezeit, in der er im Kreise seiner Kameraden öfters Alkohol zu sich nahm, habe er zwar kurzzeitig wieder unter diesem Triebdruck gelitten, doch nach einer weiteren, von seiner Umgebung nicht bemerkten Behandlung mit Androcur, sei eine restlose Heilung erfolgt. Während seines Medizinstudiums lernte er seine spätere Gattin kennen, mit der er von Beginn an ein völlig normales Intimleben pflegen konnte. Seit mehr als zehn Jahren habe er über die alten Probleme nicht mehr nachdenken müssen, hielt sie inzwischen für längst überwunden. Jetzt glaube er, dass der Alkohol den alten Drang wieder geweckt habe. Nüchtern sei ihm das seit vielen Jahren nicht mehr passiert. Überhaupt war es eine Ausnahme, anlässlich der feuchtfröhlichen Zusammenkunft am Freitag Alkohol getrunken zu haben.

Nach zwei Stunden ist die Vernehmung beendet. Dr. Eichelberg hat noch viele Unterschriften zu leisten, denn auf jeder Seite des Vernehmungsprotokolls und der vierfachen Durchschläge muss er die sachliche Richtigkeit seiner Aussagen bestätigen. Bevor er Oberleutnant Baumgartner verlässt, fragt er schüchtern:

»Können Sie mir sagen, wie es nun weitergeht?«

»Ich muss noch einige Zeugen über Ihren Leumund befragen, das Strafregister einholen und einen Schlussbericht formulieren. Letztlich entscheidet der Staatsanwalt. Ich kann ihm aber vorschlagen, die Sache einem gesellschaftlichen Gericht zur Entscheidung zu übergeben. Dann erfolgt keine gerichtliche Anklage.«

»Aber in meinem Krankenhaus wird's dann offiziell bekannt«, klagt Dr. Eichelberg betrübt.

»Das stimmt, diese Peinlichkeit bliebe Ihnen nicht erspart, aber alles in allem wäre das für Sie das geringste Übel«, meint Baumgartner.

Exhibitionismus (sexuelle Handlung in der Öffentlichkeit durch Entblößen, Zurschaustellen des erigierten Penis bei gleichzeitiger Masturbation) zählt zu den häufigsten sexuellen Abnormitäten. Er ist ein zwanghaftes, oft periodisch auftretendes Geschehen, das rationale Kontrollmechanismen außer Kraft setzt.

Der Exhibitionist ist bestrebt, seine Anonymität zu wahren. Nähere Kontakte zu den Geschädigten meidet er. Aggressives Verhalten ist ihm zumeist fremd. Sexualbefriedigung erreicht er, wenn die Personen, denen er sich zur Schau stellt (Frauen, Kinder, Jugendliche), ihn durch bestimmte Reaktionen stimulieren (Aufschreien, schreckhaftes Davoneilen usw.). Fehlen derartige Reaktionen, d. h. wird der Exhibitionist nicht beachtet, bleibt die sexuelle Befriedigung aus. Über die Ursachen ist wenig bekannt. Jedoch werden epilepsieähnliche Dämmerzustände vermutet. Auch krankhafte hirnorganische Geschehen können in Frage kommen. Medikamentöse und psychotherapeutische Maßnahmen dämmen den Drang ein.
Haftstrafen, wie sie das Gesetz vorsieht, können den Zwang zum Exhibitionieren niemals beeinflussen und den Rückfall nicht verhindern.
Über Jahrzehnte hinweg und im Vergleich zu allen Straftaten ist der Anteil exhibitionistischer Handlungen mit null Komma eins Prozent sehr gering, konzentriert auf städtische Regionen. Die Häufigkeitsbelastung (jährlicher Anteil auf einhunderttausend Einwohner) schwankt zwischen elf und sechzehn. Aber nur ein Drittel der Fälle wird aufgeklärt.

Dr. Eichelberg war längst gegangen, als das Telefon bei Baumgartner schrillt: Der Kommissariatsleiter, Hauptmann Beck, bittet ihn zu sich, mit einem Duplikat der Akte. »Ich brauche den Vorgang, andere Genossen wollen ihn sehen!«

Baumgartner äußert sich verwundert: »Der Staatsanwalt? Ich bin noch gar nicht fertig, habe noch Ermittlungen zu führen …«

»Nee, nicht der Staatsanwalt, jemand von der anderen Feldpostnummer«, meint der Kommissariatsleiter ironisch. Baumgartner versteht: Das MfS interessiert sich für den Exhibitionisten Dr. Eichelberg.

Ein dünner Mann mit Vogelgesicht und militärisch kurzem Haarschnitt betritt Becks Büro. Baumgartner hat ihn zu den Tischzeiten schon x-mal im Speisesaal gesehen, ohne freilich zu wissen, dass dieser der »Firma Horch und Guck« angehört, vermutete in ihm bisher einen Funktionär aus der Führungsetage des Präsidiums. Freundlich begrüßt der Ankömmling den Oberleutnant: »Tach, Wedekind«, stellt er sich vor und fragt: »Du bearbeitest doch den Vorgang Eichelberg?«

Der Angesprochene bejaht.

»Na, dann zeig mal her!«

»Warum das, der Vorgang ist noch nicht abgeschlossen?« fragt Baumgartner zaghaft. Doch der Kommissariatsleiter mischt sich ein: »Geht schon in Ordnung, Genosse Baumgartner!«

Das freundliche Vogelgesicht blättert minutenlang interessiert in der Akte, wirft dem Kommissariatsleiter dann einen kurzen Blick zu und wendet sich an Baumgartner. »Gut, gib mir mal das Original und alles, was du dazu hast, Genosse. Wir bearbeiten den Vorgang weiter!«

Der sieht seinen Chef verwundert an, doch dieser zuckt fast unmerklich mit der Schulter und sagt: »Ich hab doch gesagt, das geht schon in Ordnung!« Baumgartner lässt sich seine Verärgerung nicht anmerken und übergibt, innerlich kochend, kurze Zeit später alle Unterlagen an das Vogelgesicht.

Später fragt er seinen Chef, ob derartiges üblich sei. »Das nicht«, meint dieser resignierend, »aber ab und zu machen die das. Nur umgekehrt geht's nicht.«

Baumgartner fühlt sich in seinem Stolz verletzt: Da nimmt ihm irgendeiner kraft eines Amtes mir nichts, dir nichts einen nicht abgeschlossenen Vorgang weg, und er darf nicht einmal erfahren, warum!

Wochenlang grämt er sich über diesen Vorfall, und er wird fast jeden Tag von neuem an ihn erinnert, wenn er das Vogelgesicht im Speisesaal erblickt, das ihn nunmehr immer freundlich grüßt. Der Zufall will es, dass sich beide Männer eines Tages in einer der engen Fahrkabinen des Paternosters begegnen. Baumgartner fragt den MfS-Mann in der Annahme, dass dieser ihm den Stand der Ermittlungen mitteilt: »Na, wie weit seit Ihr mit dem Doktor Eichelberg?« Doch der missversteht ihn gründlich. Leichtfertig offenbart er ein ansonsten streng behütetes Dienstgeheimnis: »Ach, der ist jetzt unser Mann!« Baumgartner begreift das nicht, sagt aber, um nicht ganz dumm zu erscheinen:

»Na, ist doch gut!«

Später vertraut er seinem Chef, Hauptmann Beck, die Begegnung mit dem Vogelgesicht an. Der lächelt vielsagend und meint nur: »Nun ist dein Doktor ein Blauer!« Baumgartner versteht nicht. Beck bemerkt dies und flüstert ihm langsam, jede Silbe einzeln betonend, ins Ohr: »In-offi-ziel-ler Mit-ar-bei-ter!«

Der Begriff »Blauer« kennzeichnet im internen Sprachgebrauch des MfS einen Inoffiziellen Mitarbeiter und geht darauf zurück, dass in den Gründerjahren der Staatssicherheit dafür blaue Personalakten verwendet wurden. Die Tatsache, dass der Vorgang Dr. Eichelberg dem Sachbearbeiter Baumgartner entzogen wurde sowie die Bemerkungen des MfS-Mannes und des Kommissariatsleiters begründen die Vermutung, dass Dr. Eichelberg zur inoffiziellen Mitarbeit für das MfS genötigt wurde. Dass solche Anwerbungspraktiken bestanden, belegen die Richtlinien und Durchführungsbestimmungen des DDR-Geheimdienstes.
Auszug aus der vom Minister für Staatssicherheit im Januar 1968 erlassenen »Richtlinie 1/68 für die Zusammenarbeit mit Gesellschaftlichen Mitarbeitern für Sicherheit und Inoffiziellen Mitarbeitern im Gesamtsystem der Sicherung der Deutschen Demokratischen Republik« mit dem Vermerk »Geheime Verschlusssache«…

2. Die Auswahl, Überprüfung und Gewinnung Inoffizieller Mitarbeiter

…

2.3.2.3 Die Werbung zur Förderung des Wiedergutmachungswillens

Die Art dieser Werbung kann zur Anwendung kommen bei Personen, die durch ihr Handeln Normen des gesellschaftlichen Zusammenlebens verletzt haben und durch ihre Mitwirkung an der Lösung politisch-operativer Aufgaben die Möglichkeit erhalten, einen Beitrag zur Wiedergutmachung zu leisten.

… Die Werbung zur Förderung des Wiedergutmachungswillens kommt zur Anwendung, wenn keine hinreichenden Ansatzpunkte für die Werbung auf anderer Grundlage gegeben sind und die Werbung zur Förderung des Wiedergutmachungswillens die erfolgversprechendste ist.

… Die Wiedergutmachung bei Verletzung von Strafrechtsnormen mit der Folge des Wegfalls oder Milderung strafrechtlicher Verantwortlichkeit ist Bestandteil des gesellschaftlichen Strafrechts. Bei beabsichtigten Werbungen, die den Wegfall der strafrechtlichen Verantwortlichkeit zugrunde legen, hat eine Abstimmung mit der zuständigen Untersuchungsabteilung des Ministeriums für Staatssicherheit zu erfolgen …«

Auszug aus dem mit dem Geheimhaltungsgrad »Geheime Verschlusssache« gekennzeichneten und von Mielke unterzeichneten Dokument vom 8. Dezember 1979: »Richtlinie 1/79 für die Arbeit mit Inoffiziellen Mitarbeitern (IM) und Gesellschaftlichen Mitarbeitern für Sicherheit (GMS)«:

…

3. Bei der Werbung auf der Grundlage der Auslösung von Rückversicherungs- und Wiedergutmachungsbestrebungen der Kandidaten mit Hilfe kompromittierender Materialien ist auszugehen von der Verletzung gesellschaftlicher Normen durch die

Kandidaten einerseits und andererseits von ihrem Verlangen, negative Folgen dieser Normverletzung von sich abzuwenden bzw. eingetretene Schäden durch eigene Leistung wiedergutzumachen oder zu ersetzen.
Das kompromittierende Material muss
– geeignet sein, den Kandidaten die Normverletzung bewusst zu machen, ihr Gewissen anzusprechen, Schuldgefühle zu wecken bzw. Unsicherheit zu erzeugen,
– auf die Besonderheiten der einzelnen Kandidaten, auf ihre konkreten Moralnormen, ihr Rechtsbewusstsein, auf ihre charakterliche Feinfühligkeit und Gefühlswelt, auf ihr berufliches Ethos oder ihr Geltungsbedürfnis ausgerichtet sein.
Der Einsatz des kompromittierenden Materials hat in Abhängigkeit von seiner Beschaffenheit und der Persönlichkeit des Kandidaten differenziert zu erfolgen durch
– die kompakte Anwendung des kompromittierenden Materials, um in ihrer feindlichen Einstellung verhärteten Kandidaten den Ernst der Lage bewusst zu machen,
– die ausgewählte, teilweise Anwendung des kompromittierenden Materials, um damit Impulse zur selbständigen Stellungnahme des Kandidaten zu geben,
– den Verzicht auf den direkten Einsatz des kompromittierenden Materials, dessen Vorhandensein die Kandidaten vermuten, um damit die Bereitschaft zur Zusammenarbeit, verbunden mit positiven Haltungen zu den operativen Mitarbeitern zu entwickeln …«

Reichliche neun Jahre sind vergangen. Baumgartner ist längst zum Hauptmann der K avanciert und ins Polizeipräsidium versetzt worden. Seit langem beschäftigt er sich nun mit Todesermittlungssachen. Den Vorgang Dr. Eichelberg hat er längst vergessen. Und wahrscheinlich wäre es so geblieben, wenn nicht ein Zufall seine Erinnerung wieder aktiviert hätte.

Es ist Donnerstag, der 1. Mai 1980. Kampf und Feiertag der Werktätigen. Baumgartner hat Hausbereitschaft. In ständiger Erwartung eines Einsatzes bewacht er das Telefon. Unterdessen pilgern die Volksmassen, mit roten Papiernelken geschmückt, durch Berlin, die Hauptstadt der DDR, zu ihren vorgeschriebenen Stellplätzen. Dann: Wie aus Kanälen fließen sie aus den Seitenstraßen der Karl-Marx-Allee zu einem gigantischen Strom zusammen, wohlgeordnet nach Betrieben und Arbeitskollektiven. Begleitet von der aus unzähligen Lautsprechern ertönenden Marschmusik wälzt sich der Strom an den Tribünen der Staatsund Parteiführung vorbei. Huldvoll winken die Mächtigen dem Volke zu.

Baumgartner rekelt sich schläfrig auf dem Sofa. Nur hin und wieder wirft er einen gelangweilten Blick auf die Live-Übertragung der Maidemonstration im Fernsehen. Als gegen Mittag die Parade der Kampfgruppen den Massentrubel in der Karl-Marx-Allee abschließt, ist Baumgartner längst eingeschlafen. Er wird erst wieder wach, als die Gattin ihn zu Tisch bittet. Bis in die frühen Abendstunden bleibt er von Polizeiagelegenheiten verschont.

Dann schrillt das Telefon. Der OdH hat einen Auftrag parat:

»Männliche Leiche in der Wohnung. Vermutlich Vergiftung. FStW bereits am Tatort, Blankenburg, Bahnhofstraße, Name Eichberger oder so ähnlich!«

Diese Informationen reichen. Baumgartner findet das Haus sofort, weil davor ein Polizist und der grüne Streifenwagen stehen. Artig erstattet der Uniformierte seine Meldung: »Der Einsatz ist 19.12 Uhr über die Funkleitstelle nach telefonischer Anzeige durch den Leichenschauarzt befohlen worden. Die fragliche Wohnung befindet sich im ersten Stock des Zweifamilienhauses. Der Streifenführer der Funkstreife hält sich in der Wohnung bei der Ehefrau des Geschädigten, Dr. Dorle Eichelberg, auf. Bei dem Toten handelt es sich um den Ehemann!«

Durch einen Vorgarten betritt Hauptmann Baumgartner das Haus. Es ist ein altes backsteinrotes Gebäude im Jugendstil. Oben angekommen, stutzt er einen Augenblick. An der mit schwungvollen Ornamenten verzierten Wohnungstür prangt ein messingfarbenes Klingelschild mit den unübersehbaren Lettern eines Namens, der ihm irgendwie bekannt vorkommt: »Dr. med. Uwe Eichelberg«. Noch kann er diesen Namen nicht zuordnen. Doch in den folgenden Minuten wird er sich, trotz aller Konzentration auf seine eigentlichen Aufgaben, immer wieder an ihn erinnern.

Der Streifenführer des Funkwagens, der sich mit VP-Meister Kulak vorstellt, lässt ihn ein und flüstert ihm zu: »Die Ehefrau sitzt im Wohnzimmer, der Leichnam liegt im Zimmer am Ende des Korridors!« Mit einer Kopfbewegung deutet er an, welche Räume er meint.

»Und ihre Verfassung? Kann man mit ihr reden?«,will der Kriminalist wissen.

Der Uniformierte nickt: »Ja, kann man!«

Baumgartner betritt den ersten Raum. Dort sortiert die Gattin des Verstorbenen irgendwelche Papiere. Sie ist eine schlanke Frau, etwa vierzig Jahre alt, mit langem, dunklem Haar, das in der Mitte gescheitelt und am Hinterkopf zu einem Pferdeschwanz zusammengebunden ist. Ihr Gesicht drückt Ernst, fast Strenge aus.

Er spricht sie gleich an: »Kriminalpolizei, Hauptmann Baumgartner! Mein aufrichtiges Beileid!« Doch nur zwei Atemzüge später fragt er: »Haben Sie Ihren Gatten gefunden?«

Die Frau antwortet mit trockenem Mund: »Ja, gegen 17.00 Uhr kam ich nach Hause. Ich hatte unseren Jungen von meiner Mutter in Liebenwalde abgeholt. Er war übers Wochenende bei ihr, wurde aber krank und konnte einige Tage nicht zur Schule. Als wir die Wohnung betraten, hab ich meinen Mann erst gar nicht gesehen. Dann rief der Junge: Mama, komm mal her, der

Papa liegt hier mit lauter Schläuchen! Ich bin dann zum hinteren Zimmer. Dort lag er mit den Infusionen am Fotostativ. Sein Körper war schon steif. Da wusste ich Bescheid. Ich hab alles stehen lassen, den Rettungsdienst angerufen und den Jungen gleich zu Nachbarn gebracht …«

»'tschuldigung, ich muss Sie unterbrechen, aber gedulden Sie sich«, drängt Baumgartner. »Ich komme gleich wieder zu Ihnen.«

Dann geht er zu dem Raum am Ende des Korridors. Es scheint das Arbeitszimmer zu sein: Zwischen den Fenstern ein kleiner Schreibtisch, an der Wand gegenüber der Tür ein bis unter die Decke vollgepacktes Bücherregal. Auf einer Ausziehcouch, die mit weißen Linnen akkurat als Bett zurecht gemacht wurde, liegt, bis in Brusthöhe zugedeckt, ein Mann in gestreiftem Schlafanzug, die Augen geschlossen, das Gesicht entspannt, wie friedlich schlummernd. Der linke Arm liegt, leicht angewinkelt, etwas außerhalb der Couch auf einer mit Laken abgepolsterten Erhöhung.

Der Ärmel des Schlafanzuges ist nach oben geschoben. Mehrere, durch breite Pflasterstreifen fixierte, dicke Kanülen stecken tief in den Armvenen des Mannes. Daneben mehrere medizinische Schlauchklemmen. Von den Enden der Kanülen führt ein Wirrwarr heller Plastikschläuche zu zwei Infusionsflaschen, an einem Fotostativ befestigt, mit Zetteln beklebt, die freundlicherweise Auskunft über den Inhalt geben: »Tausend Milligramm Velonarcon + zehn Ampullen Faustan, zehn Ampullen Pavulon + fünf Ampullen Insulin«. Das ist ein hochwirksamer Cocktail, der einen friedlichen, schmerzlosen Übergang in den ewigen Schlaf garantiert.

Baumgartner hebt den Arm des Toten leicht an und betrachtet dessen Unterseite: Die großflächigen Totenflecke deuten darauf hin, dass der Todeseintritt spätestens sechs Stunden zurückliegt. Er schießt einige Tatortfotos und asserviert die Infusionsflaschen für eine mögliche toxikologische Untersuchung.

Dann richtet sich seine Aufmerksamkeit auf das Gesicht des toten Mannes, der rotbraunes Haar hat und einen kurzgeschnittenen Vollbart trägt. Nun kommt ihm nicht nur der Name, sondern auch das Gesicht bekannt vor. Woher kennst du den nur?, hämmert es in seinem Hirn. Er überlegt, versucht, über Assoziationen in die Nähe seines Erinnerungsspeichers zu gelangen. Und plötzlich scheint die Reizleitung in seinem Hirn die richtige Stelle getroffen zu haben: Ist das nicht der Doktor aus dem Klinikum Buch, der im Suff sein bestes Stück öffentlich präsentierte und dessen Vorgang er an das MfS abgeben musste? Noch ist er sich nicht hundertprozentig sicher, doch verlässt er diese Denkrichtung nicht mehr.

Als Baumgartner schließlich einige Übersichtsaufnahmen vom Zimmer des Verstorbenen macht, verheddert er sich mit den Füßen im Stromzuführungskabel eines Diktiergeräts, das mitten im Raum auf dem Boden steht. Er zieht das Kabel aus der Steckdose, nimmt das Gerät und verlässt den Raum.

Frau Dr. Eichelberg sitzt im Wohnzimmer und beendet gerade ein Telefongespräch. Baumgartner vermutet richtig, dass sie Verwandte und Freunde über das Ereignis informiert hat. Er platziert das Diktiergerät auf dem Tisch und schließt es an die Steckdose: »Wissen Sie, was da drauf ist?«

»Nee, ich hab es gar nicht bemerkt, als ich bei meinem Mann im Zimmer war«, wundert sie sich.

»Es stand auf dem Teppich. Vielleicht hat er was draufgesprochen. Wollen Sie's hören?« Noch ehe sie die Frage bejaht, spult er das Band zurück und drückt auf die Wiedergabetaste.

Frau Eichelberg und Baumgartner sitzen andächtig und voller Spannung vor dem kleinen Apparat. Was sie hören, sind die letzten Worte eines verzweifelten Mannes an seine Frau: Er könne nicht ohne sie weiterleben und ist sich sicher, sie verloren zu haben, weil sie einen anderen Mann liebe. Sein Leben sei trotz aller beruflichen Erfolge verpfuscht. Er wisse, dass er durch die bevorstehende Scheidung auch seinen Sohn verlieren wird. Er habe bisher zu viel erdulden müssen, was er nun nicht mehr verkrafte. Zu viele Dinge habe er in seinem Leben für sich behalten müssen, ohne jemals darüber sprechen zu können. Jetzt nehme er alle Probleme mit in den Tod.

Blass, ernst und ohne erkennbare Rührung vernimmt Frau Dr. Dorle Eichelberg die letzten Worte ihres Gatten. Dann starrt sie einen Moment lang stumm auf das Tonbandgerät. Baumgartner bemerkt jetzt ihre feuchten Augen. Als wäre ihr die eigene Regung peinlich, wischt sie mit dem Handrücken die Tränen ab und seufzt tief: »Schade! So intelligent – und doch nur ein schwacher Mensch!«

Baumgartner empfindet diesen Satz wie einen dicken Schlussstrich, der gerade unter eine Ehe gezogen wurde.

Nach kurzem Nachdenken wendet er sich an den Wachtmeister auf dem Korridor und erlöst ihn von der stupiden Sicherungsaufgabe: »Genosse Meister, Sie können den Einsatz beenden. Veranlassen Sie den Abtransport der Leiche. Ich bleibe solange hier!«

Er braucht keine Zuhörer bei dem folgenden Gespräch mit Frau Dr. Eichelberg, von dem er sich weitere Aufschlüsse über die Persönlichkeit des Toten, die Ehe und Selbstmordmotive verspricht.

Seine Vermutungen bestätigen sich. In der Tat hatte Frau Dr. Eichelberg vor kurzem die Scheidung eingereicht, weil sie die Ehe für zerrüttet hielt. Fast zwölf Jahre hatte sie es an seiner Seite ausgehalten. Sie war Studentin, als sie Uwe Eichelberg kurz vor seiner Approbation kennenlernte. Er war zwar ein stiller, in sich gekehrter, schüchterner, vielleicht sogar verklemmter Mann, bestach aber durch Intelligenz, beruflichen Ehrgeiz und handwerkliche Fähigkeiten. Streitigkeiten verabscheute Uwe, und wenn sie dennoch aufkamen, zog er sich zurück, zeigte keinen ernsthaften Widerstand und gab stets nach, ohne den Versuch, die eigene Meinung zu bekunden. Doch seine und ihre kulturellen Interessen deckten sich. Und immer war er charmant und treu. Sie verliebten sich und festigten 1969 ihre Beziehung durch ein Ehebündnis. Im gleichen Jahr wurde ihr gemeinsamer Sohn Sven geboren. 1973 bestand Uwe seine Facharztprüfung als Internist und war fortan auf kardiologischem Gebiet tätig. Langsam kam sie aber zu der Erkenntnis, dass er nicht der Partner sein konnte, den sie sich wünschte, der Stärke zeigte und das Gefühl von Geborgenheit vermittelte. Eher war es umgekehrt: Sie war diejenige, die sein Bedürfnis nach Anlehnung befriedigen musste.

Als Kardiologe gelangte er schnell zu einem beachtlichen Renommee. Er vergrub sich immer mehr in seine Arbeit und suchte kaum noch Gemeinsamkeiten mit ihr. Einerseits hatte sie manchmal den Eindruck, dass er eine heimliche Beziehung zu einer anderen Frau eingegangen ist, weil er so geheimnisvoll tat und sich immer mehr von ihr entfernte. Andererseits suchte er wieder ihre Nähe und beschwor sie, nicht ohne sie leben zu können. Doch es war bereits zu spät. Längst hatte sie einen Freund, mit dem sie sich auf eine gemeinsame Zukunft einrichtet. Deshalb hatte sie auch die Scheidung eingereicht.

»Glauben Sie, dass die Probleme, über die er angeblich nie sprechen konnte, in Ihrer Ehe begründet liegen?« fragt Baumgartner.

»Nee, nee, ausgeschlossen! Klar, wir hatten Probleme, aber ich habe ihn nie im unklaren gelassen, trotz meiner Trennung«, reagiert sie sofort und heftig.

»Entschuldigen Sie die delikate Frage, aber wie schätzen Sie das eheliche Intimleben ein, bevor Sie Ihre Trennung realisierten?«, fragt Baumgartner zaghaft weiter.

»Im Großen und Ganzen ziemlich normal, wenn Sie verstehen, was ich meine«, entgegnet sie.

»Hatte er vielleicht Probleme, bevor Sie ihn kennenlernten?«, will er nun wissen.

»Ja, da war mal was«, überlegt sie, »aber das liegt lange zurück. Er hatte wohl mal einen Nervenzusammenbruch und wurde eine Zeitlang ärztlich behandelt. Die eigentlichen Gründe hat er mir nicht genannt!«

»Trank er Alkohol, nahm er Tabletten, war er gesund?«, erkundigt sich der Kriminalist weiter.

»Tabletten? – Nein! Und Alkohol trank er so gut wie nicht, höchstens mal ein Gläschen Wein in Gesellschaft. Und krank war er auch nicht«, antwortet sie sicher.

»Gab's dienstliche Schwierigkeiten?«,dringt Baumgartner auf sie ein. »Ich frage das, weil ich immer noch keinen Zugang zu den Problemen finde, die er mit in den Tod nehmen wollte.« Sie überlegt, sagt dann aber: »Nichts, das ich wüsste. – Klar, manchmal ließ er seinen Frust ab über die Stroh dreschenden Nichtsnutze aus der Klinikumsleitung. Aber sonst? Er war geachtet, machte Stationsdienst, Ambulanz und forschte.«

»Worüber forschte er denn?«

»Es ging wohl um medizintechnische Sachen, Verbesserung der Ultraschallaufzeichnungen des Herzens und so etwas. Er hatte Verbindung zu westdeutschen und holländischen Kollegen!«

»War er Reisekader?«

»Wie man's nimmt. In den ersten Jahren durfte er ein paarmal zu Studienzwecken nach Moskau. In den USA, in Japan und Westdeutschland war man inzwischen schon viel weiter. Aber da durfte er nicht hin, obwohl er sich hartnäckig darum bemühte. Doch ungefähr vor drei Jahren klappte es plötzlich …«

Frau Dr. Eichelberg holt tief Luft und betont den nächsten Satz, als würde sie über ein Wunder sprechen: »Er durfte zu einer kardiologischen Tagung in den Westen!« Dann beklagt sie sich:

»Aber merkwürdigerweise war er gar nicht so glücklich darüber. Das habe ich nie verstanden! Er kam zurück, meckerte nur herum, weil er so viele Reiseberichte schreiben musste. Aber das war doch üblich …«

Baumgartner fällt ihr ins Wort: »Können Sie mir ein früheres Foto Ihres Mannes zeigen?«

Sie blickt ihn erstaunt an, ist aber sofort bereit: »Natürlich, warten Sie!«

Sie holt ein Album und zeigt auf ein Bild: »Hier, da ist Uwe mit unserem Sohn als Säugling.«

Baumgartner starrt auf das Foto, triumphiert innerlich: Ja, das ist er, der Mann mit dem rotbraunen Haar und dem kurzgeschnittenen Vollbart, dessen Akte ihm kommentarlos entzogen wurde. Nun hat er Gewissheit und auch keine Fragen mehr an Frau Eichelberg. Kurzerhand beendet er den Dialog: »Danke, Frau Dr. Eichelberg, ich will Sie nicht weiter belästigen. Bitte kommen Sie in den nächsten Tagen ins Präsidium. Sie müssen das Vernehmungsprotokoll noch unterschreiben!«

Hauptmann Baumgartner hegt keinen Zweifel am Selbstmord des Arztes. Auch was die Klärung der Probleme betrifft, die Eichelberg in seinen, auf dem Tonband konservierten, letzten Worten so geheimnisvoll, orakelhaft andeutete, glaubt er, einen Schritt weiter zu sein. Ihm ist klar, dass nicht allein die ehelichen Konflikte Eichelbergs Lebenswillen demoliert haben können: Immerhin waren da noch die peinlichen exhibitionistischen Vorfälle – ein Geheimnis, das an seiner Seele zehrte. Und da war noch die große Frage, welche Geschehnisse seit dem Jahre 1971, als Baumgartner die Akte über ihn loswurde, das Leben Eichelbergs belasteten.

Baumgartner ist sich sicher: In den zentralen kriminalpolizeilichen Registraturen wird er keinerlei Angaben über Dr. Uwe Eichelberg entdecken. Und würde er im Anzeigentagebuch der

VPI-Mitte blättern, stieße er auf einen Eintrag vom 1.7.1971: Anzeige wegen Verstoßes gegen § 124 StGB, Anzeigeerstatterin Hirsemann, Lilo, Verdächtiger Eichelberg, Uwe. Doch durch diese Angaben wird ein akkurater roter Strich gezogen worden sein. Und darüber wird stehen: Anzeige zurückgezogen, kein öffentliches Interesse.

Baumgartner entschließt sich, nicht weiter darüber zu spekulieren und denkt: »Was geht's mich an. Lass die Toten ruhen! Und überhaupt, es wäre womöglich existenzbedrohend, da weiter nachzugraben!«

Leichensache Kollbeck

Groß Schwansee im Kreis Grevesmühlen ist ein kleines, unbekanntes Fischerdorf westlich der Wismarbucht.

Die nahe Küste ist Sperrgebiet: Betreten und Fotografieren verboten! Bei klarem Wetter sieht man von der Steilküste aus am Horizont die Konturen des Timmendorfer Strandes. Auch die imposanten Fährschiffe der Linie Travemünde-Kopenhagen oder Malmö entgehen dem scharfen Auge des Beobachters nicht. Aber solcherart Blick ist für den DDR-Bürger schädlich, könnte womöglich Fernweh auslösen, und das direkt nach der reaktionären Welt des Kapitals. Deshalb säumen keine FDGB-Urlauberheime, Strandkörbe und Promenaden das Gestade. Stattdessen verkünden an diesem westlichsten Ostseestrand die Militärbastionen der Volksmarine eisernen Verteidigungswillen. Nur dem Küstenschutz der Marine und den anderen volkseigenen Grenzschützern ist der Blick erlaubt, freilich nur, um Grenzverletzungen zu verhindern. Diese Region ist strategisch so sensibel, dass sie auf den Autokarten der DDR erst gar nicht verzeichnet wird.

Mittwoch, den 30. Mai 1962, gegen Mittag. Der Himmel über der Ostsee ist bedeckt. Ab und zu nieselt es. Kalte Böen wehen von Norden her über die Steilküste. In gleichmäßigen, wuchtigen Schüben spült das Meer seine Ausläufer meterweit über den flachen, sandigen Strand, um sie nach wenigen Sekunden wieder zurückzuziehen.

Oberhalb des Strandes schreiten zwei Männer in Marineuniform gemächlich über den Trampelpfad an der Steilküste. Über ihren Schultern hängen Maschinenpistolen: Obermatrose Steingräber und Matrose Wilke befinden sich auf Streifengang. Ihr Weg führt am Anwesen des Fischers Knobloch vorbei, der gerade in einem Nebengebäude mit dem Räuchern seines letzten Fangs beschäftigt ist. Wortlos begrüßen sich die Männer aus der Entfernung. Das Haus des Fischers ist das letzte zivile Gebäude auf dem Wege. Gelangweilt ziehen die beiden Matrosen ihre vorgeschriebene Bahn.

Plötzlich, mehrere hundert Meter hinter dem Anwesen des Fischers, fällt dem Matrosen Wilke in der Brandung ein undefinierbarer Gegenstand auf: »Du, da schwimmt was! Sieht aus wie'n totes Vieh!«

Der Obermatrose Steingräber benutzt sein Fernglas. Doch er kann auch damit den Gegenstand nicht deutlich erkennen:

»Könnte sein«, bestätigt er den Verdacht seines Genossen, »ich glaube, es hat Beine.«

Neugierig klettern die Matrosen den Steilhang hinunter. Sie wollen wissen, was da von der Brandung hin und her bewegt wird. Mal taucht das merkwürdige Objekt unter, mal ist es teilweise sichtbar: Es ist eine längliche, dunkelgraue, mit schmutzigem Weiß durchsetzte Masse, etwa anderthalb Meter lang.

Als die beiden am Ufer stehen, blickt Obermatrose Steingräber nochmals durch den Feldstecher auf den treibenden Gegenstand. Augenblicke später hat er Gewissheit. Fassungslos teilt er Wilke mit: »Du, das is'ne Leiche!«

»Zeig mal!« fordert dieser und grapscht nach dem Fernglas. Nun erkennt auch er, dass die längliche Masse aus einem Leib, Kopf und Gliedmaßen besteht. Doch das ist alles, was an einen menschlichen Körper erinnert. Angewidert gibt er Steingräber den Feldstecher zurück und fragt unsicher: »Und nun, was machen wir jetzt?«

»Bleib hier!«,fordert Steingräber. »Ich gehe zurück zum Fischer. Vielleicht hilft er, die Leiche an Land zu ziehen!«

Es dauert nur wenige Minuten. Schon kommt der Fischer Knobloch auf seiner Schwalbe, einem kleinen Motorroller des VEB Simson Suhl, angeknattert, den Obermatrosen auf dem Soziussitz. Er hat vorsichtshalber ein Paar hüfthohe Gummistiefel mitgebracht. Mit einem Blick erfasst er die Situation. Er findet in der Nähe ein etwa zwei Meter langes, leicht angefaultes Brett, das irgendwann einmal an Land gespült wurde, streift sich die Stiefel über, ergreift das Holz und watet unverzüglich in die Brandung. Bis zu dem toten Körper ist es nur ein Weg von knapp zwanzig Metern. Hier reicht ihm das Wasser bis zu den Knien. Beherzt erfasst der Fischer den Körper des Toten und bugsiert ihn längs auf das Brett. Vorsichtig hebt er es an einem Ende an, bis der Leichnam darauf in Schräglage kommt. Kraftvoll zieht der Fischer den seltsamen Schlitten über den Sand, bis er eine Uferstelle außerhalb der Wellenausläufer erreicht. Nun präsentiert sich den drei Männern das schaurige Bild einer Wasserleiche, die augenscheinlich schon längere Zeit im Meerwasser getrieben ist: Ein fast vollständig entkleideter Körper liegt bäuchlings im Sand. An ihm hängen nur noch einige verfaulte textile Fetzen, deren ursprüngliche Farben nicht mehr auszumachen sind. Am rechten Handgelenk ist eine Uhr zu erkennen, vom Meerwasser arg in Mitleidenschaft gezogen. Das Zifferblatt allerdings ist gut erkennbar: Ein Schweizer Fabrikat. Es eignet sich zur Identifizierung. Das Lederarmband indes ist schmutzig dunkel verfärbt und hat sich tief in das aufgeschwemmte Hautgewebe eingegraben. Fäulnisvorgänge und eine schmierige, wachsartige grauweiße Masse, die sich bei der Zersetzung von Fettgewebe bilden kann und die der Fachmann Fettwachs nennt, haben den Körper verunstaltet, verwischen seine ursprünglichen Konturen. Der Schädel, wie überhaupt der ganze Körper, ist ohne Haare. Die Kopfhaut ist nahezu abgelöst und gallertartig aufgebläht. Mehrere parallel verlaufende, tiefe Verletzungen haben das Schädeldach zerborsten. Dieser ungewöhnliche und widerwärtige Anblick macht die Männer fassungslos.

»Ist das 'n Mann oder 'ne Frau?«,fragt Steingräber die beiden anderen zaghaft.

Doch die können die Frage auch nicht beantworten und fassen ihre Unwissenheit mit dem Gedanken zusammen: »Keine Ahnung!«

»Auf jeden Fall erschlagen und dann ins Wasser geworfen«, vermutet Wilke.

»Der Kopf hat ganz schön was abgekriegt, das sieht aus wie Beilhiebe«, deutet der Fischer die Verletzungen.

»Kann schon sein. Aber darum soll sich die VP kümmern«, beendet Obermatrose Steingräber die Spekulationen.

Die Männer wagen es nicht, den Leichnam auf den Rücken zu drehen, obwohl sie so feststellen könnten, ob es sich um einen Mann oder eine Frau handelt. Im Nu verbreitet der verwesende Körper einen widerlich ranzig-käsigen Gestank, der sie schnell auf gehörige Distanz bringt.

Während Wilke widerwillig bei dem makabren Fund zurückbleibt, klettern Obermatrose Steingräber und der Fischer die Steilküste wieder nach oben, wo der Motorroller steht. Sie schwingen sich auf das Gefährt. Fischer Knobloch gibt Vollgas: Der kleine Motor heult hochtourig auf wie ein Rennwagen der Formel 1.

Mit fast fünfzig Sachen fliegt die Schwalbe über den ausgetretenen Pfad in Richtung der Volksmarinekaserne. Steingräber meldet dem OvD den Fund des abscheulichen Strandguts. Der wiederum informiert den Operativstab des VP-Kreisamtes im zwanzig Kilometer entfernten Grevesmühlen über das besondere »Vorkommnis am Strand von Groß Schwansee«. Eine knappe Stunde später: Der vor wenigen Monaten zum Offizier avancierte 26-jährige Unterleutnant der Kriminalpolizei Jenning vom VPKA Grevesmühlen trifft mit einer Funkstreife am Fundort ein. Inzwischen haben sich bereits einige Schaulustige eingefunden. Es sind Einheimische und Matrosen aus der nahen Kaserne, die aus sicherer Entfernung den stinkenden Leichnam beäugen.

»Wer hat die Leiche gefunden?«, ist seine erste Frage an die Umherstehenden. Obermatrose Steingräber meldet sich und beschreibt die Umstände, wie er mit dem Matrosen Wilke, der inzwischen in die Kaserne zurückgekehrt ist, den Leichnam entdeckt hat.

Unterleutnant Jenning notiert die Fakten und entlässt Steingräber mit der Bemerkung: »Es ist nicht erforderlich, Ihre Aussage als offizielle Zeugenvernehmung aufzunehmen, die Fundanzeige machen wir von Amts wegen!«

Dann schießt er jede Menge Fotos vom Ereignisort. Unterdessen betritt ein älterer Herr in gutem Anzug die Szene und stellt sich als Dr. Lattes aus Kalkhorst vor, Arzt aus der nächst größeren Ortschaft. Die VP habe ihn über den Kreisarzt zur Leichenschau angefordert.

Zaghaft und den Ekel mühevoll unterdrückend betrachtet der Arzt die sterblichen Überreste, ohne sie zu berühren. »Sieht ja schlimm aus«, ist sein dürftiger Kommentar.

Jenning macht ihn auf die Kopfverletzungen aufmerksam und fragt, ob sie postmortal entstanden sein könnten.

Doch der Doktor will sich nicht festlegen: »Kann sein. Aber das soll mal der Gerichtsarzt klären. Ich vermerke sie nur im Totenschein!«

Zusehends überwindet der Arzt seinen Widerwillen. Immerhin muss er den Totenschein ordnungsgemäß ausfüllen. Er fordert Jenning auf, ihm dabei zu helfen, die Leiche umzudrehen. Nun erst wird klar, dass es sich um eine tote Frau handelt. Zum vermutlichen Alter kann der Arzt keine konkreten Angaben machen. Seine Schätzung beschränkt sich auf die Bemerkung:

»Mindestens vierzig Jahre alt.«

»Und wie lange könnte sie schon im Wasser treiben?«, will Jenning wissen.

»Tja«, meint der Arzt nachdenklich und kratzt sich verlegen den Kopf. Der Kriminalist spürt dessen Unerfahrenheit in gerichtsmedizinischen Fragen. Aber solcherart Aufgaben muss ein praktischer Arzt wie Dr. Lattes glücklicherweise nur selten lösen. Und, um sich keine Blöße zu geben, gibt dieser eine so große zeitliche Toleranz an, dass ein Fehler praktisch ausgeschlossen ist: »Einige Wochen bis einige Monate!«

Die sauerstoffreiche Seeluft beschleunigt die Zersetzungsprozesse an der Leiche zusehends, und der Verwesungsgeruch verstärkt sich von Minute zu Minute. Die Männer reduzieren deshalb ihren Aufenthalt an der Leiche auf die notwendigste Zeit. Dann entfernen sie sich und kraxeln die Steilküste nach oben. Der Arzt kehrt zu seinem Auto zurück, stellt den Totenschein über den Fund einer unbekannten weiblichen Leiche mit unklaren Verletzungen des Schädeldachs aus und übergibt ihn Jenning mit der Bemerkung: »Ich habe eine gerichtsmedizinische Sektion beantragt!«

Das nächste Institut befindet sich in der Bezirkshauptstadt Rostock. Und Rostock ist hundert Kilometer weit entfernt. Der Doktor scheint zu ahnen, dass es aus Kostengründen Probleme geben könnte, die tote Frau über die Kreisgrenze hinweg dorthin zur Sektion zu transportieren. Er schlussfolgert: Sie hat bereits so lange Zeit im Wasser gelegen, dass es nun auch nicht mehr auf einen Tag früher oder später ankommt. Deshalb schlägt er Jenning vor, die Obduktion in der Kirche von Kalkhorst vornehmen zu lassen. Dort befinde sich nämlich ein zum Friedhof gehörender, spezieller Raum für die Aufbewahrung von Verstorbenen. Er würde nach Rücksprache mit der Gerichtsmedizin dem dortigen Bürgermeister und dem Pfarrer die Notwendigkeit klarmachen, und er wäre sicher, dass die beiden kooperativ sind.

Ein staatlicher Bestattungsbetrieb aus Grevesmühlen transportiert zwei Stunden später den Leichnam der Unbekannten nach Kalkhorst. Jenning kehrt inzwischen zum VPKA Grevesmühlen zurück, erledigt den notwendigen Papierkram und führt wichtige Telefonate.

Er vermutet richtig, dass durch die Obduktion noch wichtige Details für die Identifizierung der Toten erlangt werden können. Trotzdem müssen die vorhandenen, spärlichen Anhaltspunkte schon jetzt genutzt werden, um die Vermisstenmeldungen der letzten Monate im Zuständigkeitsbereich des VPKA Grevesmühlen, vielleicht sogar des ganzen Küstenbezirks, zu vergleichen. Zum anderen muss die Rostocker Mordkommission in Kenntnis gesetzt werden, denn bis zur endgültigen Klärung der Ursache für das Zustandekommen der Verletzungen am Kopf der Unbekannten kann ein Tötungsverbrechen nicht ausgeschlossen werden. Jenning geht aber auch von der Überlegung aus, die Tote könne womöglich von Dänemark, der Küste Holsteins oder der Insel Fehmarn angeschwemmt worden sein. Dann allerdings wäre sie keine DDR-Bürgerin. Doch das lässt sich erst nach erfolgloser Überprüfung der eigenen Vermisstenmeldungen begründen.

Zwei Tage später soll die gerichtliche Sektion in Kalkhorst durchgeführt werden. Genau so hatte es der Leichenschauarzt vorgeschlagen. Unterdessen drosselt der Leiter der Rostocker Mordkommission die bei manchem Funktionär des VPKA Grevesmühlen aufflackernden, vorschnellen Spekulationen über einen Mordverdacht und mahnt zu kriminalistischer Besonnenheit. Schließlich begründen die Verletzungen am Kopf der Toten beileibe noch keinen Mordverdacht. Sie können ebenso nach dem Tode entstanden sein. Bei dem langen Aufenthalt im Meer müssen erst andere Ursachen ausgeschlossen werden. Aber selbst bei begründetem Mordverdacht wären präzise Ermittlungen erst möglich, wenn man wisse, wer die tote Frau ist. Vorrangig sollen daher erst einmal alle Daten zusammengetragen werden, die ihre möglichst schnelle und sichere Identifizierung ermöglichen. Fazit: Die Mordkommission nimmt sich der Leichensache erst an, wenn die Sektionsergebnisse das erfordern.

Wie angekündigt findet am Vormittag des 1. Juni in der Kirche von Kalkhorst die Leichenöffnung statt. Obduzenten sind der Oberarzt des Gerichtsmedizinischen Instituts Rostock, Dr. Dietz, ein etwas brummig wirkender Endvierziger, und sein junger Assistent Dr. Knie. Unterleutnant Jenning nimmt als Beauftragter des Kreisstaatsanwalts daran teil, um die polizeilichen Aufgaben der Identifizierung wahrzunehmen. Die inzwischen erheblich fortgeschrittenen Leichenerscheinungen erschweren die Arbeit der Männer. Auch erfahrene Untersucher müssen immer wieder gegen den Widerwillen ankämpfen, den der unästhetische Anblick und der üble Geruch eines sich zersetzenden Körpers auslöst. Doch die sachgerechte Untersuchung der Toten erfüllt einen wichtigen Zweck. Sie ist im Interesse der Wahrheitsfindung schließlich der letzte Dienst am Menschen. Jede emotionale Reaktion des Ekels und der Abneigung könnte den objektiven Blick trüben und dazu führen, wichtige Details zu übersehen. Deshalb haben die Männer Verhaltenstechniken entwickelt, mit denen sie ihre Regungen drosseln.

Zunächst wird der Leichnam vermessen, die Körpergröße muss bestimmt werden. Dann werden die Textilreste vom Körper entfernt, inspiziert und geeignete Teile herausgeschnitten, um sie auf einer sogenannten Kleiderkarte zusammenzustellen. Die Untersuchung der Körperoberfläche ergibt, dass die Leiche einige Zeit auf dem sandigen Meeresboden getrieben sein muss: Das verraten starke Schleifspuren an den Händen und am Schädel. Die parallel verlaufenden Kopfverletzungen weisen bei genauer Untersuchung nicht auf ein Verbrechen hin. Sie sind postmortal entstanden und typisch dafür, wenn ein im Wasser treibender Körper von einer rotierenden Schiffsschraube erfasst worden ist. Da die Verletzungen nicht so erheblich sind, vermuten die Obduzenten, dass als Verursacher nur ein kleines Motorboot in Frage kommt.

Wichtige Hinweise erhalten sie aus dem zahnärztlich gewissenhaft versorgten Gebiss und den Zahnprothesen der Toten. Zähne und deren Ersatz sind sehr widerstandsfähig und eignen sich deshalb für die Identifikation besonders gut. Die Bestimmung des Zahnstatus der unbekannten Toten bereitet keine Schwierigkeiten. Die fortgeschrittenen Leichenerscheinungen erschweren die Feststellung der Todesursache. Doch nach der Untersuchung der Organe in der Kopf-, Brust und Bauchhöhle gelangen die Männer zu dem Schluss, dass die Betreffende ertrunken sein muss. Ihre Liegezeit im Wasser wird auf zwei bis drei Monate geschätzt und dürfte den Befunden nach mit der Todeszeit identisch sein. Ob aber ein Unfall oder ein Selbstmord den Ertrinkungstod verursacht hat, lässt sich aus den Befunden nicht ableiten. Es finden sich auch keine Anhalte für die Einwirkung einer fremden Hand. Dennoch schließt dies nicht aus, dass die Betreffende sehr wohl gewaltsam ins Wasser geraten sein kann. Dies zu klären, erfordert kriminalistische Feinarbeit.

Die Knochenstruktur, der Zustand der inneren Organe und der Abkauungsgrad der Zähne lassen zuverlässige Schlussfolgerungen über das Alter der Frau zu.

Nach der Obduktion verfügt Jenning über wertvolle identifikatorische Hinweise über die Tote. Sie dürften ausreichen, um eine vermisste Person sicher zu bestimmen: Danach müsste die Frau 165 cm groß, zwischen fünfzig und sechzig Jahre alt und von schlanker Gestalt sein. Ihr Gebiss wurde zahnärztlich ordnungsgemäß saniert, der Zahnstatus sicher bestimmt. Sie war zuletzt bekleidet mit kariertem Rock und dunklem Pullover. Am rechten Handgelenk trug sie eine Armbanduhr schweizerischer Produktion mit hellem Zifferblatt. Ihr relativ guter Zustand bietet optimale Bedingungen für eine mögliche Wiedererkennung durch andere Personen.

Die Knochenverdickungen am rechten Unterarm beweisen, dass die Frau vor vielen Jahren einen Radiusbruch erlitten hat.

Der Status »Unbekannter Toter« zwingt schon ganz allgemein, also unabhängig davon, ob eine natürliche oder nichtnatürliche Todesart vorliegt, zu kriminalistischen Ermittlungen. Sie ergaben sich in der DDR aus § 94 StPO und § 5 der Anordnung über die ärztliche Leichenschau. Insofern war die Leiche eines Unbekannten dem nichtnatürlichen Tod gleichgestellt. Demzufolge wurde sie staatsanwaltlich beschlagnahmt und gerichtsmedizinisch obduziert.

Die Maßnahmen der Identifizierung verlaufen relativ selbständig und parallel zu anderen notwendigen Ermittlungen. Sie sind Voraussetzung für die Aufdeckung von Tötungsdelikten, Unfällen, Vermisstensachen und Selbstmorden und dienen gleichzeitig der Lösung zivil- oder versicherungsrechtlicher Fragen.

Ausgangspunkt für die Identifizierung bilden besonders die gespeicherten kriminalistischen Ergebnisse über Vermisste, die gerichtsmedizinischen Befunde und die stomatologischen Daten über eine Person. Den allgemeinen Ausgangspunkt für die Identifizierung unbekannter Toter bilden die nach dem Tode noch auswertbaren, individuellen Merkmale der Leiche, ihrer Bekleidung und der mitgeführten Gegenstände. Sie werden im Zusammenwirken zwischen Polizei, Gerichtsund Zahnärzten durch Vergleichsarbeit mit den vor dem Tode des Betreffenden bekannt gewordenen Merkmalen in Übereinstimmung gebracht und führen so zu zweifelsfreier Personenfeststellung. Man denke in diesem Zusammenhang nur an die späte Identifikation der sterblichen Überreste des berüchtigten KZ-Arztes Josef Mengele, die neben anderen Methoden auch über den Zahnstatus erfolgte.

Der Identifikationsprozess bei unbekannten Toten vollzieht sich meist über den direkten Vergleich körperlicher Merkmale mit den sog. Signalements-Angaben aus Vermisstenanzeigen, Zeugenaussagen, Krankengeschichten, Zahnarztkarteien und anderen polizeilichen Ermittlungsergebnissen. Eine große Bedeutung kommt dabei dem Gesicht als Zentrum der Wiedererkennung zu. Da aber Leichenerscheinungen und Gewalteinwirkungen die Physiognomie extrem verändern können, ist die unmittelbare Identifizierung durch direkte Wiedererkennung nur in seltenen Fällen möglich. Das gilt auch bei nur kurzer Liegezeit der Leiche, wenn keine erheblichen Verletzungen vorhanden sind und die Konfrontation mit Zeugen zumutbar ist. Mitunter ist die Herstellung der lebenswahren Physiognomie durch eine sogenannte Leichentoilette möglich, einem Verfahren, die Lebensähnlichkeit durch kosmetische Korrekturen und plastische Veränderungen wieder herzustellen. Moderne Methoden beziehen sich auf elektronische, computergestützte Bildherstellung.

Doch auch auf dem indirekten Wege, über die sog. Sachidentifizierung, ist eine zuverlässige Personenzuordnung möglich. Denn: Bekleidung, Konfektionsgröße, Stoffmuster, Schnittformen, Monogramme, Schmuck, Reparaturzeichen an Uhren und Brillen u. v. a. können sehr viele spezielle Merkmale aufweisen und in ihrer Kombination so einzigartig sein, dass auf diesem Wege eine Individualidentifizierung erfolgen kann, ohne eine Konfrontation mit dem Leichnam vornehmen zu müssen.

Führt das Ergebnis der gerichtsärztlichen Befunderhebung und der polizeilichen Ermittlung zur Feststellung, dass ein natürlicher Tod vorliegt, ist mit der Identifizierung, d. h. der Personenfeststellung, die kriminalistische Tätigkeit in dieser Sache beendet. Die Untersuchungen werden abgeschlossen. Liegt der Verdacht einer Selbsttötung oder eines tödlichen Unfalls vor, sind die Untersuchungen auf die Ursachen und Beweggründe zu erweitern.

Kann ein Tötungsdelikt begründet werden, sind Täterermittlung und Identifizierung des unbekannten Opfers zwei unabhängige, sich jedoch in starkem Maße beeinflussende, kriminalistische Maßnahmen. Die Untersuchungen liegen dann in der Verantwortung der Mordkommissionen.

Mitunter ist die Identifizierung unbekannter Toter eine sehr komplizierte Aufgabe. Das ist besonders bei einer Vielzahl von

Toten und hohem Zerstörungsgrad der Leichen der Fall, z. B. nach folgenschweren Naturereignissen, Massenunfällen, Flugzeugabstürzen und Eisenbahnkatastrophen. In der Regel wird dann eine zentral geleitete Kommission tätig (Regierungs-, Katastrophenkommission), die sich aus unterschiedlichen Spezialisten zusammensetzt (medizinischer Rettungsdienst, Such- und Bergungskommandos, Kriminalisten, Gerichtsärzte, technische Kräfte u. a.).
Die in der DDR geltenden rechtlichen Regelungen, wissenschaftlichen Erkenntnismethoden und polizeilichen Untersuchungsprinzipien der Identifikation entsprachen durchaus einem modernen internationalen Standard.

An den folgenden Tagen analysiert Unterleutnant Jenning die in Frage kommenden Vermisstenmeldungen aus dem Kreisgebiet von Grevesmühlen. Nirgends wird eine Frau gesucht, auf die die Merkmale der Toten von Groß Schwansee zutreffen. Am 10. Juni meldet er den Sachstand an die BdVP Rostock, damit die Überprüfung auf den ganzen Bezirk ausgedehnt werden kann. Auch dort verlaufen die Recherchen der nächsten Tage ergebnislos: Im Bezirk Rostock gibt es aus den letzten Monaten keine passende Vermisstenmeldung. Wahrscheinlich ist die Unbekannte doch keine DDR-Bürgerin, stammt vielmehr aus dem Lübecker Raum, zumindest könnte sie dort ins Wasser geraten sein. Dies zu prüfen, ist unter den herrschenden politischen Bedingungen keine einfache Angelegenheit. Das zuständige, gewissermaßen benachbarte Landeskriminalpolizeiamt Kiel liegt von Grevesmühlen eigentlich nur eine reichliche Autostunde entfernt. Doch beide Städte trennt seit einigen Monaten eine schier unüberwindliche Bastion, die nicht nur ein ganzes Land, sondern auch die Welt trennt – es ist die zu Beton erstarrte Entschlossenheit der Berufsrevolutionäre, die angeblich den kalten Kriegern Westdeutschlands Einhalt gebieten, in Wirklichkeit aber den Exodus der DDR-Bevölkerung aufhalten soll.

Jenning könnte nun ein Fernschreiben gen Kiel absetzen oder, einfacher, den Telefonhörer abheben, eine Nummer wählen und sagen: »Guten Tag, Herr Kollege, wir haben auf dem Boden der Deutschen Demokratischen Republik eine Tote gefunden, die nicht hierher gehört …!« Aber das wäre politisch ein so unverzeihlicher Vorgang, dass er befürchten müsste, jede Woche mindestens zweimal standrechtlich erschossen zu werden. Deshalb ist der Dienstweg einzuhalten.

Jenning begründet die Version von der unbekannten Toten aus Westdeutschland in einem ausführlichen Schreiben an seinen höchsten Vorgesetzten im VPKA und übergibt ihm das Duplikat der Akte. Der wiederum verfasst auf Papier mit amtlichem Briefkopf ein Schriftstück mit gleichem Text und sendet es zusammen mit der Akte an die Leitung der Kriminalpolizei der Bezirksbehörde Rostock. Dort wird alles geprüft, das Anschreiben mit neuem Briefkopf versehen, und die Akte an die Hauptverwaltung der Deutschen Volkspolizei in Berlin, dem späteren Ministerium des Innern, gesandt. Sie leitet den Vorgang an das Referat III weiter. Es ist die letzte sachkompetente Stelle im bürokratischen Dschungel. Hinter diesem Referat verbirgt sich das Kriminaltechnische Institut, eine moderne naturwissenschaftlich-technische Forschungs- und Expertisen-Einrichtung der Polizei, in der auch die Vermisstenmeldungen und die Daten über aufgefundene unbekannte Tote aus der ganzen DDR gesammelt und verglichen werden. Die Überprüfung der offenen Vermisstenfälle bestätigt den Verdacht, dass die Tote keine DDR-Bürgerin sein kann. Dieses Ergebnis wird dem Leiter der Hauptabteilung mitgeteilt. Der verfasst wiederum ein neues Anschreiben, nun mit ministeriellem Briefkopf, und die Akte wird an die Oberste Staatsanwaltschaft der DDR weitergeleitet, denn nur von dort aus darf die offizielle Anfrage an das Landeskriminalpolizeiamt Kiel erfolgen. Und jede Antwort geht auf gleichem Wege zurück.

Zentralistische Verwaltungsstrukturen, die kurz nach dem Mauerbau international besonders getrübte politische Großwetterlage und ein übersensibles Sicherheitsempfinden führen folgerichtig zu derlei umständlichen, zeitaufwendigen Prozeduren, die im Übrigen bis zum Ende der DDR beibehalten wurden. So werden noch zehn Monate vergehen, ehe die Akte der unbekannten Toten von Groß Schwansee geschlossen werden kann.

Zäh fließen die Informationen von hüben nach drüben. Und das, obwohl bereits am 27. Oktober 1962 das Landeskriminalpolizeiamt Kiel ein Schreiben übersendet: Die mitgeteilten Daten über die unbekannte Tote von Groß Schwansee stimmen mit an Sicherheit grenzender Wahrscheinlichkeit mit denen der 54-jährigen Gerda Grete Kollbeck aus Lübeck-Travemünde überein – eine mit dem Lehrer Dr. Arnold Kollbeck verheiratete Hausfrau, die in den Abendstunden des 4. November 1961 beim Verlassen des Hauses letztmalig gesehen wurde und seitdem als vermisst gilt. Ihrem Gatten hat sie einen Abschiedsbrief hinterlassen, aus dem hervorgeht, sich aus Gründen einer schweren Herzkrankheit das Leben nehmen zu wollen.

Allerdings war Frau Kollbeck gläubige Katholikin. Und nach der katholischen Moraltheologie ist der Suizid eine schwere Versündigung gegen die Liebe und Gnade Gottes. Seit Jahrhunderten schon versagt die katholische Kirche dem Suizidenten deshalb eine kirchliche Bestattung. Die geweihte Erde wird dem »Sünder« schlichtweg vorenthalten. Doch keine noch so strenge religiöse Verurteilung hindert letztlich den Selbstmörder an seinem

Vorhaben, sie kann hingegen nur zur Verstärkung depressiver Verstimmungen beitragen. Deshalb hat die katholische Moraltheologie keine hemmende Wirkung auf die Suizidalität: So z. B. nimmt die Suizidrate in Österreich, einem Land mit überwiegend katholischer Bevölkerung, in Europa einen der vordersten Plätze ein.
Erst im Jahre 1983 (!) hob der Vatikan mit dem Codex Iuris Canonici das Verbot auf, Suizidenten nicht kirchlich bestatten zu lassen. Doch die allgemeine Stigmatisierung des Suizids ist dadurch noch lange nicht aufgehoben.
In der protestantischen Kirche hingegen gilt die liberale Auffassung: Ein Urteil über den Suizidenten ist allein Gott vorbehalten. Stattdessen werden die Gläubigen aufgefordert zu überprüfen, ob sie am Selbstmord des Betreffenden mögliche Mitschuld trifft.
Die marxistisch-leninistische Philosophie der DDR ging von der These aus, dass allein Selbstmorde von Geisteskranken unvermeidlich sind. Andere depressive Verstimmungen und Gefühle von existentieller Einengung führen stattdessen nur dann in den Suizid, wenn sie dem Selbstlauf überlassen würden. Doch »die der sozialistischen Gesellschaft innewohnenden Potenzen für psychische Gesundheit und Psychohygiene, die in der sozialistischen Kollektivität und Leitungstätigkeit und in der marxistisch-leninistischen Weltanschauung enthalten sind«, können erfolgreich genutzt werden, die Suizidalität zu hemmen. Freilich: Die hohe Suizidrate in der DDR hat die Wirkungslosigkeit dieser »Potenzen« hinlänglich bewiesen.

Die Lübecker Polizei fügt ihrem Schreiben den kompletten Zahnbefund bei, den Frau Kollbecks langjähriger Zahnarzt, Dr. Henze, auf Bitte der Kripo erhoben hat. Er stimmt mit dem Zahnstatus der unbekannten Toten überein. Nun dürfte es eigentlich keine Zweifel mehr an der Identität der Toten mit der vermissten Frau Kollbeck geben.

Doch die bürokratischen Mühlen zwischen Ost und West stehen noch lange nicht still: Die Identifikation muss exakt bewiesen und dokumentiert werden, der Ehemann Frau Kollbecks benötigt eine Sterbebescheinigung von den DDR-Behörden. Sie kann erst ausgestellt werden, wenn die Geburtsurkunde vorliegt. Zu allem Unglück ist diese verlorengegangen. Frau Kollbeck wurde in Berlin geboren und wohnte bis in die 40er Jahre hinein im Stadtbezirk Schöneberg. Sie heiratete während des Zweiten Weltkrieges den jungen Lehrer Arno Kollbeck. Zu diesem Zwecke durfte er für wenige Tage die Ostfront hinter sich lassen. Doch die Reichshauptstadt wurde bereits von den ersten Luftangriffen erschüttert. Ihr Haus wurde das Opfer einer Brandbombe. Unter den Trümmern befand sich auch ihre Geburtsurkunde. Das war für die Frau unbedeutend. Dass sie das Inferno überstand, war viel wichtiger. Mit ihren wenigen Habseligkeiten zog sie zu den Verwandten des Gatten in einen Vorort von Hamburg.

Dr. Kollbeck bemüht sich beim Standesamt Berlin-Schöneberg um die Geburtsurkunde seiner Gattin. Die Antwort ist unbefriedigend: Es gibt keinen Nachweis über sie, der die Ausstellung des Dokuments rechtfertigt. Wenigstens kann im standesamtlichen Namensverzeichnis Frau Kollbecks Geburtsregisternummer ausfindig gemacht werden. Dr. Kollbeck wird an das zentrale Berliner Standesamt 1 in der Berliner Rückertstraße verwiesen. Doch das liegt im Ostteil der Stadt. Wieder ist ein zeitraubender Briefwechsel mit den Behörden erforderlich. Ein makabrer bürokratischer Vorgang nimmt seinen Lauf: Seit Monaten ist Frau Kollbeck tot. An ihrer Identität besteht kein Zweifel. Ihr Tod kann aber nicht beurkundet werden, weil sie, bürokratisch gesehen, nicht geboren ist. Längst wurde der Leichnam eingeäschert. Nun warten die sterblichen Überreste auf eine würdevolle Bestattung. Aber, ohne Geburtsurkunde keine Sterbeurkunde, ohne Sterbeurkunde keine Bestattung, kein Sterbegeld der Krankenkasse und keine Auszahlung der schon viele Jahre bestehenden Lebensversicherung. Verzweifelt bemüht sich Dr. Kollbeck in den nächsten Monaten um den Nachweis der geburtlichen Existenz seiner Gattin.

Dann endlich: Am 10. März 1963 liegt die Geburtsurkunde bei der Obersten Staatsanwaltschaft der DDR vor. Sie übersendet das Dokument an das Ministerium des Innern. Von dort gelangt es an die BdVP Rostock. Diese ersucht das VPKA Grevesmühlen, beim dortigen Standesamt die Sterbeurkunde für Frau Kollbeck ausstellen zu lassen. Dort arbeitet man zügig, die Papiere sind schnell fertig. Sie werden auf dem gleichen Wege zurückbefördert. Und während sich die Aktendeckel der Leichensache Kollbeck in der BdVP Rostock am 2. April 1963 schließen, durchlaufen die ersehnten Dokumente immer noch die behördlichen Stationen.

Erst Ende April 1963, also anderthalb Jahre nach dem Selbstmord seiner Frau, kann Dr. Kollbeck amtlich nachweisen, dass sie verstorben ist.

Der Tod im Wasser ist zumeist ein unfallbedingtes Geschehen. Als Suizidmittel findet das Ertrinken mit einem Anteil von vier Komma vier Prozent relativ wenig Anwendung, wird aber dann von Frauen bevorzugt. Die meisten suizidalen Ertrinkungstodesfälle geschehen in der Badewanne. Fließende oder stehende Gewässer im freien Gelände werden seltener benutzt. Suizidales Ertrinken zählt zu den Durchführungsarten, bei denen meist verschiedene Tatmittel kombiniert werden, etwa mit Pulsaderschnitt, Einnahme von Alkohol, Schlafmitteln oder anderen Giften. Manche Suizidenten fesseln sich oder beschweren sich mit Gegenständen, um unwillkürliche Schwimmbewegungen zu vereiteln.

Der sog. klassische Ertrinkungstod tritt nach etwa vier Minuten ein. Er ist eine Sonderform des Erstickens. Jedoch kann der Tod

auch wesentlich schneller, mitunter sogar reflektorisch eintreten, wenn bestimmte Bedingungen vorliegen, wie beispielsweise Kälteeinwirkung des Wassers.
Bei der gerichtlichen Obduktion kann im Regelfall nur der Ertrinkungstod diagnostiziert werden. Der Ausschluss oder Nachweis eines Unfalls oder gar eines Tötungsverbrechens ist jedoch Sache der Polizei. Die den Ertrinkungstod verursachenden Einflüsse bewirken häufig ein so uncharakteristisches, mehrdeutiges Spurenbild, dass die kriminalistische Sachaufklärung oft besonders schwierig ist.

Der Täuscher

Donnerstag, der 9. März 1972. Am späten Vormittag in der BdVP Suhl. Hauptmann der K, Wunderlich, dreiundvierzig, Leiter der MUK und als passionierter Jäger für immer mit seiner Thüringer Heimat verbunden, spannt einen Bogen Papier in die Schreibmaschine: Ein kurzes, aber bedeutungsvolles Protokoll muss getippt werden. Es soll den Schlussstrich unter einen Vorgang setzen, der ihn, sein Team, und überhaupt die gesamte Volkspolizei zwischen Erfurt und Suhl seit Anfang November letzten Jahres auf ständigen Trab gehalten hat.

Er gestattet sich noch einen tiefen Zug aus der Zigarette, dann prasseln seine flinken Finger über die Tasten des antiquierten Schreibgeräts:

»Gemäß § 141 Abs. 1 Ziffer 3 StPO wird das Ermittlungsverfahren gegen den Beschuldigten, den 28-jährigen Invalidenrentner Dieter Fredersdorf, wegen vorsätzlicher Tötung seiner Bekannten, der 30-jährigen Invalidenrentnerin Martina Baerwaldt, beendet, da mit seinem Selbstmord die gesetzlichen Voraussetzungen der Strafverfolgung in Wegfall geraten sind.«

Er zieht das Papier aus der Maschine, wirft einen letzten, kontrollierenden Blick über die Zeilen und unterschreibt das Protokoll. Dann geht der Hauptmann zu einem Aktenschrank, entnimmt ihm eine ganze Batterie prall gefüllter, fortlaufend nummerierter Ordner mit dem Aktenzeichen 131/14/71 und stapelt sie auf seinen Schreibtisch. Das gewichtige Protokoll landet in dem Ordner mit der höchsten Ziffer. Er verschnürt den Stapel zu einem festen Paket, als soll das Ganze zur Altpapiersammelstelle. In Wahrheit aber wird es bald im Archiv verschwinden. Und das für ewig.

Es sind die Akten über einen Vorfall, der zwar strafprozessrechtlich ohne Beanstandung abgeschlossen werden konnte, jedoch wichtige Fragen offen ließ.

Knapp geschildert ging es dabei um eine junge, querschnittsgelähmte Frau im Rollstuhl und ihren gehbehinderten Freund. Sie bewohnten für einige Tage ein Erfurter Hotel. Eines Morgens fuhren sie nach Arnstadt und ließen sich von dort mit einem Taxi nach Oberhof kutschieren. Am Abend des gleichen Tages kehrte der junge Mann ohne seine Begleiterin ins Hotel zurück. Die pfiffigen Hotelangestellten mutmaßten folgerichtig, dass da etwas nicht mit rechten Dingen zugeht, denn die junge Frau im Rollstuhl war nicht in der Lage, sich allein in den Thüringer Bergen fortzubewegen. Wo also war sie geblieben? Der junge Mann indes legte sich schlafen und verließ am nächsten Morgen das gastliche Haus. Seitdem blieb auch er verschwunden. Drei Tage später – das gemietete Zimmer blieb unbewohnt und unbezahlt – erstattete das Hotel Anzeige bei der VP. Vielleicht war man einem Betrüger-Pärchen aufgesessen. Eine Fahndung nach den beiden wurde ausgelöst, ein Ermittlungsverfahren gegen den jungen Mann eingeleitet. Doch die Spur verlor sich.

Nun wurden die verschiedensten Versionen aufgestellt. Sie pendelten zwischen dem Verdacht eines »ungesetzlichen Grenzübertritts« und eines Verbrechens an der jungen Frau im Rollstuhl. Auch die Möglichkeit eines Unfalls in den Thüringer Bergen wurde in Betracht gezogen. Eine großangelegte Suche der Polizei blieb ohne Erfolg.

Überraschend präsentierte die Mutter des verschwundenen jungen Mannes der Polizei ein merkwürdiges, verschlossenes Briefkuvert mit der Aufschrift: »An die Genossen des sowjetischen Geheimdienstes!!!« Es wurde dem letzten Brief beigefügt, den der Sohn schrieb. Darin bittet er, im Falle seines Ablebens das geheimnisvolle Kuvert weiterzuleiten. Zweifelsfrei war es die Handschrift ihres Sohnes. Doch in dem Kuvert steckte nur ein unbeschriebenes Blatt Papier.

Weitere Suchaktionen fanden statt. Hubschrauber überflogen die Thüringer Urlaubslandschaft, bergkundige Retter erklommen die Oberhofer Höhen. Vergeblich, von den Vermissten keine Spur. Die polizeilichen Aktivitäten blieben der Öffentlichkeit nicht verborgen, weckten ihre Neugierde. Es dauerte auch nur wenige Tage, bis die Emotionen in der Bevölkerung so hohe Wellen schlugen, dass die Bezirkspresse zur Besonnenheit mahnte. In der Gerüchteküche brodelte es unaufhörlich. Unzählige Vermutungen, unsinnige Spekulationen machten die Runde.

Dann endlich: Nach Wochen vergeblicher Suche wurden die beiden im unwegsamen Oberhofer Berggelände, nur wenige Meter voneinander entfernt, erhängt aufgefunden. Die Polizei ermittelte, dass die junge Frau durch die Hand des Freundes zu Tode kam. Sie fand auch heraus, dass dieser sich selbst getötet hatte. So wurden die Ermittlungen bald eingestellt, wie es das Gesetz verlangt.

Die näheren Umstände des Todes konnten nie aufgeklärt werden. Unklar blieb, warum der junge Mann seine Freundin tötete, den Tatort verließ, um am nächsten Tag dorthin zurückzukehren und sich zu erhängen. Wollten ursprünglich beide gemeinsam aus dem Leben scheiden? Ermordete er seine Freundin aus niederen Beweggründen und suizidierte sich aus Angst vor strafrechtlichen Konsequenzen? Oder wollte er sich töten und nahm seine Freundin aus Liebe und Mitleid mit in das Jenseits, um sie nicht allein in der irdischen Realität zurückzulassen?

Noch heute liegt der Schleier eines Geheimnisses über diesem Fall. Ihn endgültig lüften zu wollen, wäre angesichts der mageren Fakten eine törichte Anmaßung. Jedoch kann der folgende Bericht wenigstens eine phänomenologisch erklärbare Variante des möglichen Geschehnisablaufs bieten.

Dieter Fredersdorf, achtundzwanzig, wohnt bei seiner Mutter in Weißenfels, der 41 000-Seelen-Kreisstadt im Saaletal. Viele Weißenfelser rackern in der nahen, DDR-größten Schuhfabrik, die den unpassenden, aber heroischen Namen »Banner des Friedens« trägt. Auch Dieters Mutter ist dort tätig.

Er ist trotz der jungen Jahre bereits Invalidenrentner: Eine Gehirnerkrankung lähmte seine Beine. Zwar ist deren Bewegungsfähigkeit erheblich eingeschränkt, doch kann er sich dank ständiger neurologischer Betreuung ohne Hilfsmittel gut fortbewegen. Das macht ihn stolz und unabhängig.

Der 29-jährigen Freundin Martina, die in Dresden wohnt, hat das Schicksal viel schwerer mitgespielt. Als junges Mädchen erlitt sie einen tragischen Unfall, brach sich die Wirbelsäule, ist seitdem brustabwärts querschnittsgelähmt. Nun ist sie ständig auf die Hilfe anderer angewiesen, kann sich nur im Rollstuhl fortbewegen. Die psychische Krise der Behinderung hat sie jedoch längst überwunden. Alte Eigenschaften sind in ihr Gemüt zurückgekehrt: Heiterkeit und Lebensbejahung. Ihre Liebe gilt Büchern, Schallplatten und der heiteren Muse. Auch sie ist Invalidenrentner, bastelt aber für einen kleinen Nebenverdienst in einer Dresdener Rehabilitationswerkstatt Elektrogeräte zusammen. Die Zukunftspläne, einmal in einer Bücherei zu arbeiten, verliert sie nicht aus dem Auge. Sie beflügeln ihren Lebensoptimismus.

Ihr Freund Dieter ist nebenbei künstlerisch tätig. Er entwirft Bühnenbilder für Theater und Varietés. Das bringt ihm nicht nur manche Mark ein, sondern auch Anerkennung. Die Wände seines Zimmers sind geschmückt mit Urkunden. Ständig erhält er Post von der Konzert- und Gastspieldirektion. Martina achtet ihn, blickt zu ihm auf. Immer ist er freundlich zu ihr. »Auf seine Weise liebt er sie, und auf ihre Weise liebt sie ihn«, sagen die Bekannten.

Dieter prahlt gern, wie sehr sein Talent begehrt wird, hat zuweilen den Hang zu Besserwisserei und Geltungssucht. Doch die Mutter ist ihm gegenüber skeptisch. Sie vertraut ihm nicht und macht daraus keinen Hehl. Ihr permanenter Argwohn scheint ihm zu missfallen. Er poltert dann so lange herum, bis die Mutter aus purer Schadensbegrenzung wieder kleinbeigibt. Dieter, so glaubt Martina, hat sich innerlich schon lange von seiner Mutter entfernt, erweckt sogar manchmal den Eindruck, sie im Grunde seines Herzens abzulehnen.

Natürlich hat Martina selbst festgestellt, dass Dieters Phantasie bisweilen mit ihm durchgeht. Er kann Sachen zusammenspinnen, die ihm ein anderer nicht abnehmen würde. Dann strotzt er voller Eitelkeit. Sie lässt es gelassen über sich ergehen, doch eigentlich verabscheut sie diese Eigenart. Schweren Herzens nimmt sie diesen Makel in Kauf und erklärt ihn damit, dass einem Künstler irgendeine Verrücktheit anhaften muss, um überhaupt kreativ sein zu können.

Für Martina ist es wichtig, das Verhältnis zu Dieter harmonisch zu gestalten. Die Unternehmungen mit ihm sollen ja auch weiterhin Spaß machen. Kurzum: Trotz seiner Macken mag sie ihn. Inzwischen kennen sie sich beinahe zwei Jahre. Damals hatte Dieter eine Kontaktanzeige in der *Wochenpost* aufgegeben, auf die sie mit einem netten Brief reagierte. Nach anfänglichem, zaghaftem Briefwechsel trafen sie sich bald, und eine Freundschaft entstand. Jetzt sehen sie sich mindestens zweimal im Monat für ein langes Wochenende. Trotz seiner Gehbehinderung macht es ihm nichts aus, bei ihren gemeinsamen Unternehmungen den Rollstuhl zu schieben. Jetzt kann sie sich ihren kulturellen Leidenschaften hingeben. Kino und Theaterbesuche, aber auch Ausflüge und die Erkundung der heimatlichen Kunstschätze sind fortan kein Problem mehr.

Eines Tages erhält Dieter einen offiziellen Brief: Ein Schreiben mit dekorativem Briefkopf. Der Intendant des Halleschen *Steintor-Varietés* am Marx-Engels-Platz bedankt sich für die hervorragenden Entwürfe für die letzte Revue, die ein voller Erfolg wurde. Er wünsche sich weiterhin eine gute Zusammenarbeit. Dieters Augen strahlen voller Stolz, als er Martina den Brief vorliest. Das, was da schwarz auf weiß geschrieben steht, übertrifft ihre kühnsten Erwartungen. Sie ist gerührt, mit welcher Geschwindigkeit ihr Freund die Treppe zu künstlerischem Ruhm zu erklimmen scheint.

Wochen vergehen. Der Herbst des Jahres 1971 bricht herein. Dieter nimmt einen Spaziergang zum Anlass zu erklären, wieder einen wichtigen Auftrag übernommen zu haben. Diesmal ginge es um eine Bühnenausgestaltung für das Pressefest einer Erfurter Zeitung. Nach Realisierung dieses Projekts wolle er mit ihr in den Urlaub nach Thüringen fahren.

Martina ist erfreut. »Lass uns doch zu dem Pressefest fahren. Ich habe noch nie eine Bühne von dir gesehen«, wünscht sie sich.

»Ach, bei dem Trubel. Die vielen Menschen. Wir werden gar kein Hotelzimmer kriegen«, wiegelt er ab.

»Nicht mal ein Foto habe ich von deinen Bühnen gesehen. Meinst du, dass mich deine Arbeit nicht interessiert?« fragt sie, und in ihrer Stimme schwingt die Enttäuschung mit.

Dieter flüchtet sich in schwülstige Ausreden: Es wären geheime Projekte dabei. Es sei ihm untersagt, sie mit den Produkten seines künstlerischen Schaffens vertraut zu machen. Seine absurde Reaktion stößt Martina bitter auf. Zum ersten Mal zweifelt sie an seiner Glaubwürdigkeit, und zum ersten Mal fühlt sie sich irgendwie mit seiner argwöhnischen Mutter solidarisch. Sie wird nachdenklich. »Wie kommt es eigentlich, dass die immer nur was von dir wollen. Haben die Theater keine eigenen Grafiker?«, will sie plötzlich wissen.

»Na, du weißt doch, alles geht nur mit Vitamin B«, beschwichtigt er sie, doch Martina versteht ihn nicht. »Vitamin B heißt Beziehungen. Und die habe ich nun mal bei denen, die

die Aufträge vergeben. Da sitzt auch ein Behinderter, der macht das für mich«, setzt er den angefangenen Gedanken fort.

Martina beendet die Fragerei. Es ist ihr peinlich, Dieter auf die Weise zu bedrängen. Aber je mehr sie darüber nachdenkt, wie angeblich die Künstlerwelt um ihn buhlt, den Behinderten, der das Metier nicht studiert hat, bei dem sie niemals eine Skizze sieht, der ihr als seine engste Vertraute nie ein fertiges Produkt seiner Tätigkeit zeigt, dafür aber jeden Lobesbrief präsentiert, von ihr weiteres Lob erheischend, umso unglaubhafter erscheinen ihr seine Geschichten. So glimmt tief in ihr der Zweifel weiter.

Die Zeit vergeht. Dieter ist auch etwas stiller geworden, spinnt nicht mehr ganz so viel. Oft ist er in sich gekehrt und spricht stundenlang kein Wort. Seine Zeit für sie ist knapper geworden. Er muss sich angeblich mit der Bühnengestaltung für das Pressefest beschäftigen. Als er schließlich mitteilt, fertig zu sein, und Martina einen erneuten Vorstoß wagt, mit ihm gemeinsam zum Pressefest nach Erfurt zu reisen, weigert er sich hartnäckig und rettet sich wie ein Politiker mit einer simplen Obstruktionstaktik: Es sei unseriös. Was sollen die Kollegen denken, wenn er da plötzlich auftauche. So etwas muss man vorher absprechen. Im Übrigen würde er im Urlaub die Umstände seines Verhaltens näher erläutern. Jetzt ginge das nicht.

Und als Martina bescheiden anmerkt, dass sie sich lediglich unter das Publikum mischen und die Bühne nur aus der Entfernung einmal sehen wolle, redet er wieder auf sie ein: Es gäbe mit dem Auftraggeber eine Vereinbarung, wonach er immer im Hintergrund bleiben müsse, denn in Wirklichkeit sei er als Schattenmann, sozusagen als Ghostwriter, für einen renommierten Grafiker tätig. Kurzum: Im Urlaub würde er alles erklären.

Nun glaubt Martina ihm kein Wort mehr. Doch sie ist klug genug, eine hässliche Konfrontation zu vermeiden, die ein laut geäußerter Zweifel auslösen könnte. Stattdessen lehnt sie sich demonstrativ in ihrem Rollstuhl zurück: Dieses Thema berührt sie nicht mehr. Lieber schluckt sie die Probleme, die sich zwischen ihr und Dieter allmählich aufzutürmen scheinen, und denkt sich ihren Teil.

Einige Wochen später. Martina hat das Thema Pressefest tatsächlich nicht mehr angeschnitten, doch Dieter scheint zu merken, wie sehr sie sich innerlich von ihm entfernt hat. Er wirkt bisweilen traurig. Dann beklagt er, dass das Leben nur mit ihr schön wäre. Alles wolle er dafür geben, mit ihr zusammenzubleiben. Momentan hätte er aber zu viele Probleme um die Ohren. Inständig appelliert er an ihre Geduld. Gerade jetzt, wo er das letzte Projekt abgeschlossen habe, fiele er in ein tiefes seelisches Loch, wenn sie nicht mit ihm in den Urlaub fahren würde. Er habe ihr noch so viel zu sagen.

Martina ist einverstanden, will einen letzten Versuch wagen. Auch sie beabsichtigt, ihm eine Menge zu sagen. Und erfreut kündigt Dieter an, mit ihr eine Woche lang nach Thüringen zu reisen. Wenige Tage später lässt er für die Zeit vom 1. bis 8. November ein Zimmer im Erfurter Interhotel reservieren.

Kurz vor Urlaubsbeginn macht Martina eine merkwürdige Entdeckung: Sie findet in Dieters Zimmer sorgsam versteckte Druckschablonen. Mit ihnen kann man durch einfaches Abreiben der Buchstaben gestochen scharfe Schriften herstellen. Es sind Schrifttypen, die ihr bekannt vorkommen. Ihr entgeht auch nicht, dass die Urkunden an der Wand auf diese Weise hergestellt sein müssen. Und ein böser Verdacht setzt sich in ihrem Hirn fest: Dieter hat womöglich diese Urkunden, vielleicht sogar die Briefe der Konzert- und Gastspieldirektion und des *Steintor-Varietés* selbst verfasst. Sie ist tief enttäuscht: Geht seine Spinnerei schon soweit, dass er sich mit solchen Federn schmücken muss, um sein Image aufzumöbeln? Martina schluckt den Groll hinunter und nimmt sich vor, im Urlaub Dieter auch deshalb zur Rede zu stellen. Alles will sie ihm sagen, was sie seit vielen Monaten belastet, auch, dass sie ihn fortan nicht mehr so oft sehen möchte.

Erfurt, am Abend des 1. November 1971. Zielbewusst steuert Dieter Fredersdorf den Rollstuhl mit Martina Baerwaldt über den Bahnhofsvorplatz in Richtung des dem Bahnhof gegenüberliegenden Interhotels *Erfurter Hof*. Dieser Platz weckt Erinnerungen. Ein reichliches Jahr vorher skandierten nämlich dort Tausende Erfurter lauthals ihr bedeutungsvolles »Williii, Williii!« Der Bundeskanzler der Bundesrepublik Deutschland, Willy Brandt, und der Vorsitzende des Ministerrats der Deutschen Demokratischen Republik, Willi Stoph, trafen sich in der Nobelabsteige am Bahnhof zu einem kurzen politischen Schlagabtausch. Wenn dieser auch wie ehedem das Hornberger Schießen verlief, hatte dieses Ereignis doch große historische Dimensionen: Niemals in der Geschichte der Deutschen Demokratischen Republik strömten die Massen so freudig-spontan zusammen, um dem Genossen Stoph auf so herzliche Weise ihren Gruß zu entbieten …

Eine halbe Stunde später richten sich Martina und Dieter in ihrem Hotelzimmer so gut es geht häuslich ein, um bald im Restaurant fürstlich zu dinieren. Dieter hat erstaunlich viel Geld bei sich. Ein gutes Honorar, verkündet er stolz. Martina kann nicht wissen, dass er vor der Abreise nach Erfurt die Mutter heimlich um mehrere hundert Mark erleichterte.

»Morgen will ich mir die Stadt angucken, Anger, Fischmarkt, Krämerbrücke und so weiter«, wünscht sich Martina.

Dieter ist einverstanden, ergänzt aber die nächsten Pläne: »Und am Mittwoch fahren wir nach Oberhof. Wir nehmen uns 'ne Taxe. Ich habe da nämlich was zu tun!«

Martina blickt ihn erstaunt an: »Was heißt, ich habe da zu tun?«

»Das erkläre ich dir später«, versucht er sie zu beruhigen.

»Jetzt haben wir Urlaub, und jetzt sollst du mir das sagen, was schon lange nötig ist!«, fordert Martina energisch.

Dieter überlegt einen Augenblick, dann sagt er: »Das hat was mit meinen Aufträgen zu tun. Aber lass uns morgen darüber sprechen«, bittet er sie.

Doch sie lässt nicht locker. »Du meinst, mit deiner Bühnengestaltung?«, fragt sie spitz und tut so, als würde sie ihm diese Geschichte noch glauben.

Er nickt unsicher.

»Spiel mir doch kein Theater vor!«, entrüstet sie sich. »Ich weiß längst, dass du die Urkunden und Briefe selbst schreibst. Kannst du mir erklären, was das soll?«

Dieter ist perplex. Eine solche Attacke hat er von Martina nicht vermutet. Er sackt in sich zusammen und bittet sie kleinlaut:

»Lass es mich morgen erklären, bitte!«

»Meinetwegen, aber vergiss es nicht«, schließt Martina das Thema ab.

Spät abends, als Dieter Martina gewaschen und ins Bett bugsiert hat, setzt er sich an den kleinen Tisch des Hotelzimmers und kramt in irgendwelchen Papieren, die er mitgebracht hat.

»Was machst du noch?«, fragt Martina müde.

»Ich muss noch etwas Wichtiges schreiben«, antwortet er leise.

»Schlaf du nur!«

»An wen musst du jetzt schreiben?«

»Es ist ein Brief an den sowjetischen Nachrichtendienst«, erklärt er geheimnisvoll.

Martina ist völlig verwirrt, stützt sich mit den Händen ab und richtet sich etwas auf, um sein Gesicht zu sehen, und entrüstet sich energisch: »Fängst du wieder mit deinem Blödsinn an? Dann will ich morgen nach Hause!«

»Das ist kein Blödsinn«, entgegnet er ernst. »Es geht um Leben und Tod. Wir hatten ausgemacht, dass ich dir morgen alles erkläre.«

Völlig verständnislos sinkt Martina wieder in die Kissen zurück und schweigt. Sie denkt, was ist das bloß für ein Mensch, der nichts anderes im Kopf hat als seine Lügengeschichten.

Am nächsten Morgen entdeckt sie auf dem kleinen Tisch zwei Briefumschläge. In der Tat: Der eine ist an den sowjetischen Geheimdienst in Moskau adressiert und bereits akkurat verschlossen. Der andere trägt die Anschrift von Dieters Mutter und ist noch nicht zugeklebt. Ein beschriebener Papierbogen steckt darin.

»Willst du's lesen?«, fragt Dieter, als er ihr Interesse bemerkt.

»Wenn du möchtest«, sagt sie zurückhaltend.

Er fingert das Papier aus dem offenen Umschlag und überreicht es Martina: »Aber nur den! Der andere ist nichts für dich«, schränkt er ein, in dem er auf den bereits verschlossenen Brief zeigt.

Martina liest den kurzen Text: »Liebe Mutti, im Falle meines Ablebens bitte ich dich um Weiterleitung des beigefügten Briefes! Dein Sohn Dieter«

Martina schaut Dieter mit großen Augen an. Das alles ist ihr zu viel. Sie fühlt sich von den seltsamen Geschichten, die er immer wieder bereithält, überrumpelt, eingeengt und völlig überfordert. Der Gedanke, Dieter könne in irgendeine schlimme Sache verwickelt sein, macht ihr Angst. Sie will etwas sagen, doch er fällt ihr ins Wort: »Es ist halb so schlimm. Nur eine Vorsichtsmaßnahme. Wenn wir morgen in Oberhof sind, wirst du alles verstehen!«

»Du wolltest heute mit mir sprechen«, beklagt sie sich.

»Lass uns in die Stadt fahren, morgen in Oberhof weißt du alles. Es ist eine lange Geschichte. Unterwegs werde ich beginnen«, kündigt Dieter die Einlösung seines Versprechens an.

Martina hört ihm nur mit halbem Ohr zu. Diese Wichtigtuerei widert sie an. Ziemlich gelassen gibt sie zu verstehen, dass es ihr genaugenommen gleichgültig ist, ob, wann und über was er sie unterrichten wolle.

Dieter wendet sich wie geistesabwesend von ihr ab und geht zum Telefon, das neben seinem Bett steht. Dann telefoniert er mit seiner Mutter. Seine Stimme ist leise und zittert. Er wirkt angespannt und niedergeschlagen. Martina hält sich taktvoll zurück. Doch aus den Wortfetzen, die sie aufschnappt, schließt sie: Zwischen Mutter und Sohn muss etwas vorgefallen sein, denn er entschuldigt sich mehrmals und versichert, sie müsse sich künftig keine Sorgen mehr machen.

Martina kann nicht wissen, dass es bei dem Dialog mit der Mutter um den Gelddiebstahl geht. Sie beobachtet Dieter, während er telefoniert, wie ein Psychoanalytiker. Kühl und distanziert wertet sie jede seiner Gesten. Es steht fest: Sie wird sich von ihm trennen.

Als er den Hörer wieder aufgelegt hat, steckt er den geheimnisvollen Brief an den sowjetischen Nachrichtendienst zusammen mit dem ebenso geheimnisvollen Anschreiben in den Briefumschlag an seine Mutter, verschließt diesen sorgfältig und lässt ihn in seiner Manteltasche verschwinden.

Nach dem Frühstück verlässt das Paar das Hotel, um die spätherbstliche Stadt zu besichtigen. Martina entgeht nicht, dass Dieter den Brief an seine Mutter später irgendwo in einen Postkasten steckt.

Dieter schiebt Martinas Rollstuhl vor sich her durch das Menschengewühl. Schweigend betrachtet Martina die restaurierten Fassaden der Bürgerhäuser. Nur einmal sagt sie: »Auch ich habe dir etwas Wichtiges zu sagen«, worauf Dieter ungewöhnlich barsch entgegnet: »Ich kann mir schon denken, was kommt!« Martina dirigiert ihn kreuz und quer durch die Stadt. Bereitwillig folgt er ihren Anweisungen. Als er eine Pause einlegen möchte, verlangt sie, wieder ins Hotel zurückgefahren zu werden. Dieter ist dies recht. Wenig später lümmelt er auf seinem Hotelbett und hängt seinen Gedanken nach, während Martina im Rollstuhl am Fenster sitzt und den Erfurter Stadtführer studiert.

Nach einer Weile des Schweigens fragt Dieter sie plötzlich, ob sie nun bereit wäre, seine Geschichte anzuhören. Mit einer demonstrativen Geste legt sie den Stadtführer beiseite und gibt zu verstehen, dass er beginnen könne. Was nun folgt, ist eine rührselige und zugleich patriotische Mär: Seit Jahren wäre er als Kundschafter für den sowjetischen Geheimdienst tätig. Nun könne er sich aus den Tentakeln dieses gigantischen Schnüffelapparates nicht mehr befreien. Er gäbe Martina Recht mit ihrem Verdacht gegen ihn. Ja, er habe die Briefe und Urkunden selbst angefertigt. Doch nicht, um damit zu prahlen, sondern weil es nötig gewesen wäre, eine entsprechende Legende als Tarnung aufzubauen. Und morgen fände ein Treff mit einem Genossen statt, in einem Wald bei Oberhof. Diese Gelegenheit wolle er nutzen, um endgültig seine Beziehung mit dem Geheimdienst zu lösen, und sie, Martina, solle als Zeugin dabei sein. Obwohl Martina auch nicht im geringsten die Gepflogenheiten eines Geheimdienstes kennt, zweifelt sie doch an Dieters Schilderungen. Sie kann weder glauben, dass die Moskauer Geheimdienstler auf so einen wie Dieter angewiesen sind, noch kann sie sich damit abfinden, dass in diesen Kreisen solche naiven Indianerspielallüren herrschen sollen. Jetzt könnte sie Dieter viele Fragen stellen. Doch sie unterlässt es.

»Morgen will ich im *Panoramahotel* von Oberhof Kaffee trinken. Du kannst dich ja treffen, mit wem du willst«, meint sie kühl. Dann nutzt sie ihre innere Gelassenheit für die Mitteilung, die Freundschaft mit ihm beenden zu wollen. Eigentlich dürfte nach all dem Vorgefallenen diese Nachricht Dieter nicht überraschen, doch er ist über alle Maßen bestürzt: Er könne nicht ohne sie sein. Sie sei sein einziger Halt. Wenn sie ihr Vorhaben wahrmache, würde er sich umbringen.

Aber Martina bleibt hart. Für sie gäbe es kein Zurück. Seine ständigen Lügengeschichten wären unerträglich. Nein, sie sei zu tief enttäuscht.

Dieter fällt auf die Knie, umfasst ihre Beine, die ohne Empfindung sind, heult wie ein kleines Kind.

»Lass mich nicht allein«, wimmert er hilflos. Umsonst. Martina will hart bleiben.

Dieter schluchzt: »Bitte, versuch es noch mal mit mir!« Der Mann mit dem nahezu beängstigenden Selbstbewusstsein ist zu einem Häuflein Verzweiflung zusammengeschrumpft. Und wie er so demütig vor ihr kniet und kläglich um ihre Gunst bettelt, hat sie plötzlich Mitleid mit ihm. Dies freilich, ohne von ihrem Entschluss zur Trennung abrücken zu wollen.

»Schlaf erst mal drüber, und morgen fahren wir nach Oberhof. Dann können wir ausführlich reden. In deiner jetzigen Verfassung bist du nicht in der Lage, sachlich zu diskutieren«, sagt sie bestimmend. Und Dieter nickt stumm, wischt sich die Tränen aus dem Gesicht.

Später, als er sich etwas beruhigt hat, dringt er nochmals auf sie ein: »Ich habe nur eine Bitte: Du sollst dabei sein, wenn ich mich mit dem Mann treffe!«

»Na gut, wenn dir so viel daran liegt«, antwortet sie und sinnt darüber nach, ob sein Gehirn vielleicht irgendeine Krankheit ausbrütet und dabei wundersame Dinge produziert, die für ihn Realitätscharakter besitzen.

Mittwoch, der 3. November 1971. Ein kühler, aber freundlicher Tag. Dieter und Martina sind bereits am Morgen mit einem Bus nach Arnstadt gefahren, um von dort weiter nach Oberhof zu gelangen. Doch die Busfahrt ist für Martina zu beschwerlich. Sie entschließen sich deshalb, über Mittag in Arnstadt zu bleiben und dann mit einem Taxi nach Oberhof zu fahren. Dieter ist außergewöhnlich heiter, fast kindlich ausgelassen und besonders nett zu Martina. Auch sie bemüht sich, freundlich zu sein, zwingt Dieter immer wieder belanglose Gespräche auf, um vorsorglich von dem leidigen Thema abzulenken. Am Nachmittag winkt Dieter dann ein vorbeifahrendes Taxi heran. Während der Fahrer bereitwillig den Rollstuhl zusammenklappt und im Kofferraum verstaut, hebt Dieter Martina behutsam auf den Rücksitz des Wolgas. Die Fahrt geht bis nach Oberhof, knapp fünfzig Kilometer entfernt. Am Ortseingang von Oberhof steigen sie aus, wollen den Rest des Weges kein Auto benutzen. Das leere Taxi fährt nach Arnstadt zurück.

Dieter lenkt den Rollstuhl artig durch die kleine, ruhige Ortschaft, in der sich wenige Wochen später Tausende von Wintersportlern tummeln werden. Jetzt begegnen den beiden nur wenige Urlauber aus den nahen FDGB-Ferienheimen.

Eine halbe Stunde später, es ist bereits 16.30 Uhr, sitzen sie im *Panoramahotel*. Martina ist zufrieden: Der Kaffee ist gut und der herrliche, weite Blick über das Thüringer Land entschädigt sie für die Strapazen des bisherigen Tages. Auch Dieter blickt versonnen in die Weite. Seit sie in Oberhof sind, ist er still und in sich gekehrt, hat seine anfängliche Heiterkeit verloren. Bisher hat er kein einziges Wort über das ominöse Treffen verloren. Gut so. Martina hofft, dass die Angelegenheit inzwischen in Vergessenheit geraten ist. Hier unter den Menschen im Hotel fühlt sie sich sicher.

Als es draußen zu dämmern beginnt, fragt sie besorgt, ob es nicht besser wäre aufzubrechen, um nicht zu spät nach Erfurt zurückzukehren.

»Wir haben Zeit, unser Zug fährt erst später«, ist seine kurze Antwort. Doch Augenblicke danach entschließt er sich: »Gut, lass uns gehen, wir machen noch einen Spaziergang, ehe es dunkel wird!«

Gegen 17.15 Uhr brechen sie auf. Eine Angestellte des Hotels hält die große Pendeltür am Eingang zurück, damit Martinas Rollstuhl ungehindert passieren kann. Draußen übernimmt Dieter wieder die Führung. Er steuert Martina durch den kleinen Ort bergan bis zu einem Waldweg, in den er einbiegt.

»Es wird bald dunkel«, bemerkt Martina nach einer halben Stunde und will wissen, wann der Zug fährt.

»Wir haben noch fast drei Stunden Zeit«, beruhigt er sie. Plötzlich erhöht er das Tempo, schiebt den Rollstuhl eilig vor sich her und biegt unerwartet in einen schmalen, abwärts führenden Trampelpfad ein, der durch dichtes Unterholz führt. Die Gegend wird immer unwegsamer. Unsanft holpert der Rollstuhl über Wurzeln und Steine.

»Was soll das, spinnst du«, schimpft Martina verärgert und fordert Dieter auf, umzukehren.

»Wir fahren jetzt hier entlang«, entgegnet er in barschem Ton. Doch Martina gibt nicht auf und schreit ihn an: »Fahr mich auf der Stelle zurück!«

Er ignoriert Martinas Aufforderung und schiebt keuchend das Gefährt weiter durch das knöchelhohe Laub. Dann herrscht er sie an: »Du machst jetzt, was ich will!«

Jetzt ahnt Martina Schlimmes. Sie zittert am ganzen Leib. Angstvoll jammert sie: »Was hast du vor?«

»Bis zum bitteren Ende bleiben wir zusammen«, stößt Dieter hervor und schiebt Martina durch das Dickicht bis zu einer kleinen Lichtung.

Sie spürt die akute Bedrohung, will sich wehren und versucht zu schreien. Vergeblich: Die Angst lähmt ihre Stimme. Verzweifelt schlägt sie mit den Armen um sich. Ihr Widerstand jedoch ist schwach, ihr erbärmliches Wimmern beeindruckt Dieter nicht. Er hebt Martina unsanft aus dem Rollstuhl und setzt sie auf den kalten Waldboden.

»Bitte lass mich! Tu mir nichts«, fleht sie ihn an. Während er mit einer Hand Martinas Arme festhält, holt er blitzschnell mit der anderen eine etwa zwei Meter lange Leine aus der Manteltasche und schlingt ein kurzes Ende um ihren Hals.

»Lass mich leben«, ächzt sie gequält.

Dieter hat sich inzwischen auf sie gelegt, um sie an einer ernsthaften Gegenbewegung zu hindern und zieht den Strang mit beiden Händen zu. Tiefer und tiefer gräbt sich die Leine in Martinas Hals, während er tränenvoll, verzweifelt schluchzt: »Ich liebe dich doch!«

Aber Martina hört ihn nicht mehr. Der Druck in ihren Ohren verhindert jede Wahrnehmung. Sie versucht, nach Luft zu schnappen. Dieter lässt nicht locker. Er verknotet die Schlinge an der Vorderseite ihres Halses derart fest, dass Martinas Zungenbein zerbricht. Er bleibt so lange auf dem Körper seiner Freundin liegen, bis kein Lebenszeichen zu spüren ist. Mit Mühe richtet er sich dann auf. Wie in Trance klappt er Martinas Rollstuhl zusammen, knüpft das lange Ende der Leine an einem Baum, als wolle er die Tote daran hindern, davonzulaufen. Mit einer zweiten, kurzen Leine will er sich nun selbst erhängen. In Kopfhöhe befestigt er den Strang am Stamm. Doch er zögert, sich die Schlinge um den Hals zu legen. Schluchzend und kraftlos sackt er vor dem Baum zusammen: Seine Tötungsenergie ist aufgebraucht.

Es dauert eine Weile, bis er sich wieder fasst. Jetzt wird ihm das Ausmaß des entsetzlichen Geschehens klar. Panische Angst engt seine Sinne ein. Nur ein Gedanke beherrscht ihn: weg von diesem Ort. Eilig zwängt er sich durch das Dickicht bis zum Trampelpfad, irrt lange im unwegsamen Gelände umher, bis er den Waldweg nach Oberhof findet. Er ordnet seine Kleidung und geht betont gemächlich in Richtung Bahnhof. Die Dunkelheit bricht bereits herein, als er gegen 19.00 Uhr am *Ernst-Thälmann-Haus* vorübergeht.

Kurz vor Mitternacht nimmt er an der Rezeption des Interhotels *Erfurter Hof* seinen Zimmerschlüssel in Empfang. Die

Dame hinter dem Tresen blickt ihm nach, als er den Lift besteigt. Sie wundert sich, dass die junge Frau im Rollstuhl nicht in seiner Begleitung ist.

Nach unruhigem Schlaf verlässt er in den frühen Morgenstunden des 4. November das Hotel und begibt sich zum gegenüberliegenden Bahnhof. Er nimmt den nächsten Zug nach Oberhof. Es dauert eine Zeitlang, bis er den Waldweg und später im Dickicht den ausgetretenen Pfad wiederfindet. Dann zwängt er sich durch das dichte Unterholz und sucht die kleine Lichtung, den Ort seiner gestrigen Untat. Er muss lange suchen, doch dann hat er Erfolg. Alles ist unverändert. Leblos liegt Martina auf dem Rücken, die Schlinge um den Hals. Neben ihr der zusammengeklappte Rollstuhl. Eine Zeitlang kauert Dieter vor der Toten, streichelt ihre kalten Wangen und weint. Als es zu nieseln beginnt, steht er auf und geht zu dem Baum, an dessen Stamm er gestern Abend die Schlinge befestigt hatte. Nun zögert er nicht mehr. Aus der Manteltasche zieht er eine weitere, etwas kürzere Schnur und bindet ein Ende um das linke Handgelenk. Sodann umschnürt er mehrfach das rechte Handgelenk mit dem anderen Ende. Mit Hilfe der Zähne verknotet er die Schnur. Er will jede unbewusste Selbstrettungsreaktion verhindern, wenn sich der Strang zuzieht. Mit den gefesselten Händen legt er sich die Schlinge um den Hals. Dann sackt er in die Knie. Die Beine rutschen im feuchten Laub nach hinten weg. Halb kniend bleibt er in der Schlinge hängen. Nur einen Augenblick später verliert er das Bewusstsein. Dann ist er tot.

Als Hotelangestellte des *Erfurter Hofs* am 6. November feststellen, dass Dieter Fredersdorf und Martina Baerwaldt seit zwei Tagen ihr gemietetes Zimmer nicht mehr benutzt haben, erstattet die Hotelleitung Anzeige bei der Volkspolizei. Mitarbeiter der Rezeption erinnern sich, Fredersdorf am frühen Morgen des 4. November gesehen zu haben, als er das Hotel verließ. Die Tatsache der schweren Behinderung Martinas ist genug Anlass für schnelles polizeiliches Handeln, denn die kalte Witterung des Novembers fördert eine mögliche Gefährdung. Fredersdorfs Mutter in Weißenfels wird vernommen. Nun wird nicht nur bekannt, dass sie der Sohn vor seiner Reise nach Erfurt bestohlen hat, sondern auch, welch bizarre Scheinwelt er um sich errichtete. Sie spart nicht mit harscher Kritik an ihrem Einzigen, betont aber gleichzeitig, wie sehr er sich mit Martina verstanden habe.

Der Taxifahrer, der das Paar am 3. November von Arnstadt nach Oberhof fuhr, wird ausfindig gemacht. Auch die Hotelangestellten des *Panoramahotels* bestätigen die Anwesenheit der beiden: Man kann sich gut an die Dame im Rollstuhl und ihren Begleiter erinnern. Schließlich stößt die Kriminalpolizei auf Zeugen, die glaubhaft versichern, Fredersdorf am 3. November gegen 19.00 Uhr ohne seine Begleiterin in der Nähe des Oberhofer *Ernst-Thälmann-Hauses* gesehen zu haben. Damit verliert sich jede weitere Spur. Die Suhler Kriminalpolizei schreibt mehr als einhundertfünfzig FDGB-Urlauber an, die sich über die Zeit des 3. November in Oberhof aufgehalten haben, und bittet um sachdienliche Hinweise. Die kriminalistische Ausbeute ist dennoch dürftig. Auch Presseinformationen und die Auslösung einer Eilfahndung führen nicht zum Erfolg, obwohl Hunderte von Hinweisen bei der Kriminalpolizei eingehen. Die aufgewühlte Volksseele reagiert empfindlich: Irrtümer, falsche Verdächtigungen, unhaltbare Spekulationen und ehrlich gemeinte Tipps werden zum Gegenstand der Ermittlungen. Es ist erstaunlich, wo überall man den Gesuchten gesehen haben will. Das macht die Verwirrung komplett. Mühsam muss die Kriminalpolizei jedem Hinweis nachgehen, und jedes Mal erlebt sie eine neue Enttäuschung. Doch von Fredersdorf findet sie nicht die geringste Spur.

Zeitgleich starten riesige Suchaktionen: Uniformierte und

zivile Polizei, Jäger, Soldaten, Bergsteiger und viele Freiwillige durchkämmen die teilweise unwegsamen Gebiete zwischen Schmalkalden, Suhl, Ilmenau und Arnstadt. Der Wintereinbruch erschwert die Arbeit der Suchkräfte zusätzlich. Erst nach Wochen, während der fünften, stabsmäßig geführten Aktion werden die beiden Leichen gefunden.

Dieter Fredersdorf war eine psychopathische Persönlichkeit, egoistisch, eitel und in hohem Maße selbstunsicher. Die Bewältigung der Lebensanforderungen vollzog er weniger rationell als emotional. Vermutlich hatte die Hirnschädigung nicht nur die Bewegungsfähigkeit seiner Beine eingeschränkt, sondern auch die für kritisches Denken verantwortlichen Abschnitte des Kortex.
Er hatte Verhaltensstrategien entwickelt, mit deren Hilfe er sein gebrochenes Selbstbewusstsein durch ein triebhaftes Geltungsbedürfnis zu kompensieren versuchte. Eine Zeitlang gelang es ihm auch, seine Umwelt zu täuschen. Aber die Mutter war kritisch und zeigte beizeiten Argwohn, deshalb lehnte er sie innerlich ab. Falls eines seiner Lügengebäude einzustürzen drohte, baute er unverzüglich ein neues auf. Der Drang, immer wieder mit neuen Scheinleistungen aufzuwarten, verselbständigte sich regelrecht. Nur so hatte sein labiles Selbstbewusstsein Bestand. Die Lügen zogen immer neue nach sich, damit konnte sein Selbstwert für eine gewisse Zeit gestützt werden. Aber nur scheinbar, denn er erreichte letztlich nur eine oberflächliche Befriedigung, die alsbald an Wirkung verlor und erneuert werden musste. Und das erforderte neue Täuschung, weil ihm echte Leistung nicht möglich war. So verstrickte er sich weiter. In diesem Teufelskreis lag dann auch der Keim seiner Selbstzerstörung.
Eine Beurteilung der Tatortsituation ohne Berücksichtigung der Persönlichkeitsstrukturen beider Beteiligten hätte fälschlicherweise auch die Möglichkeit einer Tötung auf Verlangen oder eines gemeinsamen Suizids begründen können. Jedoch konnte

im Gegensatz zu Dieter Fredersdorf bei seiner Freundin zu keiner Zeit eine Suizidneigung nachgewiesen werden. Als Martina Baerwaldt ankündigte, die Beziehung zu ihm zu lösen, empfand Fredersdorf dies als existentielle Bedrohung, weil sie sein einziger, echter emotionaler Halt war. Insofern hatte sie in diesem Todesspiel eine fertige Rolle übernommen, freilich ohne dies zu ahnen. Und so zerstörte Dieter Fredersdorf das, woran er emotional am stärksten hing, nämlich: sich selbst und seine Freundin Martina.

Camouflagen

Fall 1:
An einem feuchtkühlen Novembermorgen des Jahres 1977 fährt ein unauffälliger dunkelroter Skoda 1000 MB mit dem polizeilichen Kennzeichen IEJ 4-55 auf der Fernverkehrsstraße 109 in den Norden Berlins. Am Steuer sitzt ein Mann, wohlgenährt, um die vierzig, mit blonden Haaren und randloser Brille. Kurz hinter Buchholz biegt er auf die Hobrechtsfelder Chaussee, verlässt diese bald wieder, durchquert die Ortschaft Karow und fährt in Richtung Buch weiter. Auf einer asphaltierten, schnurgeraden Straße am Rande des Berliner Stadtwaldes, nahe der Grenze des Kreises Bernau, erhöht er plötzlich das Tempo, überschreitet bei weitem die hier erlaubten fünfzig Stundenkilometer. Da nach wenigen hundert Metern die Straße nahezu im rechten Winkel abbiegt und hohe Bäume und dichtes Unterholz die Einsicht versperren, zwingt diese scharfe Kurve zu rigoroser Fahrdisziplin.

Doch das Fahrzeug bremst nicht vor der gefährlichen Rechtsabbiegung. Im Gegenteil: Mit Vollgas rast es geradeaus weiter, überfährt einen wenige Meter breiten Randstreifen und prallt frontal gegen einen fast zwei Meter hohen Stapel tonnenschwerer Betonschwellen. Die Wucht des Aufpralls ist so groß, dass das Fahrzeug auf die Hälfte seiner Länge zusammenschrumpft. Airbag und Seitenaufprallschutz sind noch nicht erfunden, doch auch sie hätten keinen wirksamen Schutz bieten können. Sekunden später steht der dunkelrote Skoda in hellen Flammen. Leute aus der Nachbarschaft alarmieren die Feuerwehr. Andere versuchen inzwischen vergeblich, mit kleinen Handfeuerlöschern das Inferno zu bekämpfen. Die Feuerwehr kommt schnell. Die Flammen haben inzwischen das ganze Auto erfasst. Eilig ziehen die Feuerwehrmänner dicke Schläuche von ihrem Fahrzeug. Aus deren Düsen schießt in breitem Strahl dichter, weißer Schaum. In weniger als einer Minute ist der Skoda gänzlich eingeschäumt. Die Flammen sind erstickt. Doch der Mann am Lenkrad ist längst tot: Auf dem rußschwarzen Metallgerippe des Fahrersitzes sind die Konturen eines menschlichen Körpers zu erkennen. Kopf, Brust und Arme sind bis zur Unkenntlichkeit verkohlt. Schnell ist klar: Keine andere Person außer dem Kraftfahrer saß in diesem Unglückswagen.

Ein Einsatzfahrzeug der VUB trifft ein. Sachlich, ohne innere Regung und routiniert nehmen die weißbemützten Volkspolizisten die Sachlage zur Kenntnis. Der grausige Anblick tödlich Verletzter gehört längst zum Alltag der Verkehrsunfallbereitschaften, denn jährlich fallen dem Straßenverkehr in der DDR mehr als zweitausend Menschen zum Opfer.

Die Polizisten fertigen Fotos, vermessen den Tatort und suchen den Weg nach Bremsspuren ab. Der Schaum, der die Flammen des brennenden Wagens erstickte, und der immer noch den Boden zentimeterdick bedeckt, erschwert die Spurensuche. Schließlich kommen sie zu dem Schluss: Auf dem feuchten Asphalt sind keine Bremsspuren zu finden. Das Fahrzeug muss demnach mit vollem Tempo gegen das Betonhindernis gerast sein. Sie befragen die aus der Umgebung Herbeigeeilten nach ihren Wahrnehmungen. Doch es sind nur sogenannte Knallzeugen. Denn: Erst der dumpfe Aufprall des Wagens hat ihre Aufmerksamkeit geweckt. Sie können nun zwar das Resultat des Crashs bekunden, nicht aber seinen Ablauf.

Wenig später erscheint der Verkehrsstaatsanwalt. Da nur ein Toter zu beklagen ist und die Polizisten bereits eine erste, plausible Erklärung für den Hergang der Kollision parat haben, entscheidet er, die Weiterbearbeitung der VUB und nicht der Kriminalpolizei zu übertragen: Offensichtlich hat der Fahrer wegen zu hoher Geschwindigkeit die Gewalt über seinen Wagen verloren und ist deshalb gegen die aufgeschichteten Betonschwellen geprallt.

Bei der Kfz-Zulassungsstelle im Polizeipräsidium ist zu erfahren, dass das Fahrzeug auf den 42-jährigen Ingenieurökonom Alexander Lausnitz aus Berlin-Blankenburg zugelassen ist. Auch die Gerichtsärzte finden später bei der Obduktion in der Gesäßtasche des Toten die angekohlten Fahrzeugpapiere auf den gleichen Namen. Schwere innere Verletzungen, Rippenserienfrakturen, die Ruptur der Leber und die Aspiration des tödlichen Kohlenmonoxids haben den Tod des Mannes verursacht. Der vage Verdacht, er könne unter Alkoholeinfluss gefahren sein, bestätigt sich nach der Blutuntersuchung nicht. Alexander Lausnitz, der als stellvertretender Leiter eines großen HO-Zentrallagers für Industriewaren tätig war, hinterlässt eine Frau und drei Kinder. Tief erschüttert nimmt Frau Lausnitz die schreckliche Nachricht vom Unfalltod des Gatten und Vaters zur Kenntnis. Von nun an muss sich die Witwe als alleinerziehende Mutter mit drei Kindern durchs Leben schlagen.

Einige Tage später schließt der zuständige Sachbearbeiter der VK die Akte Lausnitz mit dem Ergebnis »Tod durch selbstverschuldeten VU« und übergibt Frau Lausnitz ein Schreiben, das sie der Staatlichen Versicherung vorlegen muss. Ihr Gatte hatte nämlich vor Jahren eine Lebensversicherung über 15.000 Mark abgeschlossen. Sie garantiert den Hinterbliebenen bei einem unfallbedingten Tod die Auszahlung von 30.000 Mark: Ein finanzielles Trostpflaster für die Familie, das wenigstens den schweren Neuanfang erleichtert, wenn freilich der Verlust des Vaters dadurch nicht ersetzt werden kann. Die Staatliche Versicherung reagiert prompt und unbürokratisch.

Als Frau Lausnitz geraume Zeit später die persönlichen Papiere ihres Mannes durchsieht, fällt ihr ein von ihm verfasstes, handgeschriebenes Schriftstück in die Hände, das er dem Datum nach noch am Vorabend seines Todes geschrieben haben muss:

»Meine liebe Katja! Wenn Du diese Zeilen liest, werde ich nicht mehr leben. Die Dinge im Betrieb sind mir über den Kopf gewachsen, vor allem wegen der krummen Geschäfte des Kollegen Willuda. Ich fühle mich mitverantwortlich, weil ich geschwiegen habe. Deshalb will ich nicht mehr. Lass Dir die Lebensversicherung auszahlen, vernichte aber vorher dieses Schreiben. Ich liebe Euch! Alex«

Frau Lausnitz fährt der Schreck in die Glieder: Also kein Unfall! Selbstmord war es. Folgerichtig kommt sie zu dem Schluss, dass er absichtlich gegen die Betonschwellen gefahren ist.

Sie weiß, dass vor zwei Wochen der Leiter des Fuhrparks im Betrieb ihres Mannes, Ernst Willuda, von der Polizei verhaftet wurde. Er war ein Meister der Beschaffung und Organisation. Das Aufspüren von Dingen in der Welt des chronischen Versorgungsmangels, über die der offizielle Handel nur selten verfügte, beherrschte er mit Virtuosität. Überall hatte er seine Finger drin, vor allem bei der Besorgung von begehrten Kfz-Ersatzteilen. So war er unentbehrlich, für den Betrieb und für die Kollegen.

Und sein Chef, Alexander Lausnitz, dessen Auto er natürlich auf Betriebskosten, hegte, pflegte und reparierte, war dafür bei der Bewilligung der Zahlungsanweisungen, die Willuda ihm vorlegte, besonders großzügig. So schaffte der clevere Fuhrparkleiter für den Betrieb die vermeintlichen Schnäppchen heran, manchmal auch für die Kollegen, vor allem aber für sich selbst. Und die HO zahlte, weil Alexander Lausnitz mit seinem guten Ruf und seiner Unterschrift für die Lauterkeit des Geldflusses bürgte. Nun ist gewiss: Die Mitschuld an den dunklen Geschäften Willudas muss ihn so belastet haben, dass er die Selbsttötung den disziplinarischen, womöglich rechtlichen

Unannehmlichkeiten und der Gefährdung seiner bisherigen bürgerlichen Existenz vorzog.

Skrupel überfallen Frau Lausnitz, quälen sie mit unruhigem Schlaf. Schließlich geht sie wieder zur Polizei. Sie legt das Schriftstück ihres Mannes dem seinerzeit zuständigen Verkehrsunfallsachbearbeiter der VK vor. Der blickt sie erstaunt an wie ein neu entdecktes Weltwunder und meint, der Vorgang sei doch längst abgeschlossen. Frau Lausnitz versteht den Wink. Doch sie will ehrlich bleiben und übergibt dem Polizisten das Schreiben. Jetzt ist ihr Gewissen beruhigt.

Das nimmt Vater Staat lobend zur Kenntnis: Er fordert kurzerhand die Hälfte der bereits ausgezahlten Lebensversicherung zurück.

Fall 2:

Im Morgengrauen des 2. September 1983. Landwirt Wilhelm Schäfer tuckert mit seinem Traktor über eine der Landstraßen zwischen den uckermärkischen Ortschaften Woldegk und Friedland. Geräuschvoll scheppern die Milchkannen auf dem Anhänger bei der Fahrt über die schlaglochreiche Piste. Sonst ist kein Verkehr weit und breit. Der Weg führt an dem langen, hellgrünen Zaun vorbei, hinter dem in riesigen Stallanlagen Tausende Schweine ihr kurzes Leben fristen. Das Ganze strahlt den aufdringlichen Charme einer Russenkaserne aus. Ein Stück weiter säumt dichtes meterhohes Buschwerk die Landstraße. Dahinter liegen die ausgedehnten Felder der LPG. Plötzlich erschrickt er, traut seinen Augen nicht: Mitten auf der Straße liegt bäuchlings ein Mann, die Arme leicht angewinkelt, den Kopf zur Seite geneigt. ohne jede Regung. Das Gesicht kann Wilhelm Schäfer nicht sehen. Doch das graumelierte Haar des Hinterkopfes fällt ihm sofort auf. Dem Anschein nach könnte der Mann im gleichen Alter wie er selbst sein.

»Der olle Döskopp ist wohl total betütert«, ist sein erster Gedanke. Aber die durchdringende Hupe des Traktors vermag offenbar den Mann nicht zu wecken. Wilhelm Schäfer hält den Traktor an. Als er sich dem Liegenden nähert, durchfährt ihn ein Schauder: Eine blutende Halswunde fällt ihm auf. Sie verheißt nichts Gutes. Er dreht den Mann auf den Rücken, bemerkt, dass dessen Glieder steif sind. Nun kann er das Gesicht des Mannes sehen, dessen gebrochene Augen ins Leere zu starren scheinen. Wilhelm Schäfer ist augenblicklich klar – der ist mausetot. Und beim näheren Hinsehen erkennt er ihn sogar. Der Mann ist Edgar Seidel, ein Melker aus dem Nachbardorf. Wilhelm Schäfer entgeht nicht die zentimetergroße, fast kreisrunde blutende Wunde an der linken Halsvorderseite des leblosen Mannes, dicht über dem Kehlkopf.

Hilflos schaut er sich um, läuft einige Schritte ziellos hin und her, als suche er einen rettenden Engel, der ihn aus dieser misslichen Lage befreit. Doch alles ist ruhig. Schließlich fasst er sich ein Herz, zieht den Mann von der Straße und legt ihn behutsam im Gras ab. Er löst den Anhänger aus der Kupplung und knattert mit dem Traktor, so schnell es eben geht, zurück in sein Dorf. Er weiß, wo der ABV wohnt: Der ist die Polizei, der hat ein Telefon, der weiß, was nun geschehen muss.

Bald wird es lebhaft auf der sonst einsamen Landstraße: Nicht nur der ABV, ein Arzt und Bauer Wilhelm Schäfer sind vor Ort, auch Neugierige sind inzwischen herbeigeeilt, um den Toten zu begaffen. Die meisten wissen, dass es der Melker Edgar Seidel ist.

Der Doktor nimmt die Leichenschau vor, schätzt, dass der Tod schon vor mehreren Stunden eingetreten ist. Auch er kennt den Mann. Er war einer seiner beharrlichsten Patienten. Chronischer Rückenschmerz und Alkoholmissbrauch waren seine Leiden.

Die Halswunde deutet er als Stich mit einem langen, rundlichen und spitzen Gegenstand, etwa einem großen Schraubendreher, einer Ahle oder einem Stichel. Der Tod könnte durch eine Hirnblutung oder Luftembolie verursacht worden sein, für ein Verbluten nach außen sind die Blutspuren zu gering. Der Doktor denkt zunächst an Mord, nimmt an, der Täter habe den Melker von hinten überfallen, mit dem linken Arm festgehalten und mit der rechten Hand in den Hals gestochen. Aber warum? Und wer sollte das getan haben?

Einen Raubüberfall schließt er aus. Der Tascheninhalt des Toten ist offenbar unberührt geblieben. Aber wo ist das Tatwerkzeug? Hat es der Täter mitgenommen oder gar weggeworfen? Auch den ABV beschäftigen diese Fragen. Und während der Arzt den Totenschein ausfüllt, sucht der Uniformierte mit einigen Freiwilligen die Gegend ab. Länger als eine Stunde suchen sie. Vergeblich. Nirgends ist ein passendes Stechwerkzeug aufzuspüren.

Inzwischen ist der Leichensachbearbeiter der Kriminalpolizei aus Prenzlau, Oberleutnant Kringel, ein gemütlich wirkender, schlankwüchsiger Endfünfziger, eingetroffen, um die Tatortarbeit zu übernehmen. Kurz darauf erscheint auch das schwarz verglaste Fahrzeug des Bestattungsdienstes. Die Leiche wird zur Obduktion in das Schweriner Institut für gerichtliche Medizin überführt.

Langsam lässt auch die ungewöhnliche Betriebsamkeit am Tatort nach: Der Arzt muss zur Sprechstunde. Bauer Wilhelm Schäfer kuppelt den Anhänger an seinen Traktor und tuckert davon. Der ABV kehrt in sein Dorf zurück, und auch das Interesse der Neugierigen lässt nach. Nun wird es schnell wieder ruhig auf der Landstraße zwischen Woldegk und Friedland.

Die Version des Arztes, der Melker Seidel könne womöglich Opfer eines Tötungsverbrechens sein, hält Oberleutnant Kringel durchaus für stichhaltig. Doch die ersten Recherchen bestätigen die bisherigen Indizien nicht. Kein weiterer Anhalt lässt sich finden. Stattdessen kristallisiert sich überraschenderweise eine weitere Version heraus. Den Umständen nach könnte es nämlich sein, dass sich der Melker Seidel selbst getötet hat. Auf den ersten Blick erscheint diese Möglichkeit nahezu abwegig, doch Kringel lässt nicht mehr von ihr ab.

Der Melker Seidel hatte in der Vergangenheit mehrmals über Selbstmord gesprochen. Er lebte allein und zurückgezogen. Seine Ehefrau starb vor einigen Jahren, und die verheiratete Tochter lebt schon lange im Vogtland. Manchmal sei er ziemlich schwermütig gewesen, vor allem, wenn er getrunken hatte. Die Leute im Dorf munkeln schon lange, Seidel habe vor Jahren einmal einen Selbstmordversuch unternommen und irgendwelche Schädlingsbekämpfungsmittel getrunken. Tagelang hätte er im Krankenhaus gelegen. Die Zechbrüder des Melkers wunderten sich, dass er bei ihrem letzten Zusammentreffen am Biertisch das Gespräch immer wieder auf die Frage des Selbstmordes gelenkt habe, freilich nur in allgemeiner Art. Man habe in der Trinkerrunde über die Möglichkeit eines schmerzlosen und sicheren Abgangs aus dieser Welt diskutiert. Wenn er sich einmal umbringen würde, habe Edgar Seidel gemeint, wolle er sich weder aufhängen, noch mit Schlaftabletten vergiften, sondern sich in die Kehle stechen und ausbluten lassen, genauso wie er ein Schwein schlachte. »Das tut nicht weh, und wenn man die richtige Stelle trifft, geht es schnell und ist sicher«, soll er gesagt haben.

Könnte Seidel im Suff womöglich diesen abwegigen Gedanken in die Tat umgesetzt haben? Dann aber müsste er nach Beibringen der Verletzung das Tatwerkzeug weit von sich geschleudert haben. Wäre er in der Lage gewesen, derart zu reagieren?

Kringel hat auf derlei Fragen zwar keine Antwort parat, doch die Vorgeschichte des Melkers begründet die vage Vermutung eines Selbstmordes zumindest ebenso wie die eines Mordes. Er telefoniert mit der Gerichtsmedizin Schwerin, bittet dringend um einen fachlichen Rat. Am anderen Ende der Leitung hört Dr. Wolff, der Leiter des kleinen Instituts, aufmerksam zu. Er hält eine kurze Fernvorlesung über die mögliche Handlungsfähigkeit Hirnverletzter. In deren Kern geht es darum, dass »der Mann trotz der beschriebenen Verletzungen durchaus minutenlang handlungsfähig gewesen sein kann«. Den Gedankenaustausch verkürzend, sagt der Gerichtsmediziner abschließend: »Morgen früh sezieren wir die Leiche. Kommen Sie her, dann wissen wir bald mehr!«

Kringel ist zufrieden. Pünktlich erscheint er am nächsten Morgen im Schweriner Sektionssaal. Dr. Wolff, ein mittelgroßer, agiler Typ mit gutgepflegtem Schnauzbart, erwartet ihn. Der entkleidete Leichnam des Melkers Edgar Seidel liegt bereits auf dem Sektionstisch.

Bevor der Doktor das Skalpell zum ersten Schnitt ansetzt, führt er vorsichtig eine Sonde in die Halswunde des toten Mannes und meint beiläufig: »Wir haben im Kniebereich der Hose und an den Händen massenhaft Erdreichspuren und Abrieb von Holunderrinde sichern können.«

Langsam gleitet das Gerät durch den Wundkanal. Dieser führt aufwärts durch den hinteren Mundboden, den Gaumen und endet in der Schädelhöhle.

»Fünfzehn bis sechzehn Zentimeter tiefer Stichkanal«, stellt der Doktor fest. »Es kann durchaus sein, dass sich der Mann auf dem Heimweg von der Kneipe mit einem spitzen Gegenstand von links nach rechts oben in den Hals stach. Dann hat er ihn wieder herausgezogen und weggeworfen, zumindest fallen lassen. Er ist weitergelaufen und erst später zusammengebrochen.«

»Folglich müsste das Tatwerkzeug doch zu finden sein«, mutmaßt Oberleutnant Kringel.

»Sicher, beginnen Sie mit der Suche gleich am Ortsausgang«, schlägt der Obduzent vor.

Aber dann gibt es noch eine Überraschung: Die Untersuchung des geöffneten Schädels und des in Segmente zerlegten Gehirns fördert aus dem Ende des Stichkanals einen unförmigen, etwa zwei Zentimeter langen, bleistiftstarken Holzsplitter zutage. Der Doktor inspiziert den Fund unter einem Operationsmikroskop: Es ist eindeutig Holunderholz. Er wird nachdenklich und meint:

»Also, Mord können wir wohl ausschließen. Aber es kann die Tat eines Verrückten sein, der sich einen dünnen Ast in den Hals gerammt hat. Und beim Herausziehen ist dieses Stück abgebrochen und in der Schädelbasis zurückgeblieben. Unser Tatwerkzeug muss ein simples Stück Holunderholz sein!«

Kringel ist baff: »Danach haben wir natürlich nicht gesucht!« Der Doktor sinniert weiter: »Tja! Und was halten Sie davon, dass es auch kein Suizid, sondern ein schlichter Unfall war …?«

Kringel schaut den Doktor verwundert und ungläubig an: »Sie meinen, er ist besoffen gegen einen Baum geprallt und hat sich dann dabei einen Ast in den Hals gestoßen?«

»Ja, so ungefähr.«

Der Oberleutnant weiß jetzt, was zu tun ist: Erneut wird das Gelände abgesucht. Nun wird er fündig. Etwa dreihundert Meter hinter dem Ortsausgang können zwischen meterhohen Holunderbüschen jede Menge Schuhspuren, ja sogar Handeindrücke gesichert werden. Überall abgebrochene Zweige und angewelkte Blätter. Auch Reste angedauten Kartoffelsalats mit Bockwurststücken werden gefunden. Und ausgerechnet dort ragen mehrere abgestorbene, etwa eineinhalbmeterlange, bleistiftstarke Stämmchen aus dem Boden, offenbar Wurzelausleger der großen Gewächse. Einige von ihnen weisen frische Aufsplitterungen auf. Das alles ist eine reiche Spurenernte. Bald steht fest: Alle Spuren stammen vom selben Verursacher, nämlich dem Melker Seidel. Und weiter: Auch die Erdreichspuren an der Bekleidung des Toten werden sicher diesem Ort zugeordnet. Erneut setzen sich die Experten zusammen. Diesmal wollen sie an Hand der Spurengutachten den Geschehnisablauf gedanklich rekonstruieren. Eine lebhafte Diskussion entbrennt. Doch schließlich kommen sie zu einem plausiblen Schluss: Der Melker wurde Opfer eines ungewöhnlichen Unfalls, der sich wie folgt zugetragen haben könnte:

Im Zustand erheblicher Trunkenheit kam Edgar Seidel auf seinem Heimweg von der Landstraße ab, stolperte in das dichte Buschwerk, befreite sich von dem entbehrlichen Inhalt seines Magens, kam vornüber zu Fall und stieß dabei mit dem Hals so heftig auf ein aus dem Erdreich ragendes, spitz abgebrochenes Holzstämmchen, dass es sich durch die Halsweichteile bis in den Schädel bohren konnte. Pfählung nennen die Experten diesen Vorgang. Seidel gelang es, das Holzstück aus der Wunde zu ziehen. Dann zwängte er sich durch das Buschwerk zurück auf die Straße, auf der er noch etwa zweihundert Meter zurücklegen konnte, ehe er zusammenbrach und starb.

Fall 3:

Sommer 1964. Ein ländlicher Flecken wenige Kilometer westlich von Jena. Hier lebt der 66-jährige Rentner Max Schedlow, ein weit über die Ortsgrenze hinaus bekannter Sonderling. Fast jeder kennt ihn. Wegen seines kauzigen Gebarens wird er mitunter belächelt. Dennoch beansprucht mancher auch gern seine Hilfe, denn Max Schedlow ist ein Sammler. Doch nicht Briefmarken, Münzen oder Bierkrüge haben seine Leidenschaft geweckt. Sein Interesse gilt dem Weggeworfenen, Unbrauchbaren, Defekten. Es scheint, als sei er der Urvater der Wiederaufbereitung.

Schedlow lebt nach dem Grundsatz: Alles kann irgendwer irgendwann einmal gebrauchen. Sein kleines Häuschen, der Schuppen und die Werkstatt sind mit der Zeit zu einem unübersichtlichen Magazin für technischen Krimskrams und alten Hausrat umfunktioniert worden. Selbst der Garten ist vollgestopft mit Krempel aller Art: ausgediente Waschmaschinen, Fahrräder, sperrige Eisenteile, Maschinen, Bauholz und unzählige Innereien ausgeschlachteter Autos statt Blumenkohl und Kopfsalat. In diesem kunterbunten Warenlager lebt der kauzige, alte Max. Und nur er und seine Katzen finden sich in dem sonderbaren Chaos zurecht. Tagsüber im schmuddeligen, blaugrauen Arbeitskittel, den speckigen Filzhut auf dem Kopf, zieht er mit seinem Handwagen durch die Gegend.

Er spürt die altersschwachen Sofas und Kühlschränke am Waldrand auf, die wie von Geisterhand zu nächtlicher Stunde dort endgelagert werden. Er sucht im Schutt der Baustellen nach heilen Dachziegeln, Brettern, Schrauben, Nägeln und findet in mancher Mülltonne brauchbare Relikte des Überdrusses.

Gegen Abend kehrt er mit der Beute heim. Manchmal wird er dann sogar von hilfesuchenden Nachbarn erwartet: »Max, kannst du den Rasenmäher in Ordnung bringen?« Und Max bringt ihn in Ordnung. »Max, hast du eine Zylinderkopfdichtung für den Wartburg?« Und Max hat sie. »Ich suche ein hölzernes Puppenhaus …«

Ja, der alte Schedlow ist gefällig, wenn man versteht, ihn richtig zu nehmen. Wer etwas von ihm will, muss die Marotten des verschrobenen Einzelgängers übersehen. Und weil Gefälligkeit allein nicht satt macht, fordert er auch einen Obolus, und so bessert manche Extra-Mark seine karge Rente auf.

Max Schedlow war nie verheiratet, lebt seit vielen Jahren in seinem kleinen Häuschen, das inzwischen auch in die Jahre gekommen ist. Mitunter ist er mürrisch und misstrauisch. Dann führt er stundenlange Selbstgespräche und verschanzt sich hinter den Krempelbergen, schweißt, hobelt, sägt oder montiert an seinen Fundstücken. Nähere Kontakte zu den Menschen im Ort pflegt er nicht. Er führt, bis auf die wenigen Gespräche mit seinen »Kunden«, ein Leben in Einsamkeit und

Askese. Deshalb interessiert er sich auch nicht für das gesellschaftliche Leben des Ortes.

Jedoch ganz selten, an manchen Feiertagen, rasiert er sich sogar. Dann kann es geschehen, dass er ein vergilbtes weißes Hemd überzieht, eine altmodische Krawatte umbindet und im Gasthof erscheint, um ein oder zwei Bierchen zu trinken. Die höhnischen Blicke hinter sich oder die kleinen direkten Spötteleien scheinen ihm offenbar nichts auszumachen.

Ansonsten werden die Dorfbewohner von den eigenen Sorgen so in Anspruch genommen, dass sie sich nicht um seine Angelegenheiten kümmern. Bis auf den Donnerstagabend im September, als ein zufälliges Ereignis den dörflichen Frieden stört und allgemeine Bestürzung auslöst.

Ein Mann aus der Nachbarschaft will Max Schedlow um eine Gefälligkeit bitten. Er steht zum wiederholten Male vergeblich am Gartenzaun. Der Ruf nach Max bleibt ungehört. Auf dem Grundstück ist alles ruhig. Nur die Katzen schleichen jammernd um ihre leeren Futternäpfe. Besorgt fragt der Mann in der Nachbarschaft nach. Tatsächlich, niemand hat in den letzten Tagen Max Schedlow gesehen. Auffällig ist auch, dass sein Handwagen unberührt neben dem Hauseingang steht.

Vielleicht ist Max krank und benötigt Hilfe. Grund genug, dort nachzusehen. Zwei beherzte Nachbarn schwingen sich über den Gartenzaun, arbeiten sich durch hüfthohe Brennnesseln und die Ergebnisse des jahrelangen Sammeldrangs. Die Haustür ist verschlossen. Sie gehen hinters Haus, bemerken das weit geöffnete Küchenfenster. Der Fenstersims ist nicht einmal mannshoch, erlaubt, ohne Mühe in das Innere des Raumes zu sehen. Doch schon beim ersten Blick stockt ihnen der Atem: Randvolle Mülleimer, ungeordnet aufgehäufte Bekleidung, Geschirr, das seit Monaten auf den Abwasch wartet, Töpfe mit Speiseresten, die bis zur Unkenntlichkeit eingetrocknet oder verschimmelt sind. Unrat über Unrat. Die Küche ist völlig verwahrlost. Vermutlich sehen die anderen Räume des Hauses auch nicht anders aus. Ein penetranter kotig-käsiger Gestank verbreitet sich. Hunderte von metallisch-grünen Schmeißfliegen schwirren umher. Nur mit lebhafter Phantasie ist der eigentliche Bestimmungszweck der Küche auszumachen.

Wenige Schritte vom Fenster entfernt liegt der alte Max Schedlow leblos auf dem abgewetzten Linoleum, nur mit Trainingshose und Unterhemd bekleidet, zeigt deutliche Anzeichen von Verwesung. Den Körper seitwärts geneigt, halb unter dem Küchentisch liegend, ist sein Gesicht der Tür zugewandt. Dies zu erkennen, ist den Männern von draußen nicht möglich. Und das ist gut so. Denn auf diese Weise entgeht ihnen ein schauriger Anblick. In den Winkeln der aufgerissenen, glanzlosen Augen, an den Nasenflügeln und den Lippen des spaltweit geöffneten Mundes bilden unzählige Fliegeneier und bereits geschlüpfte Maden einen dicken gelblichweißen, pulsierenden Teppich.

Aber etwas erkennen die Männer: In der Mitte der Brust des alten Mannes, eine Handlänge unterm Kehlkopf, steckt ein Fahrtenmesser, von dem nur noch der Knauf herausragt. Die Klinge muss sich durch das Unterhemd hindurch tief ins Herz gebohrt haben, mutmaßen sie. Und die kleine Blutdurchtränkung des Hemdes in der Umgebung der Einstichstelle lässt ahnen, dass der große Teil des Blutes sich ins Körperinnere ergossen haben muss.

Angewidert verlassen die beiden Nachbarn das Grundstück. Wie ein Buschfeuer verbreitet sich die schreckliche Nachricht im Dorf: »Den alten Max ham' se ermordet!«

Als die Kriminalpolizei und der Gerichtsarzt eintreffen, stehen bereits zahlreiche Gaffer am Grundstückszaun von Max Schedlow, damit ihnen ja nichts entgeht. Selbst hartgesottene Spurensucher fürchten Tatorte wie solche verwahrlosten Behausungen, doch die Arbeit muss getan werden. Der Doktor nimmt nur eine erste grobe Leichenschau vor und lässt den Toten in das Institut nach Jena überführen. Er will die Obduktion alsbald vornehmen. Mit Abschluss der Spurensuche am Tatort soll möglichst auch deren Ergebnis vorliegen. Bevor er nach Jena zurückkehrt, verkündet er den Polizisten die ersten Befunde der Leichenschau: Dies sei ein dubioser Fall, der aus dem üblichen Rahmen falle, weshalb nur vage Aussagen möglich seien. Mehrere Gründe sprächen gegen einen Suizid: Zum einen sei das Hemd durchstochen. Ungewöhnlich für Selbstmörder. Zum anderen führe der Stich durch das Brustbein hindurch abwärts ins Herz. Selbstmörder bevorzugen die Zwischenräume der Rippen, vermeiden das Durchstechen von Knochen und setzen aufwärts führende Stiche. Auch seien keine sogenannten Probierstiche vorhanden …

Der Doktor führt weitere Gründe an, die die Fragwürdigkeit des Falles begründen und gelangt zu dem Schluss: Der Stich muss mit einer Wucht erfolgt sein, die vermutlich durch die Kraft des alten Mannes nicht erreicht werden konnte. Eine Selbstbeibringung wäre daher gerichtsmedizinisch nicht nachzuweisen, und es sei nahezu gewiss, dass die Leichenöffnung kaum zu anderen Resultaten gelangt. Fazit: Die bisherigen Befunde weisen auf eine Fremdeinwirkung hin.

Nun ist kriminalistischer Spürsinn gefordert. Die Möglichkeit eines Mordes an dem alten Mann wurde bei der bisherigen Tatortbesichtigung nicht erwogen. Während der Kriminaltechniker im Dschungel des Unrats stundenlang nach Spuren sucht, wird die Nachbarschaft nach Max Schedlow befragt. Bald ist klar: Die Leute im Dorf tuscheln hinter vorgehaltener Hand, der Alte müsse durch Geschäfte und Knauserei mit den Jahren viel Geld angehäuft haben. Das könnte eigentlich ein klassisches Mordmotiv begründen. So leicht aber sind die Kriminalisten von dieser Version nicht zu überzeugen.

Als sie wenige Stunden später im Institut für gerichtliche Medizin und Kriminalistik in Jena erscheinen, ist die Autopsie der Leiche Schedlows gerade beendet. Sie haben ein flaches, unförmiges Paket mitgebracht, das sie dem Doktor zeigen wollen. Doch der erklärt ihnen zunächst, dass Schedlow einen schnellen Tod hatte, weil das Messer das Reizleitungssystem des Herzens traf, das augenblicklich seine Funktion einstellte. Erst jetzt interessiert er sich für das merkwürdige Mitbringsel: Ein etwa armlanges, 30 cm breites Brett. In seiner Mitte befindet sich eine tiefe, glattgehobelte Längsfurche, die einige Zentimeter vor dem hinteren Brettabschluss endet. Dort ist mittels zweier fingerdicker Hölzchen eine primitive, doch sehr praktische Abzugsvorrichtung angebracht. Am vorderen Ende des Brettes sind, nahe der seitlichen Begrenzung, links und rechts große Ringschrauben befestigt. Ihre Ösen sind mit einem ziemlich dicken Gummiband verbunden.

»Könnte das ein Katapult sein, das sich der Alte gebastelt hat?«, fragen die Kriminalisten.

Neugierig beäugt der Doktor das merkwürdige Gerät und spannt den Gummi über die Abzugsvorrichtung. Jetzt ist eine solche Spannung erreicht, dass ein in die Furche eingelegter Gegenstand durch einen kleinen Druck am Abzug problemlos abgeschossen werden könnte. »Wo haben Sie das denn her?«, fragt er erstaunt.

»Aus dem Garten des Alten. Es lag dicht am Haus zwischen den Brennnesseln, direkt unter dem offenen Küchenfenster«, lautet die stolze Antwort.

»Na, da kommt Freude auf«, triumphiert der Doktor, »das sieht doch ganz nach Selbstmord aus!«

Am nächsten Tag. In der Küche des alten Schedlow findet ein kriminalistisches Untersuchungsexperiment statt. Auch der Staatsanwalt ist zugegen: Das Küchenfenster wird geöffnet. Ein Kriminalist spannt das Katapult, natürlich ohne eingelegtes Messer. Dann stemmt er ein Ende des Brettes gegen den unteren Schenkel des Fensterrahmens. Das andere Ende fixiert er mit dem Brustkorb, etwa in der Höhe, in der das Messer in den Leib Schedlows stieß. Als er den Abzug betätigt, erzeugt der mit erstaunlicher Rasanz nach vorn schnellende Gummi eine solche Wucht, dass das Brett sich aus der losen Fixierung am Fensterschenkel löst und nach draußen zwischen die Brennnesseln fällt.

Diese Prozedur wird mehrmals wiederholt. Und jedes Mal kippt das Katapult nach hinten aus dem Fenster. Dann wird das Tatmesser in die Vorrichtung eingespannt, um dessen Durchschlagskraft zu testen. Der Gummizug des selbstgebastelten Apparats produziert tatsächlich eine so immense Kraft, dass das Messer mühelos in einen mit Sägemehl gefüllten Sack eindringt.

Also kann damit auch ein menschliches Brustbein durchstoßen und die Klinge bis zum Schaft in den Körper getrieben werden. Dies alles ist so überzeugend, dass am Selbstmord des alten Max Schedlow niemand mehr zweifelt. Aber warum er sich das Leben nahm, blieb ungeklärt.

Fall 4:

Berlin im Jahr 1962. Azurblauer Himmel und eine behagliche Kühle liegen über der Stadt. Ein sonnenklarer Sommertag kündigt sich an. Es ist kurz vor 6.00 Uhr. Schon seit einer guten halben Stunde parkt am Eckhaus Kreutziger-/Boxhagener Straße ein unauffälliger, schwarzer EMW 340, ein im Eisenacher Motorenwerk nachgebauter BMW. Drei Männer in hellen Sommeranzügen sitzen darin und rauchen. Der Ältere der drei sieht auf seine Armbanduhr. Es ist jetzt Punkt sechs. Er sagt zu den anderen: »Los geht's!«

Eilig drücken die Männer ihre Zigaretten aus und verlassen das Fahrzeug, überqueren die Straße und verschwinden im gegenüberliegenden Haus. Hinter der Haustür entsichern sie ihre Pistolen des Typs Walther PP und steigen behutsam, ohne ein Wort zu wechseln, in die dritte Etage. Noch liegt frühmorgendliche Stille über dem Haus. An der Wohnungstür mit dem Namensschild »Wildenhain« bleiben sie stehen. Der Ältere hält ein bedrucktes, rosafarbenes Blatt Papier in der Hand und klingelt. Die beiden anderen Männer haben sich, dicht an die Wand gedrückt, zu beiden Seiten der Tür postiert, die Waffen im Anschlag. In der Wohnung sind Schlurfgeräusche und ein undeutliches mürrisches Brummeln zu hören. Schließlich wird die Tür geöffnet. Ein mittelgroßer Blondkopf, etwa Ende Zwanzig, bekleidet mit einer Turnhose, blickt verschlafen und miesepetrig aus seinem blassen, unrasierten Gesicht und starrt den Fremden entgeistert an, der ihn gleich fragt: »Rudolf Wildenhain?«

Der Angesprochene nickt. Der Fremde zeigt die Kriminalmarke. Seine Stimme wird lauter und schärfer: »Kriminalpolizei! Ziehen Sie sich an. Sie sind verhaftet!«

Durch die überraschende Attacke ist der Blondkopf hellwach, schluckt ängstlich, will etwas erwidern. Doch da springen die beiden anderen Kriminalisten hervor und drängen ihn mit vorgehaltenen Pistolen in das Innere der Wohnung. Er kann nur noch stammeln: »Aber warum denn?«

Der Ältere hält Wildenhain das rosa Schreiben vor die Nase: »Wegen dringenden Verdachts des Mordes an Ihrer Frau. Hier ist der Haftbefehl!«

»Aber es war Selbstmord, Sie haben doch den Abschiedsbrief meiner Frau. Der ist echt, das können Sie mir glauben«, wimmert Wildenhain jammervoll.

»Klar ist der echt, nur Ihr Alibi nicht«, erwidert einer der Männer.

Wenig später fährt die schwarze Limousine mit dem Verhafteten in Richtung Alexanderplatz. Inzwischen füllen sich die Straßen mit Menschen. Der Berufsverkehr beginnt. Es ist kurz nach halb sieben, als der Wagen die Einfahrt zum Hof drei des VP-Präsidiums passiert. Hinter ihm schließen sich die schweren Tore. Von nun an wird Rudolf Wildenhain viele Jahre lang Gast der Haftanstalten sein.

Und dabei begann alles so, als böte der Zufall ihm eine elegante Lösung an, sich aus den ehelichen Fesseln zu befreien. Denn: Seit langem trug er sich mit dem Gedanken der Scheidung von Erika, seiner Frau. Sie waren charakterlich zu unterschiedlich, passten einfach nicht zusammen. Nichts stimmte zwischen ihnen. Schon kurz nach den Flitterwochen begann der Rosenkrieg.

An Kleinigkeiten rieben sie sich auf. Wenn ihm etwas nicht passte, und er daraus keinen Hehl machte, war sie ihm wochenlang böse. Sie nörgelte ständig herum, dass er unordentlich sei. Ihm wiederum ging ihr Putzfimmel so auf den Geist, dass er sich aus Ärger stundenlang in den Kneipen der Umgebung herumtrieb. Hemmungslos kritisierte sie ihn vor anderen, hetzte seine Mutter gegen ihn auf. Auch Erikas Freundin hockte viel zu oft bei ihnen zu Hause herum, okkupierte seinen Lieblingssessel, stahl ihm die Zeit nach Feierabend. Aber das Schlimmste war Erikas Eifersucht. Kam er mal später nach Hause, weil die Arbeitskumpel ihn zu einem Bierchen überredeten, überschüttete sie ihn mit moralischen Vorwürfen, reagierte hysterisch und kündigte an, sich das Leben zu nehmen. »Mach doch«, hatte er zu ihr gesagt. Aber er war gewiss, dass sie es nicht wahr machen könnte.

Die knappen fünf Jahre Ehe empfand er als verschenktes Leben. Wenn ein Kumpel ihn nach seinem ehelichen Wohlbefinden fragte, antwortete er zynisch: »Fünfundzwanzig Jahre waren meine Frau und ich glücklich. – Dann lernten wir uns kennen!«

Eines Tages erwärmte sich sein Herz für eine andere Frau. Sie war geschieden, hatte zwei kleine Kinder, arbeitete im gleichen Betrieb wie er, dem RAW »Franz Stenzer« in der Revaler Straße, in dem er mithalf, heruntergekommene Kühlwagen der Reichsbahn zu überholen. Erika muss von der Beziehung ihres Mannes zu einer anderen Frau Wind bekommen haben und unternahm aus Verzweiflung einen Selbstmordversuch.

Er kam gerade von der Mittelschicht nach Hause, da lag sie bewegungslos vor dem Küchenherd. Aus den Brennern strömte unaufhaltsam Gas. Doch sie spielte die Ohnmacht nur, hatte den Zeitpunkt so gewählt, dass keine ernsthafte Gefahr für ihr Leben bestand, weil sie wusste, wann er von der Schicht kam. Erst als sie seine Schritte im Treppenhaus vernahm, öffnete sie die Gasbrenner und legte sich vor dem Herd in Positur. Eine halbe Minute später war er bei ihr. Der Schreck fuhr ihm in die Glieder, als er sie fand. Neben ihr lag ein Abschiedsbrief, den er in der Aufregung zunächst übersah. Glücklicherweise brauchte er keine ärztliche Hilfe in Anspruch zu nehmen: Erika atmete, ihr Herz pochte. Er schloss die Gashähne, riss die Fenster auf, bettete Erika auf die Liege im Wohnzimmer und überschüttete sie stundenlang mit liebevollen Zuwendungen. Freilich: Ziemlich benommen war sie schon, doch keineswegs in dem Zustand der Ohnmacht, den sie ihm virtuos vorgaukelte. Auf diese Weise genoss sie seine freundlichen Bemühungen. Auch nach dem herzzerreißenden Inhalt des Abschiedsbriefes regten sich in Rudolf Wildenhains Seele Schuldbewusstsein und Mitleid. Das alles trug dazu bei, für einige Zeit die Waffen am ehelichen Kriegsschauplatz schweigen zu lassen.

Bald jedoch war wieder alles beim alten: Die Zerwürfnisse wurden wieder zum Hauptinhalt des Ehelebens. Dafür fand Rudolf Wildenhain bei seiner Arbeitskollegin emotionalen und erotischen Ausgleich. Eines Tages brachte ihn seine Mutter auf den Gedanken, der Selbstmordversuch Erikas könnte nur eine Finte gewesen sein. Ihr Argwohn gründete sich folgerichtig auf die Beobachtung, dass Erika ihren angekündigten

Selbstmord zu einer Zeit vornahm, da sie sich der Heimkehr des Gatten sicher war.

Monate später. Rudolf Wildenhain hatte Frühschicht. Das Ritual war immer das gleiche: Kurz vor halb sieben verließ er das Haus, die alte, abgewetzte Aktentasche mit den Stullen und der Thermoskanne unterm Arm und kurz nach 17.00 Uhr erschien er wieder daheim. Wie gewohnt, ließ er sich von Erika anschnarren, weil er seine Aktentasche mit der Thermoskanne nicht an dem Platz abstellte, den sie ihm zuwies.

Langsam reifte in Rudolf Wildenhain der Entschluss, die Scheidung einzureichen. Das wollte er seiner Frau schonend beibringen und zusichern, bei der Teilung des Hausrats großzügig zu sein. Zwei Abende lang druckste er herum, fand nicht den Mut, sich ihr zu offenbaren, wartete auf eine günstigere Gelegenheit. Am dritten Abend ergriff Erika die Initiative. Sie wollte wissen, was mit ihm sei, warum er sich in letzter Zeit so merkwürdig verhielte. Jetzt setzte er sie von seinem Vorhaben in Kenntnis. Auf der Stelle verlor sie die Fassung: Ein Hagelschauer von Flüchen prasselte auf ihn nieder. Das frisch zubereitete Abendessen ließ sie kurzerhand im Mülleimer verschwinden. In Windeseile zog sie sein Laken von der ehelichen Matratze und warf es zusammen mit seiner Decke und dem Kopfkissen in hohem Bogen auf die Liege im Wohnzimmer. Zwischen den heftigen motorischen Entladungen wurde sie von Weinkrämpfen geschüttelt. Jedoch nach einer Stunde war sie erschöpft. Der Dampf aus dem Kessel schien entwichen zu sein. Den Rest des Abends verhielt sich Erika ruhig, sprach nur noch leise und betont höflich, bemühte sich sanft um Rudolfs Gunst. Auch er blieb freundlich, ohne aber die inzwischen aufgebaute Distanz wieder zu verringern. Als er gähnend das Bettzeug auf der Liege zurechtmachte und damit ausdrückte, nicht zu einer Rückkehr ins eheliche Schlafgemach bereit zu sein, knurrte er:

»Ich muss zur Frühschicht!«

Ehe Erika die Schlafzimmertür hinter sich schloss, fragte sie spitz: »Machst du dir morgen den Kaffee und das Pausenbrot selbst?«

»Nee, mach du mal. Noch sind wir verheiratet«, antwortete er. Am nächsten Morgen sprachen sie kaum miteinander. Wortlos bereitete sie sein Frühstück zu, packte Stullen und Thermoskanne in Rudolfs Tasche, während er sich rasierte. Danach verschwand sie wieder im Schlafzimmer. Ihr reserviertes Verhalten wunderte Rudolf keineswegs, es beeindruckte ihn auch nicht mehr. Wie immer verließ er kurz vor halb sieben das Haus.

Für den Abend nahm er sich vor, mit Erika die organisatorischen Dinge der Scheidung zu klären, denn es war klar, dass ihm das Wohnungsamt bei der angespannten Situation in Berlin nicht so schnell eine eigene Behausung zuweisen kann.

Pünktlich um 16.45 Uhr verließ er den Betrieb. Auf dem Wege nach Hause kaufte er bei »Oma Anna«, einem kleinen Krämerladen in der Dirschauer Straße, ein paar Flaschen Bier, die er in einem Stoffbeutel verstaute.

Wenig später hatte er sein Wohnhaus erreicht. Im Treppenhaus kam ihm eine Nachbarin aus der ersten Etage entgegen, die sich mühte, ihren Kinderwagen nach unten zu befördern. Sofort war Rudolf zur Stelle, den Transport des sperrigen Gefährts selbst zu übernehmen. Dankbar nahm die Frau seine kleine Hilfe in Anspruch.

Zwei Minuten später, als er den Korridor seiner Wohnung betrat, bemerkte er Gasgeruch. Er erschrak: So 'ne Scheiße, nicht schon wieder, war sein erster Gedanke. Eilig stellte er Beutel und Aktentasche ab, hielt den Atem an und stürzte in die Küche. Tatsächlich: Erika saß zusammengesunken und regungslos auf einem Küchenstuhl vor dem Gasherd. Deutlich zischte das Gas aus allen Brennern. Ihr Puls schlug schnell und deutlich. Diesmal schien sie wirklich ohnmächtig zu sein. Gerade wollte Rudolf die Brennerhähne schließen, da schoss ihm eine teuflische Idee durch den Kopf: Jetzt soll sie ihren Willen haben und krepieren! Mit mir nicht mehr! Ich haue ab! Er stürmte aus der Küche, verschloss die Tür. Draußen auf dem Korridor konnte er wieder durchatmen. Doch ab jetzt musste er sich vorsichtig verhalten, durfte von niemand gesehen werden. Als er die Wohnungstür von draußen behutsam verschließen wollte, fiel ihm ein, dass es besser wäre, die alte Aktentasche mit der leeren Thermoskanne wieder mitzunehmen, da er diese ja immer bei sich hat, wenn er von der Schicht kommt. Es gelang ihm, unbemerkt das Haus zu verlassen. Sein Weg führte ihn direkt zur *Gulaschhütte*, seiner Stammkneipe an der Ecke Simon-Dach-Straße. Dort hielt er sich länger als eine Stunde auf, trank einige Glas Bier und Schnaps dazu. Die Ungewissheit, was nun passieren würde, quälte ihn, doch er nahm sich vor, die Dinge zu Ende zu führen.

Als er nach Hause kam, wurde er bereits von aufgeregten Nachbarn erwartet: »Aus Ihrer Wohnung riecht es nach Gas!« Rudolf Wildenhain musste alle Sinne zusammennehmen, damit die gespielte Bestürzung echt und überzeugend wirkte. Er öffnete die Wohnungstür, stürmte in die Küche. Einige Nachbarn folgten ihm: Fenster wurden weit geöffnet, der Haupthahn für die Gaszufuhr geschlossen. Man kümmerte sich um Erika, die zusammengesunken vor dem Herd saß, doch ihr Leben war bereits ausgehaucht. Auf dem Küchentisch lag ein beschriebener Bogen Papier:

»Lieber Rudi! Ich kann so nicht mehr weiterleben. Ich wünsche den Tod, weil es zwischen uns nie gut war. Vielleicht findest Du eine bessere Frau nach mir. Erika«

Die Nachbarn sprachen Rudolf Wildenhain ihr Beileid aus. Ein Arzt wurde herbeigerufen. Er hatte keinen Zweifel am Selbstmord Erikas. Später kam ein Kriminalist der VPI Friedrichshain, führte die Tatortbesichtigung durch, machte einige Fotos von der Toten, bat Rudolf, ihm den Abschiedsbrief zu überlassen, solange die Untersuchungen andauern würden, und stellte ihm viele Fragen über das mögliche Warum der Selbsttötung. Der Spuk dauerte fast zwei Stunden. Dann blieb Rudolf Wildenhain allein in der Wohnung zurück. Trotz aller Angespanntheit war er zufrieden, alles hat bestens geklappt. Keine Scheidung mehr erforderlich.

Die Tage vergehen. Nach einer Woche sollte Erika bestattet werden. Da wurde er überraschend zur Kriminalpolizei gebeten. Er wurde nochmals als Zeuge in der Todesermittlungssache seiner Frau vernommen. Minutiös muss er über den Ablauf des Tages, an dem Erika starb, Rechenschaft ablegen. Die vielen spitzfindigen Fragen verwirrten ihn: Welche Straße passierten Sie um welche Zeit? Was für Bekleidung trugen Sie? Welche Gegenstände führten Sie bei sich? Warum sind Sie nach der Arbeit nicht gleich nach Hause gegangen? Wie lange haben Sie sich in der *Gulaschhütte* aufgehalten? Wer kann das bezeugen …? So gut es eben ging, beantwortete er alles, ohne freilich zu offenbaren, dass er bereits daheim war, als Erika noch lebte. Schließlich musste er das Protokoll unterschreiben. Ehe der Polizist ihn entließ, verpasste er ihm mit einer hinterhältigen Frage einen seelischen Tiefschlag: »Sie behaupten, nach der Arbeit in der Dirschauer Straße Bier gekauft und dann zur *Gulaschhütte* gegangen zu sein. Die Hausbewohner, die Sie vor Ihrer Wohnungstür empfingen, können sich zwar an Ihre alte Aktentasche erinnern, nicht aber an einen Beutel mit Bierflaschen. Wie also kam dieser Beutel in Ihre Wohnung?«

Zwei Tage später wird Rudolf Wildenhain verhaftet. Die fleißigen Ermittler haben sich inzwischen um eine Erklärung dieses Widerspruchs bemüht. Die Aussagen der Besitzerin des Krämerladens in der Dirschauer Straße und der jungen Frau aus dem Haus, der Wildenhain beim Hinuntertragen des Kinderwagens behilflich war, aber auch die gerichtsmedizinische Todeszeitbestimmung belasten Wildenhain schwer. Danach muss er also in der fraglichen Zeit zu Hause gewesen sein. Konfrontiert mit diesen Fakten, bricht Wildenhain zusammen und bekennt sich zu dem wahren Ablauf des Geschehens. Das Gericht entscheidet: vorsätzliche Tötung durch Unterlassen. Als er nämlich Erika bewusstlos vor dem Gasherd vorfand, hatte er die Pflicht, die absehbaren tödlichen Folgen von ihr abzuwenden. Stattdessen fasste er den Entschluss, sie durch Untätig-Bleiben zu töten. Das war vollendeter Mord.

Fall 5:
Es ist Dienstag, der 16. Mai 1972, kurz vor 21.00 Uhr. In der Abteilung Raffination des VEB Kombinats Otto Grotewohl, einem erdölverarbeitenden Großbetrieb in Böhlen, südlich von Leipzig, ist in wenigen Minuten Schichtwechsel. Gewöhnlich erfolgt um diese Zeit zwischen den Schichtmeistern der Tag- und Nachtschicht die Übergabe der Kontrollbücher. Diesmal gibt es eine unerklärliche Verzögerung.

Der Schichtmeister der Tagesschicht, der 31-jährige Klaus Lambrecht, ist nicht zur Übergabe erschienen. Noch vor einer Stunde hatten ihn Wartungsarbeiter der Entsalzungsanlage im Werkgelände gesehen. Niemand kann verstehen, warum er den wichtigen Termin der Übergabe versäumt. Immerhin ist Feierabend nach einer langen, anstrengenden Schicht. Es gibt also keinen Grund, sich länger als notwendig im Betrieb aufzuhalten. Die meisten Kollegen kümmern sich nicht um ihren Schichtmeister und gehen. Doch einige sorgen sich um ihn. Sie streifen durch die benachbarten Betriebsteile, denn am späten Nachmittag hatte ein Stromausfall für kurzfristige Aufregung gesorgt, und es kam in verschiedenen Abteilungen zu leichten Störungen. So nehmen sie zunächst an, dass Klaus Lambrecht irgendwo aufgehalten wurde. Aber die Suche wird bald abgebrochen, das Werkgelände ist zu unübersichtlich. Außerdem wird der Verdacht laut, Lambrecht habe nach dem Stromausfall das Werkgelände verlassen, um rechtzeitig zur Schichtübergabe wieder zurück zu sein. Im Übrigen sei er den ganzen Tag über ziemlich niedergeschlagen gewesen. Er habe in der Werkkantine sogar auf den Sauerbraten mit Rotkohl verzichtet, obwohl dieser zu seinen Leibgerichten zähle. Einige Kollegen mutmaßen, er sei deshalb zwischendurch nach Hause gegangen, weil auf ihm eine Menge familiärer Probleme lasten. Doch Näheres können sie nicht sagen.

Eine halbe Stunde später als gewöhnlich übergibt ein Stellvertreter Lambrechts schließlich die Tagschicht. Auf dem Wege zu den Umkleideräumen kommt ihm der Gedanke, in Lambrechts Garderobenschrank nachzusehen, ob dieser seine private Kleidung gegen die werkeigene Arbeitskombination ausgetauscht hat. Wenn ja, könnte dies ein wichtiges Indiz dafür sein, dass er das Werkgelände vorzeitig verlassen hat. Im Beisein anderer Kollegen knackt er das Vorhängeschloss am Garderobenschrank. Doch man findet nur Lambrechts private Kleidung. Da sich niemand vorstellen kann, das Gelände des Betriebes in der Arbeitsmontur zu verlassen, gehen die Arbeitskollegen davon aus, dass Lambrecht sich noch auf dem Betriebsgelände befinden muss.

Plötzlich machen sie eine eigenartige Entdeckung: Im oberen Fach des Garderobenschrankes finden sie, wie bewusst auffällig bereitgelegt, Lambrechts Personalausweis, seine Armbanduhr und einen verschlossenen, aber nicht zugeklebten Briefumschlag mit der Aufschrift: »An meine Ehefrau Karin Lambrecht!«

Von dunkler Vorahnung getrieben, öffnen die Kollegen das Kuvert. Der Inhalt des darin befindlichen Schriftstücks macht den Ernst der Situation klar: Lambrecht hat sich vermutlich das Leben genommen:

»Liebe Karin!

Du brauchst nicht nach mir suchen zu lassen. Ich bin nicht mehr unter den Lebenden. Der ständige Krach mit Deinen Eltern, die Schulden und der Unterhalt für meine unehelichen Kinder lasten so auf mir, dass ich keinen Sinn mehr am Weiterleben sehe. Ich erspare Dir die ganzen Unkosten, da ich nicht auffindbar bin. Klaus«

Die Kollegen informieren den Werkschutz. Gegen 22.00 Uhr wird ein polizeilicher Einsatzstab gebildet, der eine Suchaktion in dem unübersichtlichen Werkgelände organisiert. Neben den polizeilichen Kräften nehmen daran Feuerwehrleute und Mitarbeiter der betrieblichen Sicherheitsinspektion teil. Man geht folgerichtig von der Version aus, dass der Vermisste auf dem Werkgelände sein Leben beendet haben kann und dabei eine Methode wählte, die sein Auffinden unmöglich macht. Dafür bietet der Betrieb schier unendliche Möglichkeiten: Weitverzweigte Rohrleitungssysteme, unterirdische Kanäle, etwa sechzig gefüllte und leere Kesselwagen der DR sowie ein Lager mit einer Batterie Großtanks, von denen einer allein bereits dreitausend Kubikmeter Erdöl fasst, wären geeignet, einen menschlichen Körper für viele Jahre sicher zu verbergen.

Eine halbe Stunde später beginnt die systematische Suche. Gegen Mitternacht besichtigen die Suchkräfte das Großtanklager. Dabei fällt ein merkwürdiger Umstand auf: Auf einem der Großtanks ist der sogenannte Domdeckel nicht fest mit der Öffnung verschraubt, wie es Vorschrift ist, sondern liegt nur lose auf. Der Deckel wird geöffnet. Der Tank ist fast voll. Drei Stufen der sechs Meter in die Tiefe reichenden Einstiegsleiter sind zu erkennen. An ihnen scheinen Spuren zu sein. Das macht die Suchkräfte stutzig. Könnte Lambrecht unbemerkt den Domdeckelverschluss aufgeschraubt und aufgeklappt haben, um in die Tanköffnung zu steigen, den Deckel hinter sich zu schließen und sich im Roherdöl zu ertränken?

Dies herauszufinden, ist ein schwieriges Unterfangen. Eilig werden acht Meter lange Stangen zusammengeschweißt und an deren Ende große, angelhakenförmige Fangvorrichtungen befestigt. Damit will man den Tankboden abtasten, dessen Durchmesser immerhin fünfundzwanzig Meter beträgt. Es ist höchste Vorsicht geboten, denn elektrostatische Kräfte könnten durch das Hantieren mit den Eisenstangen eine Explosion auslösen. Auch die giftigen Dämpfe des Roherdöls mit ihrem ziemlich hohen Anteil an Schwefelwasserstoff zwingen die Suchkräfte zum Anlegen von Atemgeräten.

Man kann auf Grund der Viskosität des Erdöls von der Annahme ausgehen, dass der Leichnam Lambrechts sich in der Umgebung der Einstiegsleiter auf dem Grund des Tanks befinden könnte und somit keineswegs weiter weggeschwemmt wurde. Tatsächlich: Die langen Sonden spüren auf dem Tankboden bald einen unförmigen Gegenstand auf. Dieser wird vorsichtig abgetastet. Er könnte die Konturen eines menschlichen Körpers besitzen. Stundenlang bemühen sich die Suchkräfte, den Gegenstand zu bergen. Dann endlich gegen 7.30 Uhr glückt es: Die Fanghaken greifen den Gegenstand. Mehr als einhundertzwanzig Kilogramm Gewicht müssen aus sechs Meter Tiefe durch die nur einen knappen Meter Durchmesser betragende Tanköffnung nach oben gehievt werden. Der Leichnam Klaus Lambrechts wird geborgen. Um seinen Hals ist eine Eisenkette geschlungen, an der ein vierunddreißig Kilogramm schweres Eisenteil hängt. Es hat den Selbstmörder sofort in die Tiefe gerissen.

Das Erdöl war tief in seine Körperöffnungen eingedrungen. Magen und Darm, Bronchien und Lunge waren ausgefüllt. Die übrigen Organe wiesen typische Erstickungszeichen auf. Lambrecht ertrank, besser erstickte im Erdöl.

Er wollte, dass sein Leichnam nicht gefunden wird, dachte,

dadurch seiner Frau die Bestattungskosten zu ersparen, um die schwierige finanzielle Situation der Familie nicht noch zusätzlich zu belasten und wusste, dass die Großtanks erst nach zehn Jahren geleert und gereinigt werden.

Die Aufdeckung kaschierter unnatürlicher Todesfälle fordert die kriminalistische Feinarbeit in besonderem Maße heraus. Die äußeren Erscheinungsbilder täuschen häufig.
So können vermutliche Suizide durchaus Unfälle, Unfälle hingegen auch Suizide sein. Ein beträchtlicher Teil der Morde wird als Suizide verschleiert wie eben auch Suizide als Morde getarnt werden. Und hinter manchem Vermisstenfall verbirgt sich die Absicht des Suizidenten, den Tod mit der gleichzeitigen Unauffindbarkeit seines Leichnams zu verbinden. Falls dies gelingt, gilt er lange als verschollen, ehe eine amtliche Toterklärung erfolgt. Selbst unter den offiziell als »natürlicher Tod« erfassten Fällen befindet sich eine beträchtliche Größe an Suiziden, weil der Arzt entweder eine unkritische Leichenschau durchführt oder aus Gefälligkeit eine natürliche Todesursache im Totenschein angibt.
Die Beweggründe für solche Maskierungen können ganz verschieden sein: Bewahrung des persönlichen, des Ehe und Familienleumunds, versicherungsrechtliche Aspekte, moralisch-ethische oder religiöse Motive, selbst politische Erwägungen.
Aber auch dann, wenn der Selbstmörder derartige Kaschierungen nicht vorhatte, können die Hinterbliebenen aus den genannten Gründen aktiv geworden sein.
Die Enttarnung verschleierter nichtnatürlicher Todesfälle stellt zunächst hohe Anforderungen an die ärztliche Leichenschau, die leider allzu häufig diesem Anspruch nicht gerecht wird. Zum anderen erfordert die Latenzaufdeckung ein gewissenhaftes kriminalistisches Vorgehen, das – wie die Praxis zeigt – weder Staatsanwaltschaft noch Polizei in jedem Falle gewährleisten.
Besonders prekär ist die Situation bei den tödlichen Verkehrs-

unfällen. Man weiß nicht, hinter wie vielen von ihnen sich Selbstmorde verbergen, und so müssen wir uns mit Annahmen begnügen. Nach anfangs der 70er Jahre veröffentlichten amerikanischen Studien schätzt man, dass jeder siebente bis achte tödliche Verkehrsunfall ein Selbstmord ist. Bei allen kritischen Einwänden, ob diese Zahlen die Realität widerspiegeln oder nicht, dürfte es wohl keinen ernsthaften Zweifel daran geben, dass die Zahl der als tödliche Verkehrsunfälle verschleierten Suizide wesentlich höher ist, als man zu vermuten geneigt ist. Polizeiliche Pressemitteilungen, wie »Aus ungeklärter Ursache von der Fahrbahn abgekommen und gegen ein Hindernis gefahren« oder »Die Beherrschung über das Fahrzeug verloren«, »Fußgänger beim unaufmerksamen Überqueren der Fahrbahn von Fahrzeug erfasst«, »Geisterfahrer verursacht Verkehrsunfall«, »Beim Überholen Frontalzusammenstoß mit anderem Fahrzeug«, sind dafür wichtige Indizien.

Aber auch das von namhaften Forensikern mit Bitternis erhobene Postulat, sich endlich intensiver den jährlich etwa zweitausend unentdeckten, vorsätzlichen Tötungen zuzuwenden, macht den Umfang der Probleme deutlich. Inzwischen haben manche Fachleute längst resigniert, weil sie der bissigen These, »wenn nachts auf den Gräbern der Ermordeten eine brennende Kerze stehen würde, wäre jeder Friedhof taghell erleuchtet«, nichts entgegensetzen können.

Freilich: Selbst eine präzise statistische Bewertung verschleierter nichtnatürlicher Todesfälle erfasst nur den geringen Teil der zufällig oder durch Ermittlungstätigkeit aufgedeckten Sachverhalte. Eine Analyse des weitaus größeren Teils der im Dunkelfeld liegenden Fälle ist praktisch nicht möglich. So müssen wir uns auf Vermutungen beschränken, auch wenn sie nur vage Zustandsbilder vermitteln. Jedoch: Sie sind der einzige Wegweiser durch das Dickicht der unbekannten Verbrechen.

Anhang

Erläuterungen wichtiger Fachbegriffe und Abkürzungen

ABV – Abschnittsbevollmächtigter der Volkspolizei, entspricht etwa dem heutigen Kontaktbereichsbeamten
Adenom – meist gutartige Geschwulst
ADH-Methode – Alkoholdehydrogenase-Methode, Untersuchungsverfahren zur Bestimmung von Blutalkohol
ADN – Allgemeiner Deutscher Nachrichtendienst, Nachrichtenagentur der DDR
Affektstraftat – Straftat im Ergebnis unkontrollierter motorischer Reaktion bei reduzierter rationaler Kontrolle
Alibi – nachgewiesene Abwesenheit von einem kriminalistisch bedeutsamen Ereignisort zur Ereigniszeit
Alibiüberprüfung – kriminalistische Ermittlungshandlung zur Feststellung der Angaben zu einem Alibi
Altruismus – Selbstlosigkeit, Uneigennützigkeit
Andrologie – Zweig der Medizin, der sich mit Männerkrankheiten befasst
Asservate – amtlich aufbewahrte, sichergestellte Sachen, Fundstücke
Autopsie – Synonym für Leichenöffnung

BdVP – Bezirksbehörde der Deutschen Volkspolizei, oberste Polizeibehörde in einem Bezirk
Befragung – Erkundungsgespräch in der kriminalpolizeilichen Ermittlung, in Abgrenzung zur Vernehmung
Belastungsziffer – kriminologischer Begriff zur Bezeichnung der Kriminalitätsbekämpfung bezogen auf einhunderttausend Einwohner

Beschuldigter – Person, gegen die ein Ermittlungsverfahren eingeleitet wurde
Besichtigung – kriminalistische Inaugenscheinnahme, in Abgrenzung zur Durchsuchung
Betriebsschutz – in der DDR in der Regel ein volkspolizeilicher Wachschutz in volkseigenen Betrieben
Bronchoskopie – Untersuchung der Luftröhrenäste mit speziellen Spielgeräten
BVG – Berliner Verkehrsgesellschaft

Camouflage – Tarnung, Verschleierung
CO-Hämoglobin – mit Kohlenmonoxid angereicherter Farbstoff der roten Blutkörperchen
Coming-out – bewusstes Offenbaren der eigenen Homosexualität
Computertomographie – spezielle Röntgenuntersuchungstechnik zur Darstellung weicher Gewebe
CT – Computertomographie

Depression – seelische Verstimmtheit, tiefe Bedrücktheit
DHG – Diensthabende Gruppe
Diensthabende Gruppe – kriminalpolizeiliche Struktureinheit für den schnellen Einsatz
DP – Deutsche Post
DRK – Deutsches Rotes Kreuz
Drosseln – Erdrosseln, Strangulation des Halses mittels Drosselwerkzeug
DSF – Deutsch-sowjetische Freundschaft, Massenorganisation in der DDR
Dunkelfeld – unbekannte Deliktgröße
Durchlässigkeitskurve – Messung der Transmission von gefärbten Einzelfasern mit Mikrospektralphotometer

Durchsuchung – strafprozessuale Zwangsmaßnahme zur Suche, Sicherung und Beschlagnahme von Beweismitteln
DVP – Deutsche Volkspolizei

Einsatzgruppe – zeitweilig eingesetzte, nicht strukturmäßige Gruppe der Kriminalpolizei
Eliminierungstötung – vorsätzliche Tötung einer lästigen, unliebsamen Person
Embolie – in die Blutbahn geratene körpereigene (z. B. Luft) Substanzen
EMW – Eisenacher Motorenwerke
endogen – im Inneren des Körpers entstehend
Endokrinologie – Lehre von den Drüsen mit innerer Sekretion und ihren Hormonen
Endoskopie – Methode zur Untersuchung von Hohlorganen und Körperhöhlen mittels spezieller Ausspiegelung
Enzephalitis – Entzündung der grauen Substanz des Gehirns EO-Arbeit – Tatortbesichtigung und -untersuchung Ermittlungsverfahren – erster Hauptabschnitt des Strafverfahrens bei begründetem Verdacht einer Straftat

FDGB – Freier Deutscher Gewerkschaftsbund
Feuerwehr – in der DDR: neben der ehrenamtlichen Freiwilligen Feuerwehr ein Dienstzweig der Deutschen Volkspolizei
forensisch – gerichtlichen, kriminologischen oder kriminalistischen Zwecken dienend
Forensische Wissenschaften – medizinische, psychologische und naturwissenschaftliche Disziplinen, die in enger Beziehung zur Kriminalistik stehen
FStW – Funkstreifenwagen

Gaschromatographie – Analyseverfahren zur Untersuchung gasförmiger oder verdampfter Substanzen

Gbl. – Gesetzblatt

Gerichtliche Sektion – auf Anordnung des Staatsanwaltes durchgeführte Leichenöffnung zur Klärung der Todesart und -ursache

Gesellschaftliche Gerichte – Gremien zur Ahndung von Verfehlungen und Disziplinverstößen; in Betrieben Konfliktkommissionen, in den Wohngebieten Schiedskommissionen

GMI – Gerichtsmedizinisches Institut

Haftrichter – Richter, der einem vorgeführten Verhafteten den Haftbefehl verkündet und zu der darin enthaltenen Beschuldigung vernimmt

HO – Handelsorganisation

IFA-Vertrieb – staatlicher Kraftfahrzeugbetrieb in der DDR

Illegales Verlassen der DDR – andere Bezeichnung für den nach § 213 StGB benannten Strafbestand »Ungesetzlicher Grenzübertritt«

Infrarotspektralfotometrie – kriminalistisches Analyseverfahren zur Untersuchung von Anstrichstoffen, Lösungsmitteln, Kraft und Schmierstoffen u. ä.

K – in der DDR gebräuchliche Abkürzung für Kriminalpolizei; der Begriff Kripo war unerwünscht

Kaderleiter – Personalchef

Kassation – Aufhebung einer gerichtlichen Entscheidung durch ein höheres Gericht

Kohlenmonoxid – bei unvollständiger Verbrennung von Stoffen entstehendes hochgiftiges Gas

KONSUM – sozialistische Genossenschaft, die gesellschaftliche Massenorganisation und Handelsorganisation verkörperte und Versorgungsaufgaben erfüllte bzw. Dienstleistungen erfüllte

Konzert- und Gastspieldirektion – in jedem Bezirk bestehender volkseigener Betrieb zur »Entwicklung des sozialistischen Veranstaltungswesens« in der DDR

Kreisdienststelle – *höchste Dienststelle des Ministeriums für Staatssicherheit in einem Kreis der DDR*

Kriminaltaktik – Teildisziplin der Kriminalistik, deren Gegenstand das planmäßige und folgerichtige kriminalistische Vorgehen ist

Kriminalistik – komplexe Wissenschaft und Praxis zur Untersuchung konkreter Straftaten oder kriminalistisch bedeutsamer Sachverhalte

Kriminalistisches Institut – naturwissenschaftlich-technische und taktische Expertisen- und Forschungseinrichtung des Ministeriums des Innern der DDR

Kriminaltechnik – Teildisziplin der Kriminalistik, die sich naturwissenschaftlicher und technischer Erkenntnisse zur Täterermittlung und Beweisführung bedient; ihr Gegenstand ist die Suche, Sicherung und Begutachtung von Spuren

Kriminologie – Zweig der Rechtswissenschaft, der die Ursachen, Bedingungen und Struktur der Kriminalität untersucht, Wissenschaft von der Kriminalität

KT – Kriminaltechnik

KWV – Kommunale Wohnungsverwaltung

Latenz – Synonym für Dunkelfeld, kriminologischer Begriff zur Bezeichnung der unbekannten Deliktgröße

LPG – Landwirtschaftliche Produktionsgenossenschaft

letal – tödlich

Magistrat von Groß-Berlin – oberste Verwaltungsbehörde in der Hauptstadt der DDR, entsprach dem Rat des Bezirkes in den Bezirken

MfS – Ministerium für Staatssicherheit, Geheimdienst der DDR

Mikrospektralfotometrie – kriminaltechnisches Analyseverfahren zur Untersuchung kleinster Spurenmengen; Prinzip: Aufnahme und Auswertung des Spektrums einer von der Substanz ausgehenden oder veränderten Strahlung mit dem Ziel, die Zusammensetzung zu ermitteln

Mord – nach § 112 StGB der DDR jede vorsätzliche Tötung eines Menschen, die nicht Totschlag war

MTA – medizinisch-technische Assistentin

MUK – Morduntersuchungskommission

Neurose – krankhafte, aber reversible Verhaltensanomalie mit seelischen oder körperlichen Funktionsstörungen

Nicht natürlicher Tod – Tod durch fremde Hand, Selbstmord oder Unfall

Obduktion – Leichenöffnung, auch Autopsie oder Sektion

Obduzent – Arzt für Pathologie, Anatomie oder gerichtliche Medizin, der eine Leichenöffnung durchführt

Oberstes Gericht – höchstes Organ der Rechtsprechung in der DDR ODH – Operativer Diensthabender der Volkspolizei

Odorologie – Geruchsspurenkunde in der Kriminalistik

OiBE – Offizier (des MfS) im besonderen Einsatz

OvD – Offizier vom Dienst

PAG – politisch-aktuelles Gespräch, obligatorische Form der politischen Bildung in den Arbeitskollektiven der volkseigenen Betriebe und staatlichen Einrichtungen

Personenbewegungsanalyse – taktisches Verfahren, Bewegungsabläufe von Personen oder Fahrzeugen auf der Basis von Orts und Zeitangaben zueinander in Beziehung zu bringen

Phänomenologie – unter kriminalistischem Aspekt die Lehre von den Erscheinungsformen und Begehungsweisen krimineller Handlungen Psychopathie – durch Abartigkeit des Gefühlsund Gemütslebens von der Norm abweichende, im Grunde nicht krankhafte Verhaltensweisen

Psychose – Oberbegriff für alle echten psychischen Krankheiten, unterteilt in endogene und exogene Psychosen

Rat des Stadtbezirks – kommunale Verwaltungseinrichtung in Großstädten auf Stadtbezirksebene, entsprach etwa einem Rat des Kreises

RAW – Reichsbahnausbesserungswerk

Republikflucht – Synonym für den Strafrechtstatbestand des ungesetzlichen Grenzübertritts, konnte mit zwei Jahren Freiheitsentzug geahndet werden; siehe auch illegales Verlassen

Röntgenfeinstrukturanalyse – Verfahren zur Bestimmung geringster Substanzen aus Gemischen; Ausnutzung der Beugung von Röntgenstrahlen, die auf Filmen oder Diagrammen aufgezeichnet werden

Schmelzpunktbestimmung – Schmelzpunkte sind Stoffkonstanten, deren Wert Aussagen über die Reinheit eines Stoffes (Spur) zulässt

Schnelle Medizinische Hilfe – Synonym für Dringliche Medizinische Hilfe; Krankentransportfahrzeuge des DRK der DDR, die mit Ärzten und Sanitätern besetzt waren und die Erstversorgung bei Unfällen und akut lebensbedrohlichen Zuständen sicherten

Sektion – Leichenöffnung, siehe auch Autopsie oder Obduktion

Signalelemente – Merkmale zur möglichst genauen Beschreibung von lebenden Personen und unbekannten Toten

Sprengel – kirchlicher Dienstbereich oder Verwaltungsbezirk

Staatsverleumdung – alter Straftatbestand zur Ahndung der öffentlichen Verleumdung oder Entstellung staatlicher oder gesellschaftlicher Maßnahmen oder Verächtlichmachung von Personen wegen ihrer staatlichen oder gesellschaftlichen Tätigkeit; wurde 1968 durch § 234 StGB (Beeinträchtigung staatlicher oder gesellschaftlicher Tätigkeit) abgelöst

StGB – Strafgesetzbuch

StPO – Strafprozessordnung

Strafvollzugseinrichtung – staatliche Einrichtung zur Verwirklichung von Strafen mit Freiheitsentzug; Strafvollzugsanstalten und -kommandos, Jugendstrafanstalten, Arbeitserziehungskommandos, Jugendhäuser, Haftkrankenhäuser usw.; ihre Verwaltung oblag der Volkspolizei

Suizid – vorsätzliche Selbsttötung

SV-Ausweis – Ausweis der staatlichen Sozialversicherung, in dem Arbeitsrechtsverhältnisse, Sozialversicherungsbeiträge, Krankschreibungen, Verordnungen und Gesundheitshilfsmittel nachgewiesen wurden

Tatortarbeit – Gesamtheit der kriminalistischen Maßnahmen am Tatort (Besichtigung, Untersuchung, Spurensicherung usw.)

Tatortuntersuchung – auf die Suche und Sicherung von Spuren am Tatort gerichtete kriminalistische Maßnahme

Todesart – Art und Weise der äußeren Einflüsse, die zu einer bestimmten Todesursache führen, unterteilt nach natürlichem und nicht natürlichem Tod

Todesursache – unter pathologisch-anatomischen oder gerichtsmedizinischen Aspekten ermittelter Grund für den unmittelbaren Todeseintritt; bezieht sich auf die im Innern des Organismus ablaufenden Vorgänge

Toterklärung – Entscheidung über den Tod eines Menschen nach Reanimationsmaßnahmen oder nach Verschollen Sein

Totschlag – nach § 113 StGB in der DDR vorsätzliche Tötung im Affekt, Kindestötung oder Tötung unter besonderen, die strafrechtliche Verantwortlichkeit mindernden Tatumständen

Toxikologie – Lehre von den Giften und Vergiftungen

Trassologie – Lehre von den mechanischen Spuren (z. B. durch Werkzeuge)

Typhon – mit Druckluft betriebene Sirene

Ungesetzlicher Grenzübertritt – nach § 213 StGB in der DDR widerrechtliches Passieren der Staatsgrenze; in schweren Fällen sind bis zu acht Jahren Freiheitsentzug möglich gewesen; siehe auch illegales Verlassen oder Republikflucht

VEB – Volkseigener Betrieb

Verdächtiger Tod – wenn Anhaltspunkte dafür bestehen, dass jemand eines nicht natürlichen Todes gestorben oder die Todesart nicht aufgeklärt ist, oder der Leichnam eines Unbekannten gefunden wurde, besteht nach § 94 StPO kriminalpolizeiliche Ermittlungspflicht

Verfehlungen – Kleinkriminalität (Ladendiebstähle, Hausfriedensbruch, Beleidigung, Verleumdung) mit geringem Schaden und geringer Schuld; Ahndung erfolgte durch Gesellschaftliche Gerichte

Verifizierung – objektiver Beweis für die Richtigkeit einer Version

Vernehmung – formgebundenes, polizeiliches Erkundungsgespräch mit Belehrung über Rechte und Pflichten, Ziel ist die Erlangung und beweiskräftige Fixierung der Aussagen von Zeugen und Beschuldigten

Version – begründete Vermutung oder Hypothese über den Tatablauf, einzelne Details, die Täterpersönlichkeit, Tatmotive usw.

Verwaltungssektion – auf Veranlassung des Kreisarztes durchgeführte Leichenöffnung zur Klärung der Todesursache

Visitation – Besuch kirchlicher Vorgesetzter in unterstellter Gemeinde

vitale Zeichen – im kriminalistischen Sinne Lebensäußerungen des Organismus kurz vor Eintritt des Todes

VK – Verkehrskommando, Verkehrspolizei

VP – Volkspolizei

VP-Inspektion (VPI) – volkspolizeiliche Behörde in einem Berliner Stadtbezirk, entsprach dem VPKA in einem Kreis

VPKA – Volkspolizeikreisamt, höchste Polizeidienststelle in einem Kreis

VP-Präsidium – höchste VP-Dienststelle in Berlin, entsprach der BdVP in einem Bezirk

VU – Verkehrsunfall

VUB – Verkehrsunfallbereitschaft der Volkspolizei

Widmark-Methode – Mikromethode zur Bestimmung von Blutalkohol

Wohnbezirksausschuss der Nationalen Front – territoriale Struktureinheit der Blockparteien und Massenorganisationen mit der Aufgabe, die Bürger eines Wohngebietes politisch, ökonomisch und kulturell zu aktivieren; kleinste Einheit bildeten die Hausgemeinschaftsleitungen

Würgen – Drosselung des Halses durch die Hände des Täters